文献の中のミステリー

芭蕉庵の終括

濱 森太郎 著

1　両国橋の夕暮れ（北斎　富嶽三十六景）

寒夜辞

芭蕉翁

深川三（みつ）またの辺りに草庵を侘て
遠くは士峯の雪をのぞみ、
ちかくは万里の船をうかぶ。
あさぼらけ漕行（く）船の
あとのしら浪に、
芦の枯葉の夢とふく風も、
やや暮（れ）過るほど、
月に坐しては空き樽をかこち、
枕によりては薄きふすまを憂う。

櫓の声波を打て腸氷る夜や涙

（天和一・二年冬作、『夢三年』）

2　町年寄の居住地

『日本橋魚市場の歴史』167頁より

<第15図>
奈良屋役所関係地図

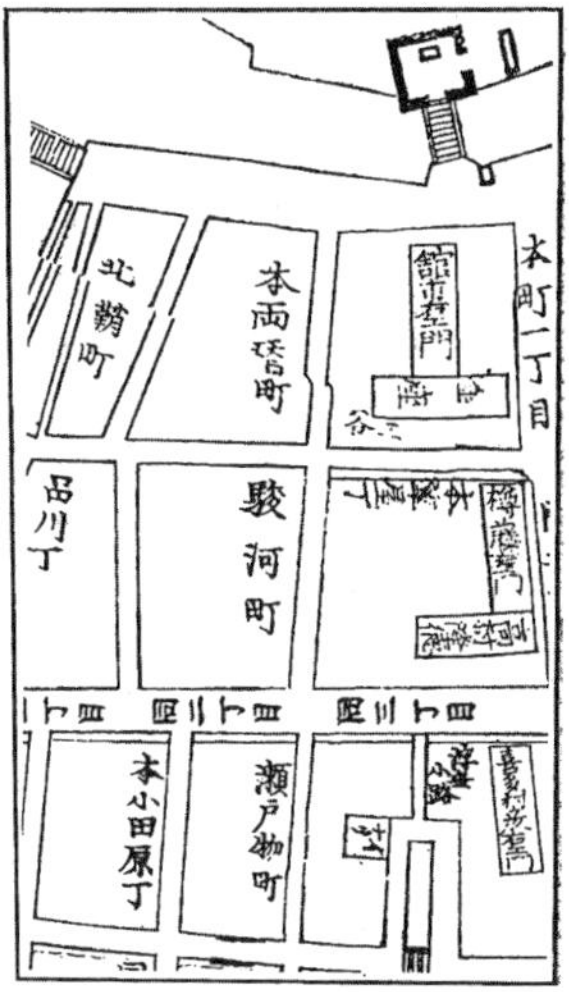

常盤橋門外の「館市右衛門」とあるのが奈良屋役所。同じ町年寄の樽屋，喜多村両家の屋敷も見える。（嘉永３年地図から）

3　魚河岸本船町小田原町

（尾張屋板切絵図「神田浜町日本橋北之図」を基にして作図）

4　当時の活け船

5　芭蕉が浚渫に従事した神田上水の大井堰

6　名古屋堀川　廣井官倉（部分）
名古屋市博物館蔵

7　堀川の貯木場

8　杣山絵図（木曽谷澤々町間記）

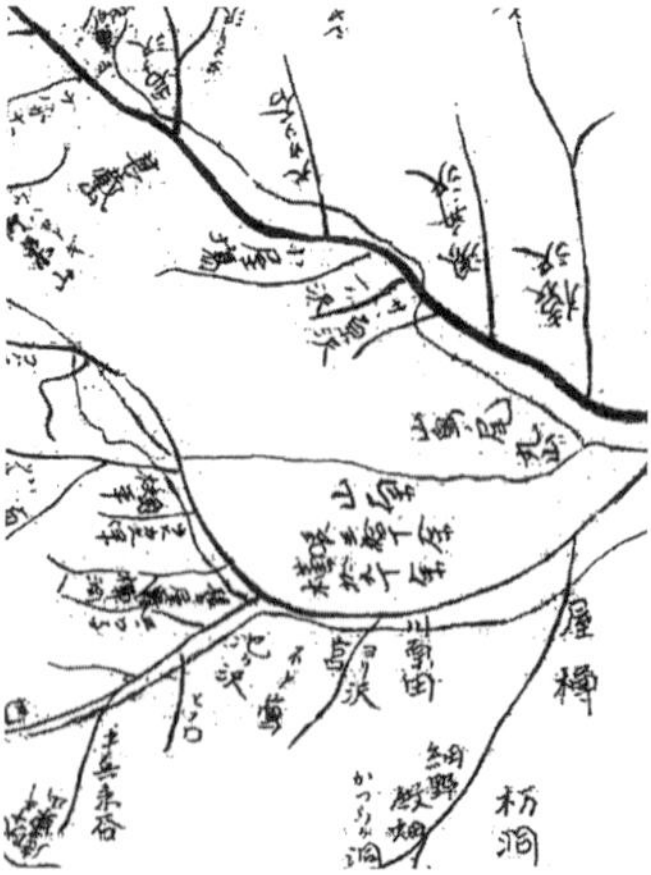

9　徳川光友が建てた建中寺
（部分、名所図絵）

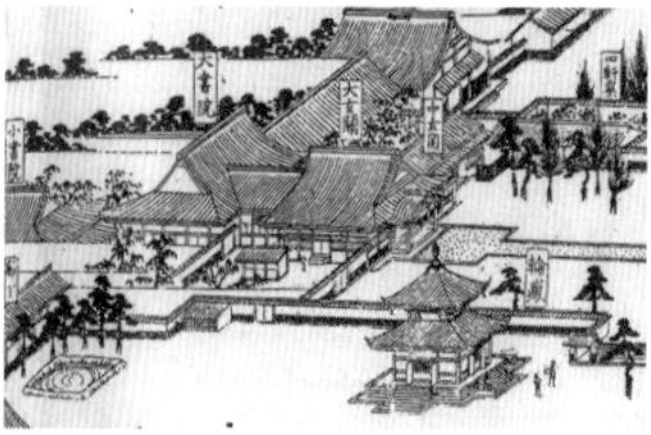

10　深川材木町の賑わい

11　押送り舟《おしょく》（当時の近海高速艇）

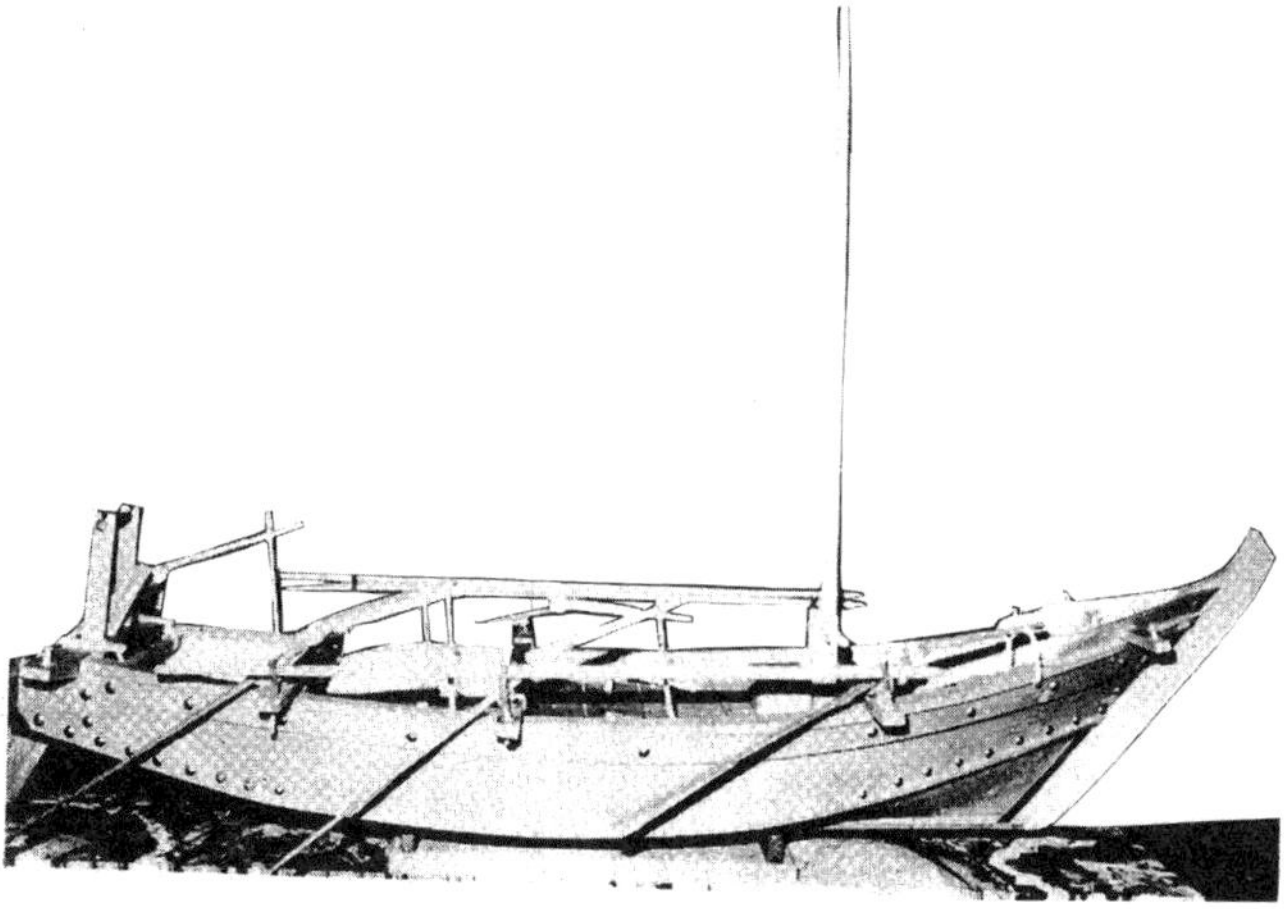

芭蕉庵の終括

濱　森太郎　著

目次

12　徳川綱吉の肖像

13　深川絵図　元番所・伊奈半十郎・尾張屋敷が並ぶ

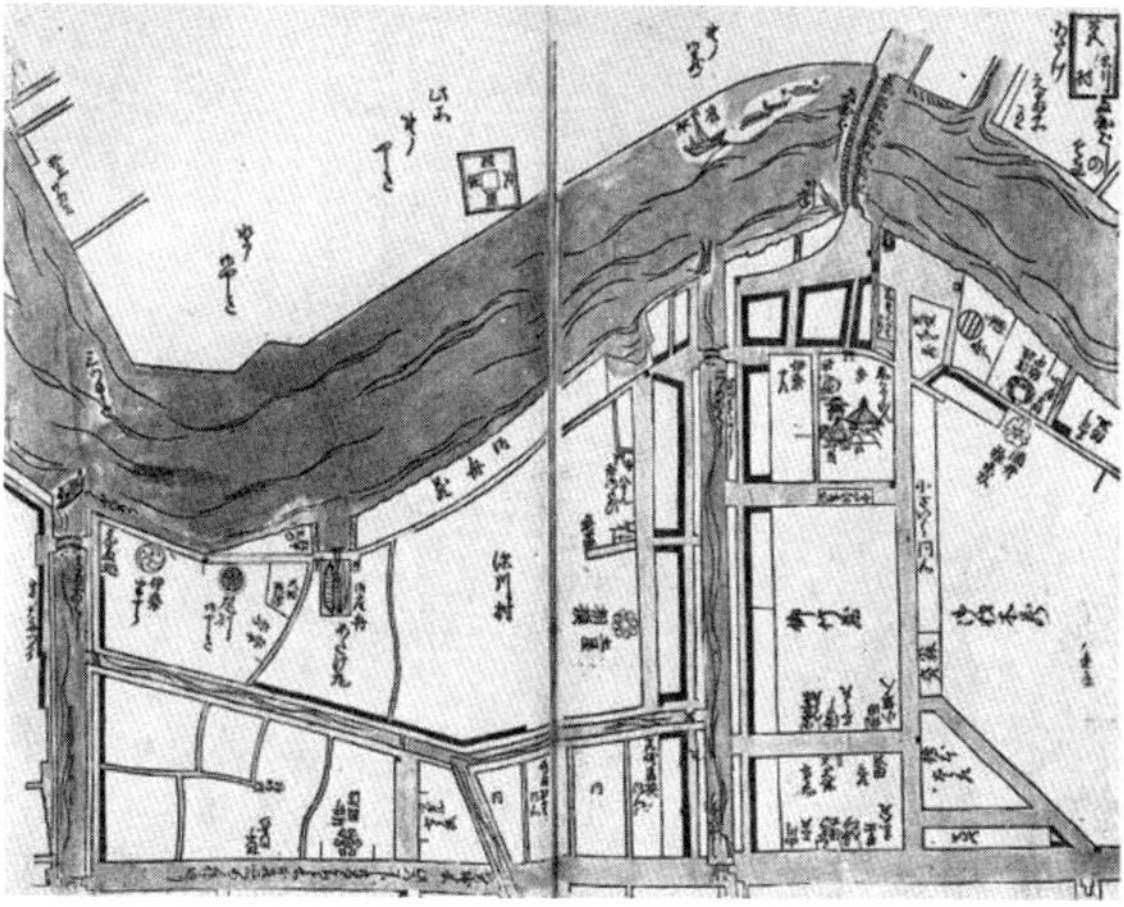

青年芭蕉が暮らした本船町・小田原町界隈

日本橋魚市（「江戸名所図会」より）

序章　時流

桜の落花に彩られた隅田川の水流のように、「時流」が目に見える「時」や「場所」がある。その時流の岸辺に立つと、自分は時流とともにあるという気分やそれを漂わせる人物に出会うことができる。時流に関わる役職・任務・心意気がその気分を作り出し、やがてその気分は、河口の江戸湾に押し流されて消える。江戸の町はまだ「浮き世」だった。

延宝八年（1680）、深川転居までの松尾芭蕉は飛び切り時流に敏感な男として生きていた。田舎町で「金作」と呼ばれていた青年が伊賀上野を飛び出したこと、京・江戸を天秤にかけて江戸を選んだこと、江戸は日本橋界隈に居住したこと、神田上水における浚渫工事に差配として参画すること、将軍の代替わりと同時に深川の公共工事発注元である伊奈半十郎の隣地に転居したこと、いずれもこの「時流感覚」のなせる業だと言える。両国橋の西の橋詰めにある材木河岸の周囲には、船蔵・材木蔵・竹蔵があり、大老酒井忠清・尾張大納言光友・関東郡代伊奈半十郎らの屋敷地がある。日本一金銭が動く材木河岸に、四代将軍徳川家綱の重臣たちが除地を拝領し、時流の風を吹かせつつ暮らしていた。

このとき芭蕉自身は、伊奈半十郎家が開削した神田上水の川底浚渫を請け負う工事請負人を家業としていた。材木河岸に集まる風聞・情報に、幕僚の動静が重なれば、時流はさながら目に見えて動いてゆく。もし世が世ならば、芭蕉はその上水浚渫を家業とし、大勢の土工・人夫・賄い婦に囲まれて安楽に渡世することができそうに見えた。時流に敏感な松尾芭蕉の江戸生活は、少なくとも天和二年（1682）までは前途洋々と言えなくもなかった。ところが、その「時流」が目の前で、まるで絨毯を捲るようにくるりと暗転してしまった。結果的に彼は芭蕉庵桃青を名乗り、この反転した時流の生き証人達と目鼻を付き合わせて、新しい時流の動向を窺うことになる。一般に隠遁者と呼ばれる彼の深川生活は、孤独や焦燥、悔恨や逡巡、落剥や騒擾を抱え込む暮らしと重なる。

元禄四年（1691）十月二十九日、近畿巡礼を終えて江戸に帰着した松尾芭蕉は、江戸日本橋橘町の「彦右衛門方」に仮寓する。庵主の江戸帰着を聞きつけた門人達は談合して、深川元番所近く、森田惣左衛門屋敷の隣地に新規芭蕉庵を再建することとした（口絵13参照）。本書が取り扱う松尾芭蕉の終括期は元禄五年（1692）五月にその新庵に転居した彼がそこから関西に向かって旅に出る元禄七（1694）年五月までの二年間、約七三〇日に当たる。彼が大阪で客死する元禄七年十月に先立つこと約五ヶ月の時期である。

杉山杉風らの心尽くしで転居した深川元番所近くの新芭蕉庵は、三間の間取りがあり、周囲は隅田川の護岸と小名木川、六間堀に囲まれている。松尾芭蕉はその新庵の南窓から対岸にある小名木川河口の船溜まりと船大工の工房とを眺めて、思案の糸を紡ぐことになる。

三間の庵室の一は芭蕉の書斎、二は猪兵衛・二郎兵衛の居間、三は、養子桃印の病室として使われていた。江戸に同道した天野桃隣は日本橋の彦右衛門長屋に残留し、通いの書き役として通勤した。同じく桃印の妻の寿貞尼は通いの看護婦とし、桃印の身の回りの世話に当った。寿貞の従兄弟の猪兵衛*は下男として庵室に同居し、家事全般を取り仕切った。したがってこの時期の松尾芭蕉は珍しく大家族に囲まれて暮らしたことになるが、その大家族には桃印を病原とする結核が迫っていた。やがて寿貞が発症し、芭蕉が病臥するこの病棟の中で、彼の遺著となる『笈の小文』の末尾が書かれていた。医薬の心遣いを欠かさない医師中村史邦に『笈の小文』を遺贈するための改稿が進むのである。

当時深川の芭蕉庵にて会合する弟子衆は、岱水・史邦・半落・嵐蘭・曾良・

＊猪兵衛＝山城国加茂の人。

其角・渓水・珍碩・沾圃・魯可ら約十名である。深川で病臥した松尾芭蕉があの有名な「閉関之説」を書き、閉関を通知するのは、これらの十人程度の人々である。桃印の結核を思い計って社交生活を制限していたことを考慮に入れたとしても、弟子衆の数、十人は少なすぎる。結核療養のための治療費・薬代を勘案すればなおさらである。しかしその貧窮の中で『笈の小文』は書き続けられた。では彼はなぜそれを実行したのか？

さらに芭蕉庵の近隣には、日々に重苦しくなる教条主義の罠のような将軍綱吉の治世が待ち受けていた。この不思議な目つきをした男が何を考えているのか、長い間、不問に付されてきた。表情を帯びた身振りとして現れる「感情」は、斜め下から人を見透かす彼の「目つき」に現れている。その言葉の裏は何だ、と臣下を見透かす将軍の眼差しは珍しい（口絵12参照）。その目つきの綱吉が、独善・監視・賞罰・懐柔の罠を仕掛けて、これ見よがしに権力を行使する。まず大老酒井忠清が罷免され、酒井忠清の屋敷に隣接したお船倉に繋留されていた「あたけ丸」が破却された。尾張大納言光友殿が隠居させられた。隣人である関東代官の伊奈半十郎殿は飛騨代官に指名され、苦役に従事した。庵の対岸に当たる水戸中納言殿も隠居を強制された。四者は共に先代家綱将軍の施策に共感して改革開放型の経済改革を推進した点で共通する。松尾芭蕉には、延宝四年（1676）から天和二年（1682）まで*、伊奈半十郎らが開削した小石川上水（神田上水）の浚渫工事を差配して暮らしを立てた過去があった。芭蕉としても、このご近所の異変は人ごとではなかった。これは大名から庶民に至るあらゆる衆生の厄災だった。

天和二年（1682）に浚渫工事から外された芭蕉は、すでに延宝八年（1680）には、作業小屋である小石川堰堤の関口芭蕉庵から深川、小名木川の河口付近に移転していた。

三代将軍徳川家光の指示に従い、四代将軍徳川家綱に付けられた後見役保科正之、老中酒井忠勝、松平信綱、阿部忠秋らが幕僚として推進した改革開放策は、単純化すれば国内市場の開放、物流の開放、金融の開放とそれに必要なインフラ整備だった。延宝八年（1680）まで二十九年間続いたこの改革開放経済によって江戸は未曾有の発展を遂げ、世界的な都市になった。井原西鶴が『日本永代蔵』に描くような豊満な商業環境が出現したのである。

ところが、この賢臣達の改革開放策に大鉈を振るい、新奇な布告を連発する将軍が登場する。徳川綱吉である。徳川綱吉が将軍に就任する延宝八年

*天和二年まで＝天和二年は水底浚えが二度あり、七月末の浚えは「桃青」が、また九月末の浚えは瓜生六左衛門が請け負った。

(1680) から始まる新しい統治は、まるでツイッターを片手に見境もない布告を連発するに似た軽率な統治行為に見えた。新将軍は先代の改革開放策にクレームを付け、やがて関係する大老・老中・若年寄の交替を計った。加えて、ご丁寧にも彼らの子孫まで僻地に改易して、政治権力から隔離した。そうすることで、改革開放派の復活を阻止し、幕府に備わっていた合議機能を停止させる。単純に綱吉独裁を実現するためである。この煽りを受けて、まだ貿易投資に依存する事が出来た薩摩藩・佐賀藩・筑前藩・長州藩並びに堺・京・大坂の貿易商が衰退し、改革開放策に参入しようとした水戸光圀・徳川光友らが政治舞台から後退する。将軍家綱を中心とした賢臣達の合議体の機能不全を待って、この後退は実行された。

先に賢臣達の統治に大鉈を振るい、新奇な布告を連発する徳川綱吉はまた、穀物の市場価格を上昇させ、石高制を基礎にした税制を維持することで収入の安定を図る将軍でもあった。彼は先代の市場開放型の経済政策を破棄して、農本経済の充実による体制維持に向かって日本を誘導する。これは当時世界の最先端に位置したこの国の市場主義経済の萌芽を踏み潰すことを意味した。すなわち徳川綱吉は、歴史の進歩に挑戦したのである。徳川綱吉が将軍に就任する延宝八年（1680）から酒井忠清・堀田正俊らの老中・若年寄の交替を計り、改革開放派の水戸光圀・徳川光友・藤堂高久（津藩主）・伊奈半十郎（関東郡代）らを政治舞台から遠ざけるのもこのためである。この勝負の分かれ目である元禄五年（1692）九月から元禄六年年末まで、綱吉は、米市場に対抗して毎月数千俵の米穀を入札による直売で放出*することで米価の上昇を計った。最大の荷主である幕府が直に運営する米市場が出来て、米の直売が始まるのである。すると、市場の米価はこれに追随しなければならなくなる。米市場の顧客である市中の米屋は、将軍の直売市場で応札するようになるからである。最大の荷主である幕府・諸大名・旗本・御家人・市場の蔵屋敷までが、高値を理由に、これに靡くとすれば、市場はたちまち空洞化するのである。

こうして石高制を維持しつつ米価の上昇を計る将軍綱吉の計画が進行するに連れて、将軍の市場支配は目に見えるものに変わる。本書が取り扱う元禄六年（1693）は丁度その分岐点に当たる。この年から米価は綱吉の期待通り急速に回復軌道に乗る。これは儒学型農本主義の勝利でもある。まことに元禄六年（1693）は、芭蕉の人生の曲がり角である以上に日本国の回り角でも

*直売で放出＝直売の回状が市中に配布された。「於浅草御蔵沢手米千俵余御払被仰付候間、望之者ハ明廿四五ツ時参着（中略）右御蔵御勘定場江入札持参可仕旨、町中不残らず可被相触候、以上」（元禄六年五月廿三日『江戸町触集成二』）。このような回状を以て御蔵前にて入札を実行した。

あった。この国難と「どう向き合うか」を解くことで、私たちはようやく芭蕉や西鶴を偉大な作家の列に加えることができる。

この回り角を廻る「自己中《虫》」の将軍綱吉には、さまざまな噂がある。不浄を嫌って同じ夜着を二度と着なかった、老中堀田正俊の遺骸が埋葬された方角が自分の枕上に当たると聞いて、遺骸を発掘し別の場所に移葬した、などの不気味な噂もある。妄想・幻覚と同居する心身症かと疑われるこれらの噂は、もちろん、将軍綱吉の諒とするところではない。公式記録である『徳川実記』、老中戸田忠政・秋元喬知《あきもとたかとも》の縁故に繋がる『御当代記』（戸田茂睡著）、『楽只堂年録《らくしどうねんろく》』（柳沢吉保）、『土芥寇讎記《どかいこうしゅうき》』（著者不明、水戸系*）その他の記録類さえ出現している。これらは、フェイク・ニュースを正すべく自からの不首尾を隠し、正真ニュースを流すさる国の大統領の行為に似ていなくもない。この綱吉の行動は同情よりは失笑を誘うが、「犬公方」の蔑称通り、阿諛・追従の場合を除けば、将軍綱吉が世間から尊敬されることはなかった。松尾芭蕉の『笈の小文』は、これら綱吉の悪政を源泉とする近隣諸家の困難を横目で見ながら書かれた遺作でもある。

ちなみにこの時期、尾張藩主徳川光友を賞賛していた松尾芭蕉には、柳生

＊『土芥寇讎記《どかいこうしゅうき》』＝元禄三年時点の大名の紳士録。水戸藩の『勧懲記』（延宝三年）に酷似する記事がある。

新陰流の継承者である徳川光友は古き良き時代へのノスタルジー以上のもの、世代を越えて受け継がれるに足る清冽な精神に見えていた。一方、賢臣達の治世を順次打ち壊してゆく将軍綱吉の処世は、その通りに眺められていた。それは「時代精神」というにはあまりに貧弱ながら、この時代が生み出す人間性の趨勢以外ではなかった。

一身の体液の中に市場開放派が生み出したパラダイス〔江戸〕と市場統制派が生み出した監視社会〔江戸〕の窮屈さとを共に体感する自分自身を含めても、綱吉に似た人物はあちこちに育っていた。関ヶ原から百年、大阪夏の陣（1615）から八十五年、武家諸法度改正、参勤交代制（1635）から六十五年。五代目になる将軍職は、偶然に偶然を経てようやく綱吉の手に落ちた。適性？能力？度量？腕力？統治経験？大部分が未知数の領主から安堵された領国の根拠は薄弱だったが、それはそれで良かった。地位身分が定まり、家格・家業を継承する内向きの努力がまず優先された。そういう決まり切った社会では、靴に足を合わせるような奇妙な努力が強要される。寺子屋、丁稚、徒弟、奉公など、子供の将来に蓋をする教育や訓練、隅々まで決まり切った社会の困難さは、まずは幼少の子供たちの身の上に集約される。

子供の頃から抱え込んだ騒擾《そうじょう》、それを作り出す空想・妄想を解き放つ場所としての「もの詣」の旅は、不可欠のものに変わった。必然的に娯楽化する「もの詣」の旅では、縁起や案内記が参照され、その参照自体も娯楽化されていた。縁起や案内記は、歌舞・音曲に包まれ、空想・妄想が混在する異空間として仕立てられた。その「もの詣」の旅の先達である芭蕉の目で見れば、弟子の曽良・支考・路通・惟念らの遊民は、多かれ少なかれ空想・妄想と同居する人々に見える。妄想・幻覚と同居する小綱吉らの人間性には、同情よりは危うさの感覚が先立つことになる。危うい人、風羅坊を主人公とする『笈の小文』はこれらの人々の中で書かれていた。この妄想や幻覚が松尾芭蕉に関わる懸案だと見る習慣自体は、今も欠落したままだが、それは芭蕉がこのやっかいな時代を通過して初めて見えてきた現実ではある。

本来なら不適格なはずの将軍が将軍職に浮上する現実は、どこから生まれ、どこに行くのか。覚束ない足取りで「将軍舞台」に足を踏みこむ居心地の悪さは、何も綱吉一人には限らない。隅々まで決まり切った社会、「時代精神」としての覚束ない足取りを目の前にした芭蕉は何を考え、何を見通したのか。彼が元禄六年の江戸の町を「魔界」と呼び、その魔界からの回復を思考の中心に据えていたことがこれを解く手掛かりになる。
その思考がいかなる文体を生み、いかなる手順で作品化されたかを実証的に述べたいと思う。芭蕉の終括活動と見られるこの時期の文芸の内実や奥行きもまた、最近の文献学の知見を駆使すれば、若干ながらその内幕をミステリアスに開示することが出来る。したがって本書は芭蕉の文学上の終括作業をなるべくリアルに照らし出す工程を辿るかたちで書くことにした。

平成三〇年八月十三日、濱　森太郎　記

第一章　深川寒夜

新芭蕉庵近辺の図

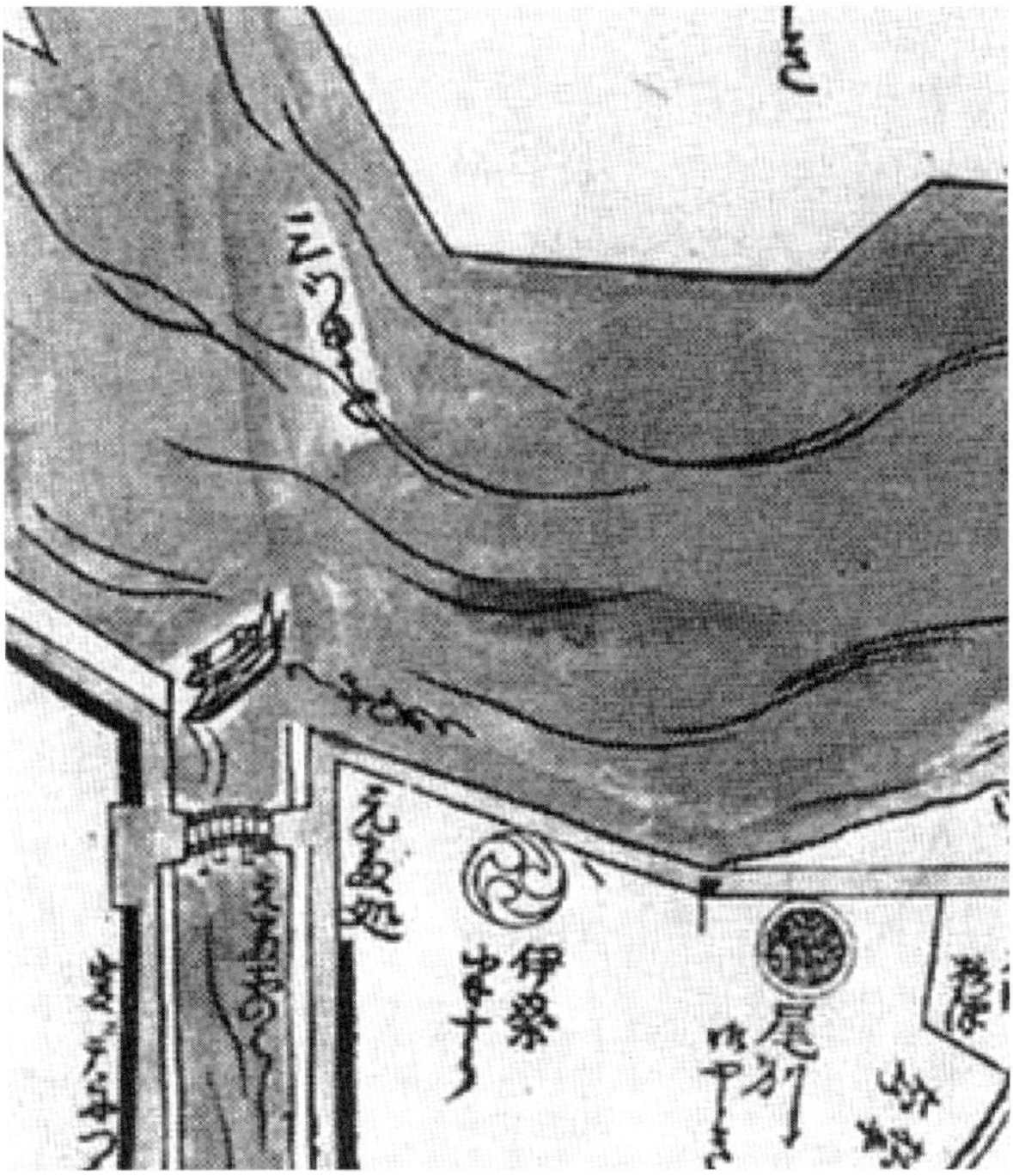

十年前には見えなかったこと

両国橋を東にわたると深川に入る。東の橋詰めの向いは材木河岸、その材木河岸の一ツメ橋を渡ると、右手の川岸には幕府の御船蔵が並んでいる。そしてその御船蔵の掘り割りには、十年前まで将軍家の御座船「あたけ丸」が繋留されていた。江戸名物にと徳川家光が建造したこの巨大船は五代将軍綱吉の奢侈禁止令のあおりを受けて天和二年（1682）に廃船、解体と定まった。隅田川の河口近く、小名木川との合流点には、かつて江戸市中にかよう船便の出入りを監視した旧船番所が残っている。

芭蕉庵桃青の新庵は南の小名木川に面して窓を作り、東の入り口には枝折り戸が設けられ、西窓には朝顔が植えられている*。深川の元番所、森田惣左衛門の敷地に隣接して再建された新居の間取りは三間で、周囲は隅田川の護岸と小名木川、六間堀に囲まれている。隣家は幕府代官、伊奈半十郎殿の御屋敷、その隣地は尾張様のお屋敷に当たる。お舟蔵以下、いづれのお屋敷も門を閉じて森閑としている。これがどうにも静かすぎるのである。

とりわけ川向こうの水戸様にはすでによからぬ噂が流れ始めている。噂の主は水戸光圀公ご本人*。水道事業、寺社改革、大船「快風丸」建造とそれ

---

*西窓＝桃印の病室の窓。元禄六年夏の芭蕉庵には垣根に朝顔が植えられていた。「あさがほや昼は鎖おろす門の垣」

*水戸光圀＝寛永五年（1628）五月生。元禄十三年（1701）十二月没。

を使った蝦夷地交易（表向きは探索という）で江戸庶民の快哉を浴びた水戸光圀殿の所行は、ご用船「あたけ丸」を破却した将軍・幕僚からは顰蹙を買っていた。

快風丸を用いて元禄元年（1688）まで続いた水戸光圀殿の貿易事業は、四代将軍家綱殿とその幕僚たちの施策には叶っていた。そのため五代将軍もいきなり光圀殿裁断というわけにはいかなかった。彼らは搦め手から光圀の隠居を画策し、水戸、西山山荘への光圀退去を実行した。ところがそれから三年、この度は光圀殿を江戸表に召還し、審問するとのこと。誰かが我がために流す噂ならその魂胆が知れるということながら、噂を使った騙し合いは薄気味が悪い。これまでどおり光圀贔屓の深川衆は、固唾を呑んでその噂の行く末を見守っている。

南の掃き出し窓から眺める小名木川の対岸は船着き場になり、船大工の工房が並んでいる。西に面する隅田川の対岸は水戸様のお屋敷、お屋敷前の砂州を境に墨田川が二手に分かれる。その砂州を「三ツ股」と呼んでいる。川筋に接した新庵は水辺に近く、風の吹く日は川波の音を聞くことが出来る。今日は、船大工の工房の岸壁に釣り船*が十艘ほども繋留している。将軍ご禁制*

---

*釣り＝生類れみ令により魚鳥を捕獲することは禁止された。

*将軍ご禁制＝元禄六年八月十六日「町奉行に命じ釣船を停禁せらる」（『徳川実記』）。

の釣り船である。鍋釜一個、七輪一荷、男二人が乗り込んで隊列を組み、はるばる淡路や紀州勝浦から出漁してくる旅人漁師たちの*船休めと見える。

その日、元禄五年五月七日は、かねて江戸下向を願い出ていた大津の門人浜田珍碩*に関する消息が届いていた。消息のぬしは京都の向井去来*、文面は、珍碩が京都の向井去来宅を訪ねて、去来に重ねて江戸滞在の斡旋を依頼したことを報じている。新庵に移転して早々に去来の消息が届くのは、珍碩が新庵において同居生活を所望するからである。南窓の前に文台を引き出したまま、芭蕉が思案に暮れるにはそれだけの理由がある。目先が利いた珍碩にはすばやく抜け駆けする才覚がある。『ひさご』*の編集・出版にしてからがそうである。その連句集の編集作業に悪意や失礼があったわけではない。手抜かり無く慇懃で、非を打ちにくい仕事運びが周囲の不快を誘うのである。

珍碩が江戸来訪を願い、芭蕉庵で同居するとなれば、当然、それは内弟子としての住み込みを意味する。その思いの先を見通せば、珍碩は、芭蕉流俳諧の宗匠となることを望むだろう。だが町場育ちの珍碩には、鳥になり、魚になり、花になり、風になるときの感覚の愉楽が備わっていない。君子になり、乞食になり、船頭になり、馬子になり変わる時の濃密な嗜好も身に付い

*旅人漁師＝市場の問屋に所属しないフリーの「漁師」。漁船の出入には最寄りの船問屋から市場の月行司に差し紙が廻され、入・出港が点検管理されていた。「旅人漁師」は出漁の都度、口銭を払い、問屋を選んで魚介を競りにかけた。

*濱田珍硯＝生年不詳―元文2年没(1737)。近江蕉門。医師名は道夕。

*向井去来＝慶安4年（1651年）―宝永元年没。儒医向井元升の二男。肥前国の産。堂上家に仕えた。

*『ひさご』＝連句集。珍碩編。1690年（元禄3）刊。《俳諧七部集》の第4集

ていない。せめて水中で魚類のように跳躍してみるだけでも分かることは多いのだが。生活世界に安住して、これぞ山、これぞ花と感嘆して言葉を失う経験に疎い珍碩は、芭蕉庵二世の器量ではない。江戸、大津での宗匠開業も避けなければならない。江戸にはすでに縁者桃隣*を同道して、内弟子として使っている。大津には篤実で知られる顔役の河合乙州*がいる。廻船問屋の乙州も又、家業引退の後には宗匠立机を望んでいる。こうして子細に思案をこらす芭蕉の立場を珍碩は、よしと見なして飲み込むだろうか。珍碩来訪に関してはその見極めを必要とした。

今の芭蕉庵主は、旧庵建立当時の芭蕉庵桃青とは、明らかに思案の仕方が違っている。旧庵建立の当時なら五十三名の貴賤群衆に似た門人知友が小は五分《ぶ》から大は二朱まで小遣い銭を持ち寄って気勢を上げることができた。旧庵建立にはさながら遊民による梁山泊の気配があった。誰もが立ち寄り、立ち去る場所として用意されていた。庭に植えた芭蕉には、いかにもそれらしい風情があった。その風情を愛でて、俳号を芭蕉庵と改めた。芭蕉庵主は硯で筆を湿すと目の前の懐紙にいきなりこう書き始めた。

珍碩めは江戸出発に先立って貴殿にご挨拶、さっそく好春老人宅までご

*桃隣＝1649-1719。姓は天野、通称は藤太夫。伊賀の人。芭蕉の縁者。甥か。

*河合乙州＝生没年不詳。近江蕉門。近江国の人。回船問屋。

同道の上、そこに参集した連中と連句一巡の由。これをもって、珍碩めのお披露目をすませたご様子、大儀ながら、なにぶん珍碩めは「作者」にてござれば功名心も盛んにて、その分、周囲からは不平を鳴らす門人も多うござる。その点気がかりでござれば、珍碩めの言動は何事に寄らず面上談話の心にてお知らせ下さるようお願い申し上げます。

珍碩めと書くとしっくり来るのは珍碩の性格による。浜田珍碩の小顔が思い浮かぶ。珍碩は可哀想なほど額が狭く、目鼻立ちも小さい。彼が羽織を着、脇差しを指して威儀を正すと、目立って風采が下がった。本人もそれを気にして、人前で差し出ることはなく、よろず黙って事を運ぶ様子に見える。この習性がまた誤解の元で、近視眼の青二才ならそれはそれ、放っておけば済むことだが、なにぶん珍碩は「作者」であった。前句の世界に入り込むと、思わぬ題材を拾い出して、なるほどその手があったかと頷かせてしまう才覚がある。

なまじ才走っているために、よろず鷹揚で押し出しがものを言う今の江戸の街で、威厳を正して辺りを払うことが出来るかどうか。江戸に住む其角・嵐雪・杉風・棋風らは喜んでこの珍碩の後ろ盾となるかどうか。向井去来に面上談話の親密さをもって詳細な報告を求めるのは、この危惧があるからである。その上、珍碩の居場所の心配もあった。

川風に胸をはだけると、脇の下に風を入れることができる。奥の間からは養子の桃印の咳き込む声が聞こえる。芭蕉庵桃青は難病者を一人抱えていた。近所に住み、通いでこの病人の看病に当たる寿貞尼は、従僕二郎兵衛の実母、猪兵衛には従兄弟に当たる。今は、ひとしきり水音を立てて水瓶から水を汲んでいる。彼ら四人は、いずれも新庵の完成と共に移り住んできた芭蕉庵の係累に当たる。というより、もともと三間の間取りを設けた新庵は、桃印の係累が寄り集い、彼を看病するための住まいであった。

暑い夏のさなか、団扇でワキに風を入れつつ三部屋ある新芭蕉庵の部屋の造作を指図したのは曾良*と岱水*とである。この間取りには彼らの思案が現れている。表の間は、芭蕉の仕事場、中の間は、下男猪兵衛・従僕二郎兵衛の居室、奥の間は、病者桃印の病間である。客人があるときには、客人は芭蕉と枕を並べて表に寝るか、猪兵衛・二郎兵衛と布団を並べて中の間に寝る算段である。極まれには芭蕉が中の間に移動して眠りにつくこともあった。さ

＊曾良＝1649-1710。江戸蕉門。信濃国の人。伯母の養子となり、岩波姓を名乗る。奥の細道の同行者。

＊岱水＝生年不祥。江戸蕉門。初め苔翠。深川に住む。芭蕉の親友。『木曽の谿』の編者。

しあたり珍碩はこの中の間に寝起きすることを望むだろう。

土間の奥には竈と大振りの水瓶とがあり、柄杓が掛け渡して置いてあった。振り売りの水を買い、保蔵し、住人四人が共用する瓶である。この新宅の入り口には大きめの「ひさご」が吊されている。そのひさごには名前があり「四山」という。四山は、黛山《たいざん》*・箕山《きざん》*・首陽山《しゅようざん》*・飯顆山《はんかざん》*である。いずれも中国では曰く付きの山として知られている。来訪者が呼び鈴代わりにこれを叩くと、叩かれる瓢はポコポコと乾いた音を立てる。十年以上も旧庵で使い続けたこの「大ひさご」をこれまで誰が保管したかはいざ知らず、この度は引き続き新庵の入り口に鎮座して来客を迎えている。念の入った事よと思いつつも、曾良や岱水の思案は見えている。来訪者の呼び鈴兼、寄進者の「米びつ」として使われる賽銭箱である。

この「大ひさご」の口には小さな棒がひも付きで繋がれている。出入りの来訪者たちはこの小撥で「ひさご」を叩いて呼び鈴とするのだが、その呼び鈴がぽんぽんと軽快に鳴れば、師匠の米びつは空だと知れる。物惜しみしない芭蕉庵主ではあるが、それでも客人は長居も招餐も避けて、早々に帰宅し、さりげなく一升ほどの米麦を寄進する必要があった。

＊黛山＝泰山。山東省泰安市にある山。高さは1,545m。道教の聖地である五つの山の一つ。
＊箕山＝河南省登封県南東にある山。尭（ぎょう）のとき、隠士の巣父（そうほ）・許由（きょゆう）が隠れ住んだ所。
＊首陽山＝中国山西省の西南にある山。周の武王をいさめた伯夷（はくい）・叔斉（しゅくせい）が隠棲し餓死した山。
＊飯顆山＝中国長安付近の一山。李白が憔悴した杜甫に出会った山。

その米麦の賽銭箱には、また一つの由来がある。魏國の宰相たる恵子が国王から頂戴した大ひさごの種からできた容量五石の途方もない大ひさごに因むという。その大瓢を持てあまし、恵子が船にでもするかと荘子と談合する故事である。隅田川を渡る船も悪くはないが、それよりは「米びつ」に使うところに彼らが愛する剽軽さが託されている。この剽軽さは富める者を指さして貧しきと言い、貧しきを見て富裕という彼らの心のより所でもある。彼らが富裕さを測る尺度は、有り余る時間と自由だからである。

もし芭蕉が身一つなら、この瓢箪をバチで叩いて鼻歌交じりで暮らせないことはない。だが目下の芭蕉庵主は結核の桃印を抱え、桃印の係累の従僕二名を引き取っている。通いで桃印の世話をする寿貞尼には、まさ・おふうという二人の女子がいる。同じく通いで書生を務める桃隣がいる。この七人の扶養者に新規に浜田珍碩が加わる。病人・扶養者のためにも、芭蕉は句会を開き、句文の添削を増やす必要があった。それは『奥の細道』巡礼を通過して会得した芭蕉俳諧の本領を開示し、即興感偶の呼吸を伝授する作業でもあった。談笑の場で交換される主・客の詩心《エスプリ》に磨きをかけ、これだと指し示した後に、その表象を的確な言葉で編んで行く手際が見せ所である。芭蕉が現に書き進めている『奥の細道』はそのための手引き書としても役立つように書かれている。
そういう芭蕉庵主の現状を得心し、江戸蕉門の古参を巡回して句会を企画・勧誘する介添え役が居ればありがたい。この介添え役となるべく元禄四年十月末に芭蕉を慕って京都から江戸に下り、日本橋橘町の芭蕉借宅に寄食していた僧の各務支考は、蕉門の顔役、其角・杉風らとそりが合わず、芭蕉が匙を投げると同時に、奥羽巡礼に旅立っていた。ほっとしたと云えばその通りだが、それも束の間、新庵のための拠金を省いて、いきなり庵の建築作業が始まった。施主である鯉屋杉風が奔走して、この度は一挙に完工まで作業が進んだ。真夏の新庵転居を済ませると、杉風・棋風*・曾良・岱水らへの返礼の準備に取り掛かる必要が出来る。試みに、この謝辞を意図して俳文「芭蕉を移す詞」を書き始める。

古き芭蕉庵は、山氏素堂、序(を)製《つくり》て、
貧主が心ざしをあらはし、
其角・一品等、勧進の聖と成りて、

*棋風=杉風と並ぶ草庵建設の提唱者。伝未詳。枳風か。枳風は新山家、続虚栗、鶴の歩など其角編書に登場する。

風士の輩《ともがら》に一紙半銭を乞ふ。
今年、辛未の夏、
杉風一人の施主と成りて、
聊《いささ》か棋風が志を相兼（ね）、
住居は曾良・岱水《たいすい》が物好きに任せて
三間の茅屋、池に臨（み）て立（て）り。
南にむかひて納涼をたすけ、
月光池に移り、畳をてらして、
残夜水楼に四更*の雲を吐き、
やや薫風吹ける秋の初風も身に染みそめて、
中秋三日の夕（べ）芭蕉を移して又芭蕉庵となす。
其（の）葉七尺あまり、
凡（そ）琴を隠しぬべく、琵琶の袋に縫（ひ）つべし。
鳳凰尾を動かし、雨、青龍の耳を穿《うかつ》て、
新葉日々に厚く、横渠《おうきょ》先生の知*を巻き、
上《少》年上人*の筆を待（ち）てひらかむとす。

---

*四更＝夜間を五分したときの第四更。午前1時から3時まで。

*横渠《おうきょ》先生の知＝「願クハ新心ヲ学ビテ新徳ヲ養ヒ、（中略）新知ヲ起コサンコトヲ」（張子全書13）。

*上年上人＝少年上人725-785の誤記。唐の僧懐素。長沙（湖南省）の人で僧侶。書を好み、芭蕉葉に字を書いて修行した。草書の名手。

我その芭蕉の役と成（り）て、
日々、破（るる）をかなしぶのみ。
（別本には「張横渠*は新葉をみて修学の力とせし」とある。）

政府の財政難と国力の増強を果たし、宋の再建を目指し王安石は、また自分の才能をたのみ、先輩・同輩の忠告をいれず、平気で祖法を無視した宰相でもあった。その宰相に向かって、「願クハ新心ヲ学ビテ新徳ヲ養ヒ、（中略）新知ヲ起コサンコトヲ。」（張子全書13）と説いたのが張横渠（子厚とも）である。張先生の知は、「新知で耕される新心、新心が醸し出す心徳が統治の基本だ」と受け止めて良い。もちろんこれは横渠の事績を踏まえた警世の言葉として書かれている。警世の標的は綱吉将軍であろう。

珍碩同居

元禄五年（1692）九月六日夜、浜田珍碩が江戸入りした。興津あたりから消息がきて眼病を患うよし。さてはかごを使って芭蕉庵まで担ぎ込むかと思案する内に、九月六日、宗匠帽と繻子の羽織、脇差しと小倉の袴を着した堂々

＊張横渠＝張載（1020-1077年）中国・北宋時代の儒学者。陝西省の人。進士合格。地方官を歴任。王安石の新法に反対して病休帰郷。宋学の「気の哲学」（唯物論）を創始した。

の出で立ちで、彼は新庵の枝折り戸をくぐってきた。なるほど、服装を心得て抜かり無いいで立ちではある。その夜は上方の弟子衆のうわさ話で持ちきりだったが、中でも支考の話は図々しい顔付きを二度見るようにうっとおしく、斎部《いんべ》路通は大坂にて好物の蛸喰いに余念がないなど、ひとしきりうわさ話に花が咲いた。このうわさ話*が支考の耳に入らぬように願うことにした。

珍碩がこれから顔を売ろうとする今の江戸の街には、大きく言って三つの欠点がある。これを自分は公然と弟子達に語ってきた。

一は、新将軍とともに蔓延してきた御注進社会に広がるお追従だ。これは救いがたい。が、用心する以外に予防の手だてはない。

二は、点取り俳諧の流行。裏長屋まで普及して表現の優劣を競っている。しかし、表現の優劣とはなんぞやと問いかけると誰もが押し黙って答えかねる。宗匠に一任されるその場の優劣の尺度はあまりに恣意的で、時代錯誤だ。

三に、価値ある墨跡があるように、価値ある器物、価値ある調度、価値あることばもある。個人を超え、同胞を超え、時間を超越してなお人心に呼びかける名句がその好例である。名句の消費者たる俳諧は引用を通じてその名句を陳腐化するばかりに終わっている。

＊うわさ話＝「元禄五年五月七日付け去来宛芭蕉書簡」による。

名句の消費者たる俳諧にもできることはあるはずだ。普段の暮らしに紛れ込んだ花鳥風月にも詠むべきものはあるはずだ。ただこれを弟子衆に勧める時に、それは重箱の隅をつつく努力に似てくる。同巣の句も増える。

1. 寒菊の隣もありやいけ大根　許六
　冬さし籠る北窓の煤　翁（『笈日記』）

2. 寒菊や小糠のかゝる臼の傍　翁
　提て売行（く）半夕《はし》大根　野坡（『続深川』）

「生類憐れみ」のご時世に抵触しそうな句もできる。

1. いさみたつ鷹引居《すゆ》る霰哉　翁
　ながれの形に枯るゝ水草　沾圃（『続深川』）

2. 木枯しにうめる間おそき入湯哉　荊口
　毛を引く鴨をのする俎板　洒堂（『深川』）

鷹狩りを嫌った将軍綱吉は「鷹匠町」まで廃止して憚らなかった。

それにしてもこの江戸市中の人心の荒廃は著しい。皆が小判を争って生きている。その同じ人々が旅の空では親切な知友に変わる。

只一日のねがひ二つのミ。
こよひ能宿《よき》からん。草鞋のわが足に
よろしきを求んと計《ばかり》は、いさゝかのおもひなり。
時々気を転じ*、日々に情をあらたむ。
もしわづかに風雅ある人に出合たる、
悦びかぎりなし。日比は古めかし、
かたくなゝり、と悪ミ捨たる程の人も、
辺土の道づれにかたりあひ、
はにふ・むぐら*のうちにて見出したるなど、
瓦石《がせき》のうちに玉を拾ひ、泥中に金《こがね》を得たる心地して、
物にも書付、人にもかたらんとおもふぞ、
又是旅のひとつなりかし。(『笈の小文』「行脚心得」)

この行脚論の眼目は、互いの風流を交換できる人物を見つけ出す喜びを語ることにある。「わづかに風雅ある人に出合たる」喜びは「瓦石のうちに玉を拾ひ、泥中に金を得たる心地」を呼び覚ます。加えて彼らから学ぶこともで

＊時々気を転じ＝時々に気を転じ。時々刻々と景色がかわり気分が変わる。

＊はにふ・むぐら＝埴生・葎。草深い貧家。

きる。そのためにはまず、利害得失を離れ、一人の遊客となる必要がある。

　元禄五年五月中旬の芭蕉庵主には、大きく言って四つの仕事がある。一つは夜間の桃印の看病、二には『奥の細道』の執筆、三には治療費・薬代の準備、四には同居者八人の生活費の調達である。桃印の看病は、昼間は寿貞、夜間は二郎兵衛・猪兵衛が交代してくれる。『奥の細道』の執筆は昼間、人の出入りの少ないときに処理することができる。問題は治療費・薬代を稼ぐための句会の開催、点評の執筆である。宗匠の句会出席の相場は一夜で千文、約四分の一両、その会席で執筆《しゅひつ》が書き留めた連句懐紙の評点料が一巻三百文、七日毎に句会を開いても月、二両に過ぎない。

　滋養強壮に役立つ朝鮮人参は、金貨に近い価格で売買されている。価格変動を見込まず、単純に基準価格で言えば、朝鮮人参一斤（六〇〇グラム）は銀3貫800匁に相当する、朝鮮人参一グラムは、銀6・3匁である。当時の大工の一日の日当、銀五匁よりはやや多い。しかもこれは輸入品の元売り価格である。小売りとなればさらに値上がりする。牛黄《ごおう》・鹿茸《ろくじょう》・熊胆《ゆうたん》など、類似薬はみな貴重薬である。何か代替薬を見つけ出す必要がある。

浜田珍碩は江戸に出る前に「洒堂」と俳号を変えていた。「洒」は、瀟洒・洒脱の類義語の通り、洗い流して清めることを意味する。その俳号のわけを洒堂に尋ねれば、きっと、「俗塵」を洗い流す所存でございますと答えるだろう。その洒堂の意外な働きぶりは下記の通りである。

新庵移転（元禄五年五月中旬）以後、芭蕉の手許不如意が逼迫に変わる元禄六年二月までの句会に限って言う（表3.『古典俳文学大

表3　元禄5年8月から元禄6年1月までに満尾した芭蕉一座の連句

①	元禄5年8月	素堂	（「破風口に」歌仙）
②	同上8月	濁子、千川、涼葉、此筋	（「名月や」歌仙）①
③	同上9月	洒堂、嵐蘭、岱水	（「青くても」歌仙）
④	同上9月	洒堂、嵐蘭、嵐竹、北鯤、昌房、正秀、臥高、探志、游刀、野径	（刈りかぶや」歌仙）
⑤	同上10月	許六、洒堂、岱水、嵐蘭	（「けふばかり」歌仙）
⑥	同上10月	志梁、嵐蘭、利合、洒堂、岱水、桐奚、也竹	（「口切に」歌仙）
⑦	同上冬	千川、此筋、左柳、洒堂、海動、嵐蘭、丈草	（「月代を（十八句）」）
⑧	同上冬	兀峰、洒堂、里東、キ角	（「水鳥よ」歌仙）
⑨	同上12月	洒堂、許六、嵐蘭	（「洗足に」歌仙）
⑩	同上12月	彫棠、晋子、黄山、桃隣、銀杏	（「打よりて」歌仙）
⑪	同上12月	荊口、洒堂、此筋、左柳、大舟、千川	（「木枯しに」歌仙）
⑫	元禄6年1月	嵐雪、珍碩	（「蒟蒻に」歌仙）
⑬	元禄6年1月	涼葉、千川、宗波、此筋、濁子	（「野は雪に」歌仙）

系5芭蕉集全』集英社刊による)。ここに満尾しない句会を省くのはその句会が内輪の句会で芭蕉庵の収入には繋がらないことによる。芭蕉激励連句会とでも呼ぶべきこれら十三巻の会合のうち、①は友人素堂との両吟で、芭蕉の出席も宗匠としての出座ではない。また④は江戸在住の俳人による一巡の後に、多く京都の作者に回覧されたもので、宗匠の批点*を求める連句と見られる。全体に、上方の門人を多く含んで常よりも広範、頻繁に句会が開かれている。またその分、珍しい参会者が出席している。しかもその句会は年末になるほど頻繁に開かれる。

除く十二巻を概観すると、この芭蕉激励連句の始・終を勤めるのは、大垣藩江戸留守居役中川濁子に率いられた大垣藩士達である。中川濁子自身は二回の出座で多くはないが、彼の配下の此筋・千川らは②⑦⑪⑬と四席の句会に参集している。ちなみに旧芭蕉庵修築当時から芭蕉庵桃青への寄進者だった中川濁子は、芭蕉筆『野ざらし紀行画巻』*の清書者*に指名されている。

一方、③④⑤⑥⑦⑧⑨⑪⑫と九回出席する洒堂(珍碩)は、出色の働きである。江戸の芭蕉庵に寄寓して俳諧修行に励む洒堂は、彼自身が正客となる句会二回、彼が亭主を務める句会二回と奮発している。一座の取り持ちに長け

*宗匠の批点＝宗匠は句会の求めに応じて評点を書いた。

*野ざらし紀行画巻＝芭蕉の紀行文。堀田正俊が刺殺された貞享元年八月に江戸を出発し、近畿を巡礼する。『野ざらし紀行画巻』は同紀行に芭蕉自身が絵を添えたもの。一般には貞享三・四年の作とされる。

*清書者＝三康図書館に濁子の清書画巻が現存する。濁子に贈与されたものか。

た世話役だったのだろう。修行期を終えた彼は、元禄六年一月、芭蕉庵の貧窮のさなかに、瀕死の桃印を置いて京に帰り、後に大阪で蕉門の宗匠を勤める。

次に出座回数が多い嵐蘭は③④⑤⑥⑦⑨と六回の出席で、洒堂を正客とする③④の句会では亭主を引き受けている。彼は洒堂の句会切り盛りを支援する「肝煎り」というところだろう。元禄六年八月、嵐蘭の急死を知った芭蕉は、これまでの嵐蘭の懇情に感謝して「悼嵐蘭詞」をその家族に書き送っている。洒堂・嵐蘭と並んで芭蕉激励句会の立ち上げに貢献した③⑤⑥の岱水は、芭蕉から「更科紀行」を書き与えられている。

元禄四年年末に満尾した歌仙が一巻も無いこと、元禄四年十月から翌元禄五年二月までに満尾した歌仙が僅かに四巻であることに比べれば嘘のような盛況である。中でも先頭に立って句会開催に尽力した荊口、濁子、千川、左柳、涼葉、此筋、大舟(「名月や」元禄五年八月)ら大垣藩士は、②⑪⑬で勢揃いして大垣藩の江戸藩邸において句会を準備した事さえある。

すでに記録が紛失した連句も多いはずで、十三回の句会は記録の中の最低の数だと受け取るとして、元禄五年十二月の芭蕉庵を繁忙期に訪問する彦根藩士森川許六は、芭蕉庵主から次の返事を受け取っている。

「此方御出被レ成候はば、十四日・十五日・十六・十一・二は御除可レ被レ成候。十八日・十三日は慥に在宿可レ仕候。」「尚々九日・十日も在庵しれ不レ申。」（元禄五年十二月八日付、森川許六宛）

これに遠慮した許六が同十二月十日頃に再度書いた訪問依頼の返事にも「十二日にも他出いたし候。明日七つ時分までは、在宿可レ致候。十七日は八つ時分、庵に居可レ申候。十八日は終日在庵仕候。」（同十二月十五日付芭蕉書簡）とある。

入門を志し、芭蕉庵訪問を希望する森川許六との日程調整の時でさえこの通りの慌ただしさである。元禄五年の師走は、薬代の「節季払い」に困った芭蕉が菅沼曲水に金銭無心の手紙を書く直前の時期に当たる。これら門人たちの好意に応えて、芭蕉は連句の添削（添削料あり）や句会の出席に精を出したにも関わらず、金銭は不足していた。

浜田珍碩（洒堂）が句会の企画や運営に才覚を示すことは、句会の開催が重なるごとに次第に明らかになったが、その才覚は同時に芭蕉庵主の危惧でもあった。

珍碩が江戸深川の芭蕉庵に到着したのと同じ元禄五年九月に、芭蕉庵主は三度、珍碩歓迎の連句会を開いた。珍碩の句は芭蕉から「作者だ！」と批評されるだけあって達者な句作である。珍碩自身がしばし忘れていた「新《あ》ラ鍬」の重さ、切り株の水田に反射する秋の雲、長い尾羽根を揺らして冬を待つ鶴の出で立ち、いずれも見過ごしがちな景物の微細を掴み、手際よく差し出して見せる巧者の巧みさが見て取れる。だがその巧みさの背景をなす機知の働きが透けて見えるせいで、感動よりは機知が先立つ。その結果、言葉の風格に小骨があって青臭く見える。芭蕉庵主はこの危惧を初回の句会（四吟歌仙芭蕉・珍碩・嵐蘭・岱水）で次のように暗喩したことがある。

深川夜遊

①　青くても有るべきものを唐辛子　　芭蕉
　　提ておもたき秋の新ラ鍬　　洒堂
　　暮の月槻《ケヤキ》のこつぱかたよせて　　嵐蘭（深川）

九月廿日あまり、翁に供せられて
浅草の末、嵐竹亭を訪ひて卒《にわか》に
十句を吟ず（中略）

② 刈りかぶや水田の上の秋の雲　洒堂
暮か丶る日に城《代》かゆる雁＊　嵐竹
衣うつ麓は馬の寒がりて　芭蕉（深川）

③ 九月尽の日、女木三《沢》野に舟さし下して
秋にそふてゆかばや末は小松川　はせを
雀の集るおかの稲村＊　桐蹊
月曇る鶴の首尾に冬待ちて　珍碩（芭蕉句選年考）

「青くても有るべきものを」という評語は「青くてもあるべきものぞ」に近い。唐辛子は青くてもなお見所・使い道はあるものを、の意になる。芭蕉庵桃青はその名の通りもともと「青さ」が嫌いではない。新参者の溌剌の気配を褒めて、むやみに赤く色づく気配を諌めた句作りもある。勿論、是を聞く珍碩にしても芭蕉の危惧が分からない訳ではない。自分の直感に導かれて進む句作りは自分の感性の充足を拠点としている。そこには当然のことながら、才気をたのむ驕慢さが潜んでいる。その驕慢さが悶着を生む。驕慢さをたわめて風味に変える

＊城かゆる雁＝代かゆる雁の誤記。

＊おかの稲村＝岡の稲群。

必要がある。そうでなければ、その驕慢さが今の江戸ではシャクの種になる。

芭蕉一門の句作りは、自分の一人の感性や個性の充足を超えたところにある。いきなり、見えた、分かったと思うところは錯覚に過ぎない。対象がおのれを開き、活動して、その誠を表すところを一瞬に掴み取る修練が求められる。それこそ、芭蕉流俳句が「松のことは松に習え」と教説するところである。「提ておもたき秋の新ラ鍬」という応酬どおり、珍碩にとってそれはおのれの気性を手直しする重い課題として自覚されている。

だがそれは結局克服されなかったものか、彼は在庵中「田西《たにし》」とあだ名されることさえあった。珍碩は、半年後の翌元禄六年一月下旬、京都に帰る。その珍碩が腰を上げて大阪で開業するとき、芭蕉は次の句文を書き贈っている。江戸のみ成らず難波でさえ、うかつな挙動が牛馬の蹄による鉄槌をくらう心配が出来てきていた。

贈洒堂
湖水の磯を這ひ出でたる田螺一匹、芦間の蟹の鋏を恐れよ。牛にも馬にも踏まるる事なかれ。

難波津や田螺《たにし》の蓋も冬ごもり　（市の庵）

何事も油断できないご時勢、注意の上にも注意せよ。どぶ泥の中、蓋を閉じて見ざる聴かざるで冬ごもりする田螺もいるぞ。

桃印死去

関東の河川改修、新田開発に尽力した伊奈半十郎殿には、老中松平信綱殿の総指揮のもと、道奉行として神田上水開削に成功した経歴がある。この水道は今もなお江戸の街場の大きな水源となっている。半十郎殿は工事中の承応二年（1653）六月二十七日に死亡し、道奉行は息子の忠克に引き継がれて翌年に完成した。芭蕉自身もこの水道利用と共に始まる水道浚渫工事の請負実務で生計を立てていた時期がある。最盛期の芭蕉庵桃青の借家には百人を超える*職人・土方が出入りし、寝泊まりして気勢を上げていた。その芭蕉庵主は、五代将軍綱吉即位の年（1680）には材木河岸に近い、隅田川の川岸、伊奈半十郎殿の隣地に移転した*。

最初に半十郎を名乗った伊奈忠治（1592-1653）は三代将軍家光の功臣だったし、跡継ぎの忠克（1617-1665、関東郡代1653-1665）、忠常（1649-1680、関

＊百人を越える＝浚渫代金を職人一人の日雇い賃金で除し、概算した。『芭蕉―二つの顔』講談社選書、191～192頁。

＊隣地に移転した＝伊奈半十郎は江戸における最大の公共工事の発注元だった。『江戸御触書集成1／2』

東郡代1665-1680）、忠篤（1669-1697、関東郡代1680-1697＊）の三代は四代将軍家綱の功臣として代々、幕府御船蔵の隣に屋敷地を与えられている。

忠常の跡を継いだ伊奈忠篤（関東郡代1680-1697）の郡代就任は、五代将軍綱吉即位の年（1680）に当たるが、幸い父の死亡日が同年二月四日だった。この年五月八日に将軍家綱が四十歳で逝去し、将軍綱吉が即位するのは八月である。

大きな幸運の力を借りて猜疑心だらけの綱吉将軍のあぎとを逃れたとは言え、この年（延宝八年1680）十二月にいきなり将軍綱吉から解任された大老酒井忠清は、翌天和元年（1681）には死去している。この憤死に近い死去は将軍家綱の死去を悼む自害ではないかと疑われ、検屍の使者二名が派遣された。もし将軍家綱への忠誠を誓う自害ならば、修正武家諸法度（1663）に違反したことになる。

この天和年間（1681-1683）に、任期二年目を迎えた徳川綱吉は己の意志をそろりと出し始める。将軍綱吉の初志は、それまで幕府の中枢を掌握していた老中・若年寄を傍流とし、側用人に補佐された綱吉独裁を実現することにあった。その次の綱吉の意志は、徳川家綱とその賢臣達が押し進めてきた市場の「改革解放策」を打ち止めにし、旧来の株仲間制による市場取引に引き

＊忠篤＝彼は飛騨代官1692-1697を兼務し、飛騨高山の代官として死亡する。

戻す*ことであった。

まず、老中・若年寄を次々に交替させた彼は、自分の意に適う者を選んで登用した。将軍就任の延宝八年（1680）十月に登用された勘定奉行、彦坂重治・高木守蔵*、南町奉行、飛騨庄正親（元勘定頭）、同九年に登用された北町奉行、北条氏平（前職は書院番、持ち弓頭）らがその要となる人事である*。いずれも俗に布袋組《ほていぐみ》と呼ばれる番頭《ばんがしら》、組頭からの抜擢である。交易・市場・資本蓄積を嫌う綱吉には、芝居・出版・遊興・博打もまた虚飾に見えていた。質素倹約を標榜し、市場と庶民生活を教化・従属させるべく教唆する将軍にとって、江戸庶民を相手取る民政・財政は閣僚人事と並んでなおざりにするつもりのない領域だった。

これと同時に彼は、「御前右筆」の職掌を準備して、自己のための日々の記録を作成する。このため、綱吉の日々の記録は天和二年・三年と日を追って増加、細密化する。普段なら布袋組（番頭、組頭）止まりだった転職、賞罰、叙位、随身に加えて見参、遊楽（主に能楽）・書講の参加記録がびっしりと書き込まれている。これによって、将軍綱吉が己の行為をすべからく統治行為と見なし、権力生成のシステムに組み込もうとしたことが分かる。もちろん

---

*市場取引に引き戻す＝株仲間による市場支配を復活する。綱吉の将軍就任と同時に市場の米価が急落し、間もなく米価は半額になる。幕府の収入は概略で半額になる。

*彦坂重治・高木守蔵は貞享四年（1677）に解任される。米価はまだ低迷している。（『勘定奉行の江戸時代』藤田覚著）

*人事＝監察・勘定を重視する綱吉にとって、人事こそ統治の要だった。

これは綱吉の綱吉のための記録であり、自分の初志を妨害し、不心得なフェイクニュースを流す不逞人たちへの対抗策でもある。

最後の「改革開放派」だった堀田正俊が貞享元年（1684）に江戸城で刺殺されると、綱吉による民政刷新が表立って始動する。綱吉の将軍就任（1680）と共に急速に下落した米価は、堀田正俊が刺殺された貞享元年（1684）には、二分の一まで暴落する。米穀に依存して物納制で運営されていた幕府財政は打撃を受け*、逼迫を余儀なくされる。この事態に直面した徳川綱吉が何をしたかは、次の箇条書きを見るとよく分かる。

1、貞享二年（1685　39歳）「市法貿易法*」の廃止
2、同年、糸割り符仲間の復活と「定高貿易仕法《さだめだかぼうえきしほう》*」の制定
3、貞享三年（1686）の江戸大伝馬町の木綿仲間（従来四軒）の大幅増員*
4、貞享四年（1687）一月の【生類憐みの令】
5、同年二月の「食膳用魚類販売の禁令」
6、元禄元年（1688　42歳）「美服禁止令」
7、同二年（1689）、「長崎異国荷物高値入札禁止令」
8、元禄五年（1692）江戸の質屋仲間に質屋総代を設置*

＊打撃を受け＝元禄六・七年に作成された「お蔵入高並（に）御成物元払積書」（東大史料編纂所）には十年前と現在との支出の比較がある。現状は十万四千五百両の赤字。十年前は二十八万六千三百両の黒字。（『勘定奉行の江戸時代』藤田覚著）

＊市法貿易法＝糸割り符仲間による市場支配を改め、手付け金を供託する者の大部分が差別なく市場に参加する市場取引の定め。

＊定高貿易仕法《さだめだかぼうえきしほう》＝輸入品の全体量を銀9千貫に据え置き、貿易の輸入超過を抑制する布告。

9、元禄七年（1694　48歳）、市中の十種の問屋に「仲間」の設置を認める。

言うまでもなく市場の「改革開放策」は、市場に呼び寄せた物品の売買・流通を促進することで仕事・雇用・賃金を増やし、農村の次男・三男・次女・三女に新種の仕事や奉公先を提供する。米河岸でこぼれた米を掃き集めて分限者の列に名を連ねる母子（西鶴『日本永代蔵』）さえ登場する。江戸を目指した諸国の遊民は市場の周辺に蝟集し、遊芸人は繁華街を目指したが、彼らの粋な飲食や目立った衣装は、彼らの気っ風や心意気の証でさえあった。

　ところが綱吉将軍は、その市場を支配し、服従させることで、幕府にとって良好な市場環境を作り出そうとしている。過剰な資本・資産の蓄積が過剰な飲食・美服・娯楽をもたらす。これを〔質素〕の水準に押さえ込んで置かなければならない。とは言え、自分たちの生計維持に必要な金銭は、特権商人（株仲間）らが支配する市場掌握力を認め、そこから遅滞なく運上金を召し上げることで賄う。

　ここでは新規に江戸を目指した自由民、市場の周辺に蝟集した新参商人、諸国巡回の遊芸人は新規な闖入者に区分され、請け人（身元引受人）なしの店借りは禁止される。算術・手筆、医術の心得ある者が喜んで迎え入れられた

＊木綿仲間の大幅増員＝木綿仲間の下にあった仲買が一斉に問屋に昇格した。

＊質屋総代＝この質屋総代は金貸し業の総てを統括する役職（『徳川実記』）。

自由民のパラダイス「江戸」は、溶解して消えることを意味する。自由庶民のためにパラダイスを提供してきた魚市場・米市場・材木市場が圧縮され、衰退する様を見ながら芭蕉庵桃青は、自分の前途を見通そうとする＊。それが血気盛んな芭蕉庵桃青の天和年間（1681-1683）である。

　贈り物と演能・講書とが欠かせない綱吉新将軍は、しかし臣下の過失や職務怠慢には過敏に反応した。特に勘定方は注目の的で、勘定組頭、荻原彦二郎＊のように綱吉直々に「万事の吟味、一人之以㆓分別才覚㆒無㆓遠慮㆒心一ぱいに仕り」（『御当代記』）、不審なことは、細大漏らさず綱吉に報告せよと下知されていた。

　まず内輪を固め、次に迎合を誘う権力主義な人心掌握術＊は、彼が愛好した学問にもよく現れている。天和元年（1681）六月の柳沢保明の入門に始まり、小姓の安見友益・岸田常安・寺内段之助（元禄三年六月）が常連となり、これに山東新之丞・高瀬甚助（元禄三年十二月）が加わり、さらに太田市三郎・井野口作源太（元禄四年三月）が受講生に加えられる（『楽只堂年録一巻』、柳沢吉保）。この間に、御殿並びに御殿勝手口へ伺候する大名・旗本・僧侶の聴聞希望者は確実に増えてゆく。老中・若年寄と言えどもこの儒学遵

＊見通そうとする＝翌年の貞享元年（1684）に彼は江戸を離れる。

＊荻原彦二郎＝重秀（万治一（1658）～正徳三（1713）。五代将軍綱吉に認められて勘定所下役から勘定組頭、さらに元禄九年（1696）勘定奉行にまで昇進する。窮乏する幕府財政の打開策として貨幣改鋳を行う。その出目（でめ）によって財政危機を乗切ろうとし、一時的には幕府財政も潤った。が、悪貨が出回ることで物価の高騰や混乱を招いた。重秀に対する将軍の信頼は厚く、改善策は六代将軍まで持ち越された。

法型の側近衆に倣わざるを得なくなるのである。

この儒学遵法型の側近集団を中核とする基礎作りを済ませた新将軍には、当然、次に目指すべき目標があった。新将軍はいきなり先代の遺産である閣僚や能吏らの施策を公然と無視して、取り壊しに懸かった。自己顕示欲が強過ぎるせいかと疑われはするが、それが先代の忠臣達を苛立たせることは計算の内に含まれていた。このため江戸城内から甲府勤番まで、ご城内の大番衆は「昔はむかし、今はいま、危うき事」と語る危険なご時世に直面した。来客の痕跡を消すべく乗り物を邸内に引き入れる大名・旗本が現れ、目付・奉行所による密偵探索が始まっていた（『御当代記』）。

誤解の余地のない葬儀、誤解の余地のない相続を済ませると、伊奈半十郎以下家綱恩顧の旗本たちはひっそりと暮らすようになる。自分が深川に移住(1680)してからこの年(1693)まで十三年、半十郎殿のご家中は静謐と言って良いほど静かに暮らしている。しかしその半十郎殿にも飛騨代官赴任の噂が立ち、事実元禄五年(1692)には飛騨代官赴任の沙汰があった。この沙汰は結果として、半十郎殿のお命を縮める激務の到来を意味していた。屋敷地を返上し、遠隔地に赴任する心持ちを忖度する向きもあるが、その噂さえ誰

＊人心掌握術＝綱吉時代の赤字十万両の主な要因は、作事(四万三千九百両→二十六万八千五百両)、納戸入用(四万三千九百両→十五万五百六十両)の増加にある。納戸入用は、将軍家の衣料・調度・下賜品の費用。(『勘定奉行の江戸時代』藤田寛55頁)

かが画策した噂かと疑う必要があるご時勢になっている。

病室の桃印は、元禄六年三月に死亡した。病名は結核。元禄六年二月八日、芭蕉が近江の膳所藩士、菅沼曲水宛に、金銭無心の手紙を書いてから約一ヶ月後の病死である。看病に当たった寿貞・猪兵衛らにも感染の危惧があった。薬代の「節季払い」を勘案すれば、金子の入用は元禄五年年末と元禄六年七月中旬に集中しただろう。

宗匠への謝礼の形で芭蕉庵主を支援する仕組みはできていたものの、高価な治療費・薬代には足りていない。まして七月中旬までの収入を見積もっても、この七月の節季払いの算段は立たなかった。だからと言って江戸の門人たちに今以上の心配を掛けることは、厳に憚られた。富める暮らしを貧しきとなす芭蕉庵主の矜持は、伊達や酔狂の産物ではない。主・客の談笑の中に浮かぶ「風流」の神髄を研ぎ出し、これに言葉を与える修練の日々がある。その修練の場としての旅行の日々がある。風流の神髄を見つめること、清貧に自足すること、これ以上に満ち足りた生活はないとの矜持が試されるのである。

このため、旅の日々と「庵住生活」は簡素に磨かれる必要がある。その簡素は、身分や貧富の尺度には関わらない。貴賤群衆は等しく正客となりうる。

簡素な俳席の正客は心おきなく持てなされ、主人は謙って一座を和ませる。これを体現する宗匠が居る限り、風雅人の矜持・詞藻は廃れることがない。ここは何としても凌ぎの手だてを見つける必要がある。

桃印没後の庵室の殺伐感には、思いの外深く胸に染みるものがある。幼少時に父と死別した桃印は、母、弟と共に伊賀上野農人街の実家に寄宿して成人した。兄半左衛門が跡を継いだ松尾家で、母は、芭蕉の他に、早世した姉一名（曰人写、竹人芭蕉翁全伝）、妹三名を自らの手に鍬鎌をとって一心に育て上げた。「賢婦」だった。生計の的を絞り、男子二人を武家奉公に押し上げるという見上げた知恵を備えていた。末娘の「およし」はこの母の指示で兄の養女となり、武家奉公の兄（藤堂修理家来、芭蕉翁の由来書）を助けて農事を捌いた。残りの姉妹の内の一人は伊賀城下の富商片野家に嫁ぎ、今一人は久居村の堀内氏に嫁いだ。その姉妹の一人が（曰人写、竹人芭蕉翁全伝）いかなる不縁か、寛文六年（1666）、夫の病死を理由に幼少の息子二人を連れて実家に寄宿した。堅実な松尾の寡婦は、この娘の帰省をも静かに受け入れ、ともに農事に励んだ。後に半左衛門宛てにこの娘の婚家から借金の依頼が来るところを見ると、結縁を断ち切る離縁ではなく、病気療養のための一時帰省など、婚姻の中断が予想される。

伊賀上野に残る松尾家菩提寺の過去帳によると、延宝八年（1680）十月に「松尾半左衛門甥」と但し書きされた「冬室宗幻」が死亡する。半左衛門らと同居していた桃印の弟に相当する。この「冬室宗幻」は延宝八年十月二十一日に起きた新小田原町大火で焼死（実は詐死）した桃印ではないかとの推定もあるが*、五年に一度の帰国を義務づける藤堂家の藩法（『宗国史』「国約志第五」）に背くとの理由で桃印の詐死を届け出るだろうか。人別帖を管理する菩提寺（愛染院）では葬式も法事も執行する。半左衛門一家において該当する死亡者の有無は把握されている。その愛染院に詐死を届け出たのでは、院主も半左衛門も桃青も共に詐死以上の犯罪を犯す者になる。

「松尾半左衛門甥」と但し書きされた当時、桃印の年齢が二十歳前後であるため、この「冬室宗幻」はまだ十六・七歳の夭折である。その病名は不明ながら、「冬室宗幻」という戒名からすると、彼は俗名に「宗」の字を用い、冬の窓に幻想を見るような境涯を生きたことになる。

この北向きの部屋は後に芭蕉の紀行文で母の居室「北堂」（野ざらし紀行）

＊『芭蕉—二つの顔』講談社選書、191～192頁

として登場する。床が低く陽当たりが悪く薄暗い部屋である。桃印の父何某が死亡した寛文六年（1666）、芭蕉もまた主人藤堂蟬吟の病死を理由に武家奉公を辞し、浪々の身となる。藤堂良精家の三男*とされる良忠（蟬吟）の家でも兄たちの事跡は欠けている。良忠を含めて兄弟はともに若年で死亡したものだろう。この蟬吟の病死と共に浪々の身となった芭蕉は、病気療養のために安静を要する身の上となる。しかし、それでもまだ堅実な母が生きている時期は波乱無く過ぎた。

天和三年（1683）六月、郷里からその母の訃報が届く。戒名は「梅月妙松信女」。「松尾家」由来の松、「梅月妙」は人柄や役割を表す。桜のように華やかではないが見事に松尾家を維持した女性らしい気丈な戒名である。この年、芭蕉四十歳、郷里の桃印は十三歳になる。どちらかと言えば父母に似て病弱な桃印は、百姓仕事や武家奉公には向きそうもない。

桃印の世話をした兄嫁には、自分が故郷で療養したときの、決して短くない看病の恩義がある。病弱な桃印の境遇は、芭蕉自身に似ていなくもない。半左衛門の目にも姉者の目にも、江戸にはまだまだチャンスがあり、江戸の芭蕉庵桃青はそのチャンスを手にした男だと映っている。義姉の希望を容れて

---

*三男＝（朝日日本歴史人物事典、田中善信）

も桃印の志望を尋ねても、江戸行きが彼らの結論なら、芭蕉庵桃青は桃印の江戸での奉職を支援する必要がある。かくして延宝四年（1675）、江戸本船町の町名主、小沢太郎兵衛の書き役として太郎兵衛長屋に落ち着くのを期に＊、芭蕉庵桃青は桃印を受け入れる。受け入れた桃印は当面、芭蕉の小間使いとしてこの長屋に住み着き、賑やかな雰囲気の中で多感な青年期を過ごすことになる。桃印の死亡はそれから二十年後のことである。もとより芭蕉は桃印の未来を開く光明ではなかったし、桃印はおのれの光明を見ずに他界する。

桃印との同居が始まると、算術が出来、手跡が巧みで、その上社交を得意とする芭蕉庵桃青との性格の差異は自ずと見えてくる。だが、それはそれで良い。延宝四年（1675）七月を過ぎると、本船町の名主小沢太郎兵衛の仕事が俄然忙しくなる。町奉行から町年寄りに付託された神田上水の川底浚《さら》えを本船町の名主小沢太郎兵衛が引き受けたからである。当然、太郎兵衛の書き役である芭蕉は太郎兵衛の代理を務めることとなり、算術も手跡も社交も欠かせない才覚になる。誘われて小田原町にある太郎兵衛の長屋に寝起きする芭蕉は誠に使い勝手の良い書き役となる。

＊落ち着くのを期に＝長屋は小田原町にあった。本船町の名主小沢太郎兵衛が引き受けた上水の浚渫工事を延宝五年から延宝八年まで引き受け、最初の代理引受人となる。

この本船町と小田原町とは隣り合わせており、江戸の上水道浚渫を差配する町年寄、奈良屋・樽屋・喜多村の三家もこの近辺に屋敷地を賜っていた。この小田原町には、芭蕉の愛弟子杉風の魚屋もあり、太郎兵衛の長子卜尺もまた桃青の取り巻きの一人に数えられた（口絵0／2／3）。ここには米河岸・魚河岸があり、少し下流の両国橋には木場（材木河岸）がある。世間のお触れや通達、憶測やうわさ話はここに集まり、選択されて拡散する。やがてその実直さを認めた太郎兵衛の依頼で町名主の代行*に雇われると、町年寄から太郎兵衛の下に持ち込まれた神田上水道の総浚えの仕事が桃青の仕事になる。神田上水道は井の頭池を水源とし、大洗堰堤がある関口村で分水して、小石川からは導水管で江戸市中に水を供給している。この大洗堰堤から小石川の樋口（導水管）までが桃青管轄の浚渫《しゅんせつ》区間に当たる。年に一度、六月中旬（または九月下旬）に行われる川底さらいだが、約百五十両の金銭が動く。水道浚渫の工事費をもよりの町名主や月行司が負担するからである。浚渫工事の人夫賃、一日約二〇〇文で換算すると、ざっと三〇〇〇人分の工賃である。勿論、その人夫の斡旋もまた太郎兵衛の請負である。短期間に仕事が殺到する意味でも、これは明らかに、太郎兵衛一人の手に余る仕事である。そこで太

＊町名主の代行＝後に「町代」という。

郎兵衛の代役として、町代桃青の名が届け出られる*。

常時ある職ではないが、水道の川底さらいは大仕事である。水道を永く不通には出来ないため、あらかじめ番小屋を設営し、人夫を募る必要があった。開削工事が迫ると、工具の収納小屋、人夫用飯場を用意し、まかない婦にまかない場を提供する必要もある。寸暇を惜しむ浚渫《しゅんせつ》現場では、準備の周到さが仕事の効率を高める。公示前から道具屋、人夫頭、まかない婦が太郎兵衛長屋に集い、各自の算段をすりあわせて、当日の手順を決める。何ぶん元請の実態が新人の桃青である。各町代からの人夫や備品の調達もままならない。大人数を統率して一気呵成に仕事に取りかかるには、浚い面積、人数、道具、土方、人夫頭までが予め定められ、小頭、まかない婦には、進行手順や分量が周知されていなければならない。

延宝八年（1679）六月*になると、江戸の町触れには、元請け人*として直接、桃青の名前が登場する。人夫の男女が浚渫工事に習熟する頃には、工事の常連もできる。関口村に設営された桃青の番小屋には、自然、人の輪も生まれ、寝泊まりする者もできる。延宝四年（1675）七月、伊賀上野から桃印を呼び寄せた「桃青」は、桃印を小間使いとして、町代の仕事を教えること

*桃青の名＝延宝七年（1679）から浚渫工事の代理請負人が認められ、「桃青」の名が届け出られる。（芭蕉　二つの顔、田中善信著）

*延宝八年六月＝徳川綱吉の将軍就任2ヶ月前にあたる。

*元請け人＝本来町内の仕事を請負う人。延宝五年から同八年まで芭蕉は小石川水道の最初の元請け人だった。（芭蕉二つの顔、田中善信　講談社選書メチエ　110頁）

もできた。桃印、当時十六歳は、生涯でもっとも賑やかな芭蕉の手元で仕事を始めたことになる。延宝八年、二十歳になった桃印は、関口村にある番屋に先発して芭蕉の留守を務めるまでになる。しかし芭蕉はその最盛期に突如、関口の飯場から深川に転居する。世間的には、松尾桃青が新規応募者の*永富町名主、瓜生六左衛門に競り負けたと見えただろう。だがそうではない。上水浚渫の元請けが瓜生六左衛門に変更された天和二年（1682）七月までは、浚渫工事は従来通りだったからである。なぜだ！　これは生活基盤が崩れる大事件だった*。憤怒や無念さが芭蕉に襲いかかる天和二年は、芭蕉の人間性を脅かす激情の年に変わった。

　貧山の釜《かま》*霜に啼く声寒し

　　茅舎《ぼうしゃ》*買レ水

　氷苦く偃鼠《えんそ》*が喉をうるほせり

　　深川冬夜ノ感

　櫓《ろ》の声*波ヲうつて腸《はらわた》氷ル夜やなみだ

　かつては皆が囲んだ大釜が今は貧寒とし、霜の寒気に共鳴して鳴る。喉の渇きで目覚めた自分（ドブ鼠）がかち割って飲み込む氷は、喉を苦々しく胃

＊新規応募者の＝公共工事は大方が入札に拠っていた。応募元は江戸町奉行。『徳川実記』元禄六年七月十日「府内上水まで町奉行の所管たりしが此のち道奉行に其業をつがしむ」。
＊大事件だった＝天和二年、上水の浚渫工事が七月二十八日と九月二十八日の二度も有り、工事入札を勧誘する告示はない。『江戸町触集成2』26頁。
＊貧山の釜＝霜夜に鳴る豊山の鐘のもじり。
＊茅舎＝茅葺きの小屋。
＊偃鼠＝偃堤に棲む鼠。
＊櫓《ろ》の声＝漕ぎ櫓が波を叩いてきしむ音。

の腑に下る。自分の腸《はらわた》は氷り、櫓声はハッシと耳を打つ。波は身を堅くして打擲を浚い取る。目は知らぬ間に泣いている。この無念さを乗り越える強靱さが必要な此の時に知友は霧散した。こうした大きな無念さの中から芭蕉庵桃青の反骨の意地が形成される。首陽山で餓死しても節操を曲げない伯夷・叔斉、また巣父《そうほ》・許由の堅固な志操が玄関の「四山」には託される。

　こうして芭蕉庵の最盛期に始まった桃印の江戸暮らしはそれなりに順調に二十歳まで続いた。天和三年（1683）九月、芭蕉の友人素堂はあたかも娯楽のように、次の回状を作って、江戸在住の芭蕉の知己に回覧している。芭蕉庵建立を趣旨とするこの回状は、さながら御神輿を担ぐ担子《かこ》のように門人たちの手から手を伝って、なけなしの小遣いがお賽銭のように寄進箱に投げ入れられた。あの時が芭蕉庵の盛りだったと知れるのは、今の寂寥があるからである。「貧のまたひん」を楽しげに標榜する友人素堂の狂文は、次のように書き始められている。

■山口素堂筆「芭蕉庵再建勧進簿」（文政二年刊『随斎諧話』）

芭蕉庵破て*芭蕉庵を求む。
力を二三生にたのまんや*。
めぐみを数十生に待たんや。
廣くもとむるは却つて其おもひ安からん*と也。
甲をこのまず、乙を恥づる事なかれ。
各志の有る所に任すとしかいふ。
これを清貧とやせん、はた狂貧とせんや。
翁みづからいふ。ただ貧也と。
貧のまたひん、許子*の貧。
それすら一瓢一軒*のもとめあり。
雨をささへ、風をふせぐ備へなくば、
鳥にだも*及ばず。
誰かしのびざるの心*なからん。
是、草堂建立のより出づる所*也。

---

*芭蕉庵破て＝旧芭蕉庵が破屋となって。
*力を二三生にたのまんや＝余力がある二三士に依頼するか。
*其のおもひ安からん＝小銭を気楽に寄付することができる。
*許子＝許由。中国古代の隠士。地位・名誉を汚れと見なした。『徒然草』18段。
*一瓢一軒＝一つの瓢箪と一宇の庵。
*鳥にだも＝鳥にだにも。
*しのびざるの心＝憐れみの心。
*より出づる所＝発意する訳。

天和三年秋九月、竊汲願主之旨《ひそかにくみぐわんしゅのおもむきを》　濺筆於敗荷之下《ふでをそそぐはいかのもとに》＊　山素堂＊

一、五匁＊柳興　一、三匁　四郎次　一、十五匁　楓興
一、四匁　長吁　一、四匁イセ勝延　一、四匁　茂右衛門
一、三匁　伝四郎　一、四匁赤土以貞　一、一匁　小兵衛
一、五分＊七之助　一、弐匁永原愚心　一、五分　弥三郎
一、五匁　ゆき　一、五匁　五兵衛　一、三匁　九兵衛
一、四匁　六兵衛　一、三匁　八兵衛　一、五匁　伊兵衛
一、弐匁　不嵐　一、壱匁　秋少　一、弐匁　不外
一、壱匁　泉与　一、弐匁　不卜　一、壱匁　舛直
一、五匁　洗口　一、五分　中楽　一、二朱＊　枳風
一、一匁　勇招　一、五分半《川村》右衛門　一、銀一両＊　文鱗《鳥居》
一、五匁　挙白　一、五分三郎《川村田》兵衛　一、一匁五分藤四郎
一、五分　一郎《川村田》兵衛　一、三匁　調鶴《羽生》　一、五分　暮角
次叙不等
一、弐朱　嵐雪　一、銀一両　嵐調　一、一銭め　嵐叢

＊濺筆於敗荷之下《ふでをそそぐはいかのもとに》＝破れ蓮葉の陰にて筆を走らす。

＊山素堂＝山口素堂の略。深川住、芭蕉の親友。

＊五匁＝銀の重さ。五匁は五匁銀貨。十二枚で一両。

＊五分＝一分金の場合は四枚で一両。

＊二朱＝二朱銀は八枚で金一両になる。

＊銀一両＝金一両、一分銀は四枚で金一両。

一、三匁　源之進　一、一銭め　重延　一、よし簀一把《代一匁》嵐虎
一、一銭め　正安　一、五分　柊門　一、一銭め　幽軒
一、五分　むら＊　一、弐匁　嵐柯　一、弐匁　親信
一、？？　嵐竹　一、五匁　？？　一、破扇一柄　嵐蘭
一、大瓢一壺　北鯤之　一、竹二尺四五寸山店之

寛文十二年（1672）はその年の内に改元して「延宝」となった。この年、江戸に下った芭蕉は、当座は小田原町に借り住まいした。高野幽山の執筆を勤めて俳諧修行に励んだ。初めて見る江戸っ子の闊達な気っ風は心地よかった。その延長で、自分の前途にもかがり火が燃えていた。延宝二年五月、北村季吟から『俳諧埋木《うもれぎ》』の伝授を受け、かねて持参の『貝おほひ』を出版した。俳諧師連の仲間入りもはたした。京都から下向、移住した幽山、似春、吟市、春澄らが早速仲間になってくれた。あのころは楽しかった。『貝おほひ』の底抜けの明るさは、寄り合い世帯の江戸の気質に叶っていた。異邦人の住み易さはたくさんの異邦人に囲まれて暮らすことにある。てやんでえ、宵越しの銭は持たねえと啖呵を切る江戸っ子気質からは、歓迎される闊達さだった。信徳、信章、嵐

＊五分むら＝文中の「五分」は一分金五枚だとすると「五分　むら」のような女性が一両以上の寄付をしたことになる。五匁銀貨の二分の一、「五分」か。

蘭、杉風、卜尺、其角らが連衆となり、「祭り連」のような取り巻きができた。その中心には常に、不思議に人望が集まるアバンギャルドの「桃青」がいた。

旧芭蕉庵の改築に当たって、小遣いからの喜捨を呼びかける素堂の文面が妙に賑やかな理由は、物惜しみしない芭蕉庵主に職人、人夫、まかない婦、数百人を差配した過去にある。またここに喜捨した人物の過半が、貴賤群衆だった。老若、男女を問わず、闊達で陽気な庶民の気配を発散するのはその仲間意識のせいである。

それにしても上記の五分は、金貨の一両を超える。その五分寄進した友人が七人居る。先の素堂の文面から察して、ここに記載の金銭（匁）は銀貨であろう。その銀貨で換算すると、銀一両は金一両、一分銀は四枚で金一両、二朱銀は八枚で金一両、五匁銀貨は十二枚で金一両になる。文中の「五分」は一分銀五枚ではなく、銀一両の二分の一（または一分銀の二分の一*）を言う「五分」だろう。また金「一銭め」は、銭一銭（四千分の一両）か、「銭一千もんめ」の略記だろう。「銭一千文め」は四分の一両に相当する。

銀一両の文鱗・嵐調を筆頭に、銀五分を寄進した弥三郎・中楽以下十名、五匁銀貨を寄進した楓興（三枚）、ゆき、五兵衛、伊兵衛、挙白らがそれに続い

＊五匁銀貨の二分の一の可能性もある。五匁銀貨は十二枚で金一両。

ている。四郎次、茂右衛門、伝四郎、小兵衛、七之助、五兵衛、六兵衛、八兵衛などの庶民名、「ゆき」「むら」の女性名も混じっている。飯場の炊き出しを担当した近所の総菜屋の女主人だろう。新芭蕉庵の向いに位置する隅田川と小名木川との合流点は大きな船着き場であり、諸国の回船が集ってくる。それらの船客を相手にする「湯船」も来る。周囲には舟大工の工事現場が続いている。飲食を供する総菜屋の店開きもある。中には、「よし簀一把《代一匁》」、「破扇一柄」「大瓢一壺」「竹二尺四五寸」を贈って寄進に花を添えた数寄者もいる。これら自由定住者の集団から贈られたエールが芭蕉庵の侘び数寄生活を高揚させていた。

　思えばこの頃はまだ江戸名物の「あたけ丸」は健在だった。巨大船は富を運ぶツールであり、巨大船の廻りには自然に人垣が出来た。その人垣からは活気が沸き、賑わいが生まれた。『安宅御船仕様帳』・『安宅御船諸色註文帳』を見ると、船首に長さ三間の竜頭を置き、竜骨は長さ百二十五尺（38メートル）、船幅は五十三・六尺（約20メートル）、排水量は千五百トン、艪数は百挺。軍船装備で甲板上に二層の総矢倉、船首側に二層の天守を備え、外板の厚みは一尺。防火・船喰虫対策のために船体・倉郭すべてに銅板を張っていた。名物になるのも道理の装甲である。あまりに巨大で大艪百挺でも推進力が不足したところから実用性がないと言い立てる者もいるが、あたけ丸が戦闘船である必要はない。実用的でないと言うなら、この御座船の主人である将軍家綱公さえ実用性がないと言うことになる。

わずか十一歳で将軍となった家綱公には、叔父の保科正之、大老・酒井忠勝、老中・松平信綱、阿部忠秋、酒井忠勝らの名臣がいた。その家綱公が名臣に囲まれ、二十九年間の政治的安定を実現した。それも只の安定ではない。希有の成長と安定だった*。

14　徳川家綱

15　酒井忠勝

この希有の安定の支柱となった二人の大老を酒井忠勝、酒井忠清と言う。もと小浜藩主だった酒井忠勝は、山陰・北陸の産物を琵琶湖経由で京・大坂に運ぶ地の利を活して小物成り（銭納。23％）を実現し、財政改革を軌道に乗

＊希有の成長＝この成長を描いたのが井原西鶴著『日本永代蔵』である。濱森太郎・国場弥生著『西鶴のビジネス指南』三重大学出版会。

せた。幕府老中に登用された後も市場経済、物流改革、年貢の銭納制が財政改革の本道であることを十分承知していた。忠勝は、明暦元年（1655）の糸割り符仲間の解散を見届けると翌明暦二年（1656）に引退して、その政策後継者として松平信綱を指名した。そしてこの信綱の跡を引き継いだ酒井忠清は、延宝元年（1673）に「畑永法*」「三分の一銀納法」を制定して租税の銭納を推進する。彼が推進した銭納とは百姓らに直に銭を握らせ、創意工夫で生計を立て、その生計の中から納税する銭納税制を意味する。こうして幕府財政の改革解放策は起動し継承され、日本の一次産品の生産量は上昇軌道を辿ることになる*。

　同僚には稲葉正則や側衆・久世広之、土屋数直が居り、将軍家綱を補佐した。庶民の活力を引き出すことがこの施策の眼目であった。江戸城天守閣から城下を眺望する家綱に家臣が望遠鏡を差し出すと、「これを使えば家綱は望遠鏡で民情を偵察していると言われかねない。」と注意したという。江戸の繁栄*は改めて見るまでも

16　第一次産業の生産性

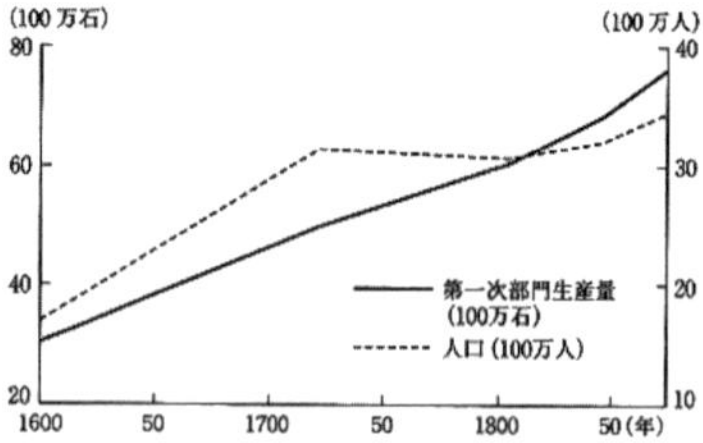

図 0-2　近世の第一次部門生産量と人口の推移，1600-1874 年
出典）第一次部門の生産量は巻末付録表 2-A，全国人口は Saito and Takashima (2016).

＊畑永法＝畑の年貢を永（貨幣）によって納めた方法。永法（えいほう）とも。関東地方で採用されたものは関東畑永法と呼ばれる。

＊第一次産品の生産量＝岩波講座『日本経済の歴史2』「序章」9頁（高島正憲他。以下同じ。）

＊江戸の繁栄＝西鶴はこの時期の江戸の繁栄も活写している。濱森太郎・国場弥生著『西鶴のビジネス指南』。

なく、上からの偵察によって不必要に民情が萎縮することこそ改革解放策の大敵だとの示唆である。

以前であれば、百姓たちは秋の終わりに食べ残した僅かの米穀しか売ることが出来なかった。百姓は売買から遠ざけられ、他国者への米穀の売買は厳禁されていた。春・夏の季節はずれに、余分の米穀を買い取りに廻る商人が居たが、これは露見すると藩法に従って禁固三ヶ月以上の厳罰が待っていた。強引に米を買い付け、駄馬で運び出す不運な藩外者は反逆罪だった。米穀の売買は主に藩主の独占するところであり、藩主は巨大な米穀商として振る舞った。

しかし、家綱とその賢臣たちの治世では、年貢米を中心とした租税収入に加えて、日本国内外の流通促進から生まれる交易所得を財源とする社会改革が企てられた。市場開放のすごさは、単純に言えば、米穀を作る百姓たちに銭を握らせ、その銭を使って諸色・課税の支払いに充てさせる事にある。これが普及することで農民の手許に「所得」が生まれ、「貯蓄」や「投資」が推進されるからである。またそうすることでとかく米価が乱高下する「年貢制」から離脱し、銭納という飛躍的に堅実な藩財政を実現することもできる。庶民に金銭をもたらし、藩庫に堅実な収入が増えるなら、これに勝る政策はあるまい。ここに家綱とその賢臣たちの思案があった。

ちなみに租税を銭納にする試みは、家綱の将軍就任（1651）から数えて23年後の延宝元年（1673）、酒井忠清による「畑永法」「三分の一銀納法」のかたちで実施されている。主として畑地が多い関東の「畑永法」は畑地の年貢を銭納にすること、「三分の一銀納法」は畑地と水田が相半ばする関西では年貢の三分の一を銭納する事を言う。具体的には、毎年11月15日から同月月末までの地元の米相場の平均値に銀5～6匁を上乗せした金額が基準価格と定められていた（大石慎三郎、享保改革の米価政策（その1））。この銭納をさらに拡大して幕府財政を改善するところに家綱とその賢臣達の意図があった。

すでに明暦元年（1655）、彼らは繊維製品の独占取引を維持する糸割符制を廃止し、金力に物を言わせる諸色の価格操作を排除した。中国・オランダから来訪する貿易業者と国内繊維業者との、自由参加の相対取引が推奨された。また寛文九年（1669）には諸国の斗料升を統一し、引き続いてこの幕府の支援を得た河村瑞賢が東廻海運・西廻海運の行路を開拓した。

回船航路の開設となれば、当然夜間や風波を避けて船を休める大型の「船泊まり」が欠かせない。またそのための航路は運送を通じて連結され、一本の太い通商路を形成する。通商路は江戸・大坂・名古屋に向かう物流の質量を加速度的に引き上げ、価格形成力を備えた中核市場を形成する。各「船泊まり」にあたる港湾城址や河口港には、市場、倉庫、駄馬、人足、水運・陸運のための船舶、水主、荷馬車も増える。各藩法に縛られ、隣国への米の移送を拒絶していた藩庁も、流通経路に腰を据え、江戸・大坂に蔵屋敷を構えて市場取引に参入する必要があった。農村市場に参入し、商品となる作物の搬入・搬出を差配する必要もあった。また村役人や仲介業者を配置して、運送業者を支援する必要もあった。彼らのために宿屋や飯屋が常備され、河川航路の開削が進んだ。

僻地における農産物の買いたたきが減り、標準価格が形成される。これらの通商行為を通じて庶民の所得と消費とを増強し、貯蓄と投資とを促進する。流通経済を始動させることがこの家綱たちの政策の根幹にあたる。藩法の岩盤規制を開削し、流通経済を円滑に進める仕組み作りを担当する諸藩に向けては、諸国巡見使の派遣が企てられる。

流通の拠点都市が栄え、消費生活はゆっくりながら活況の度を増していった。家綱とその賢臣たちの時代に国庫の支出は増大したが、それは津々浦々の市場経済を起動させる呼び水だった。神田上水の水道掃除請負人松尾宗房（芭蕉）もまた、一度はその活況の中にいた。それがいきなり暗転したのである。

17　将軍　徳川綱吉

18　酒井忠清*

19　藤堂高久

元禄六年四月、日頃から柳沢家の玄関番と嘲笑されている藤堂高久殿が前年二月*、綱吉将軍の御書講義の席に呼ばれたとの噂を聴いた。少ない月で三回、多い月で七回*の御講書の席である。柳沢家に伺候する諸大名の数は膨れあがっている。実弟高通殿の御書講義への出席は今年の二月だという（『寛政重修諸家譜』「藤堂高久」「藤堂高道」）。この二月の御講書に出席した諸大名は百五十一人、一万石以上の諸大名は翌日、謝礼として樽肴を献上している。これが半ば強制された謝礼であったことは、翌元禄七年二月の御講書会参加者三百四十二名に十万石以上、樽代千匹、二種（十両*）、五万石以

*酒井忠清＝画像は『歴史の回想』二十。

*前年二月＝元禄五年二月。「布衣以上の有司拝聴」（徳川実記）とある。官位五位以上は束帯、目付・番頭・組頭は布衣と定められていた。

*多い月で七回＝政権発足時はほとんど無かった。元禄六年四月二一日より月六回が定例になる。（『徳川実記』）

*二種の下にある（ ）は脱字。

上、樽代五百匹、一種（五両）一万石以上は（百匹*）、一種と身分別に謝礼が定められているからである（『徳川実記』同年二月）。この実弟高通殿が将軍綱吉の講書会に出席した年、将軍綱吉は配下の諸大名をほぼ完全に掌握したことになる。つまり藤堂高通殿は恭順者の末尾でようやく聴聞を許されたのである。

元禄二年、上野寛永寺に参詣した将軍綱吉公の警護役を命じられた藤堂高久殿が数百騎の騎馬隊を先立て、その後方に数千人の徒卒を従えて警護したこと、弟高通殿が同年九月、伊勢遷宮の奉行を命じられて伊勢に出向するなど、すでに充分倒産状態の藤堂家には苦役というべきお沙汰が伝えられてから三年後の噂に当たる。柳沢家の玄関番よとあざけられてからの三年間は「ごまめの歯ぎしり」に近い日々の積み重ねであった（『土芥寇讎記』*）。というのも、藤堂高久殿は綱吉将軍が忌み嫌った酒井忠清殿の娘婿として肩で風切る気負いの日々があったからである。諸事鷹揚にことを処理する高久殿の習慣は、自然にその挙動にも現れてくる。

この高久殿からすれば、徳川綱吉公は、信長・秀吉・家康と同類の独裁者ではなかった。城中における儒学の講書会を通じて同心者の数を増やした彼

＊一匹は布帛（二反）を言う。近世には銭十文の意。この場合、表向きは絹布二反を二種類献上するの意。（十両）は筆者の推定値。一両は約十万円。

＊『土芥寇讎記』によると藤堂高光の世評は「名将」の器とされている。

にとって、正義も善悪も統治も忠孝も褒貶も栄辱もみな予め言葉によって定められていいた。要はその言葉を学習し応用する人材を増やすことだった。講書会の盛況に連れて、「危ういこと」（『御当代記』）と言うにふさわしい儒学言説が将軍の自己都合で蔓延するのである。つまりは「貧しき者のために法の正義を曲げること無かれ」（コーラン）に似た非情な言動が横行する。あの執拗な綱吉将軍が簡単に勘気を解くとも思えず、藤堂高久・高通のご兄弟にはこれからも剣呑な日々が待ち受けるものと見える。

元禄六年冬、伊賀上野城代格の藤堂玄虎殿の俳席にて

菜根を喫して終日、丈夫に談話す。

武士《もののふ》の大根からきはなしかな　　芭蕉

一とほり行（く）木がらしのおと　　玄庵

また別の日

後（ろ）風鳶の身振ひ猶寒し　　玄虎

虎落《もがり》の氷柱長く短き　　舟叶

十露盤を片手に米の印して　　芭蕉

いずれの句にも逆風を受ける藤堂藩の窮迫が語られている。

さて元禄六年四月、無事、桃印の仏事が済んで病室が空になり、緊張がほどけると同時に芭蕉に持病の「疝魔」がぶり返し始めた。微熱、下痢、下血、腹痛、倦怠感は回復する兆しがなかった。しかし七月半ばに終わる薬代の節季払いのためには、進んで句会を開き、添削に励み、それを句集に織り込んで収入を増やすことが欠かせない。病人一名分が減ったとは言え、芭蕉庵ではまだ六名の糊口を凌ぐ必要もあった。「これを清貧とやせん、はた狂貧とせんや。翁みづからいふ。ただ貧也」と言う言葉がここでは事実になっている。水道掃除請負人の時のような朗らかな「貧」の季節はすでに立ち去っていた。

桃印の看病に当たった寿貞・猪兵衛らにも夏の暑さは容赦なく押し寄せてくる。身よりの乏しい二郎兵衛、まさ、おふうのこともある。桃隣のこと、乙州のこと、珍碩のこと、曲水のこともある。彼らはみな浮き世の身過ぎに光明が見いだせず、江戸に出て風雅の修行に献身したいと考えている。彼らから見れば「はせを」はまだ一条の光明に見える。その芭蕉庵主の一日が寂寞の内に暮れ、前途を閉ざす閉塞の気配に包まれている。この閉塞の感が深まれば、価値ある言葉を貯めた脳漿が枯渇する。脳漿が枯渇すれば「ものの見えたる光」が芭蕉庵主を照らさなくなる。それこそ「田螺」とあだ名して戯れた珍碩の二の舞である。田螺のごとく蓋を閉じ、慎重に閉塞をやり過ごす以外にやることはないか。

五月、六月と夏が盛り、小名木川と隅田川の接点にあたる船溜まりには、万里自由の帆船が出入りする。帆を半架に下げた帆船のみよし綱を曳いている男が居る。ここでは小舟を使って荷下ろしをする。江戸の街が酷暑になった七月、もともと暑さに弱い芭蕉の体力が限界を超えて、芭蕉はついに庵室に病臥した。しかし生きる上で大切なことやそれをなす習慣は変えようがなかった。七月半ばに終わる薬代の節季払いは、杉風、曾良、文鱗ら、周囲の分限者の支援で何とか切り抜けた。芭蕉は病臥して庵室での面会を当分の間謝絶した。それは体力の極みであり、気力の極みであり、困窮の極みでもあった。文字通り芭蕉は「貧のまたひん」に身を置いて、生存の痛みを体感することになる。

生涯でもっとも賑やかな時期に芭蕉の手元で仕事を始めた桃印、当時十六歳は、水道浚渫工事の最後の年、天和二年（1681）には二十一歳になる。桃印は順当なら、そのまま町名主小沢太郎兵衛の書き役として芭蕉を代行すれば良かった。またその余暇を使って芭蕉庵を訪ね、俳諧の修行をすることも可能だった。この桃印に何が起きたかは不明ながら、彼は十一年後に、寿貞尼の夫、二郎兵衛・まさ・おふうの父親として登場する。長男の二郎兵衛が元禄七年、芭蕉の帰郷の旅に同行して立派に荷物持ちを勤めるところから、彼の年齢を十代半ば過ぎと見積もると、病死当時三十三歳の桃印は十七・八歳で子供を作ったことになる。果たして桃印は江戸に下って二・三年で子供を作るか。寿貞尼という尼の名前に照らして、寿貞は元来未亡人だったと考えられる。とすると、寿貞尼と桃印とはどのように結びついたか。これは芭蕉にも謎だったと見えて、元禄六年夏、自分の感懐を綴った「閉関之説」には「くらぶ山の梅の下ぶしに、おもひの外の匂ひしみて、忍ぶの岡の人目の関ももる《守る》人なくば、いかなるあやまちをか仕出でむ。」と記している。芭蕉の目に見えていたことは、そこに恋の「あやまち」があったことだろう。

持病の「疝魔」がおこると、微熱、下痢、下血、腹痛、倦怠感が募り、見なくて良い物まで見えてくる。これは決して「一病息災」に言う一病ではない。「疝魔、精神を濁していまだ富士の雪見ん事、不定におぼえられ候」（元禄三年九月十二日、菅沼曲水宛）と云うとおり、この疝気は元から芭蕉に取り付いた業病と自覚されていた。ただそれが業病であることを慎重な彼は広言しなかった。「疝魔、精神を濁して」と通信した曲水宛の文言は生涯にただ一度の例外である。その症状が昂進し病臥する今、芭蕉の疝魔は深刻な病魔に変わっている。

深刻さを増してゆく病態の中では、反問・煩悩が増長して、因果も理非も無闇に鮮明に見えてくる。桃印を看病する寿貞尼しかり、桃印の母しかり、そしておのれの母者しかり、女たちは早くに夫に死別し、幼児を抱え、労苦を重ね、その末に業病にかかる。その労苦の中心には、それぞれ、夫や子供の「病魔」がある。芭蕉が見た父の死病、桃印の父の死病、主君蝉吟の死病、それに続く自分自身の長過ぎる病臥。あまりに多すぎる業病者の連鎖は、松尾宗房(桃青)の前途さえ閉ざすかと見える。その見えもせぬ薄暗がりを体感してしまうところに芭蕉の体質があった。それら業病者の映像が算を乱して明滅し、桃印の病態を借りて目の前に出現する。まるで病魔が白くただれた口を開くかと見える残酷な日々である。看病に親切を尽くした女性たちの感染・衰弱・臨終と続いて、彼女ら自身の肉体までぼろ屑に変える病魔は、いかに思案を尽くしても、哀切を超えた不条理に見える。

老若を問わず、貴賤を分かたず、阿鼻叫喚の声と共に押し寄せるこの不条理は、かつて愛弟子杜国の号泣の声の中にも響いていた。想えば桃印の父しかり、芭蕉の父しかり、自分しかり、桃印しかり、桃印の子二郎兵衛しかり。病苦のかたちで心に深く蓄蔵されるこの業病は脳裏に焼き付き、その宿主の記憶を住み家として生き残る。うかつである時は、丁度、ムンクの「叫び」の奔流のように甦って濁流するが、幸い、適切な治療さえあれば一度病魔の喉元を通抜けた芭蕉の前途に病魔が食らいつくことはない。今、芭蕉にもっとも必要なものはその病害除去ための良医と治療である。

第二章　ある来訪者

元禄六年七月は、芭蕉にとって、格別困難な日月に当たる。夜間の桃印の看病は終わったが、薬代の調達は勿論、宗匠としての稼ぎを増やす仕事は続いている。借金も増えた。七月下旬に節季払いである養子桃印の治療費支払いを済ませた芭蕉は、疲労困憊の余り、床に伏して日を過ごす。周囲の門人達には面会を謝絶し、「閉関之説」を書く。この三月、結核で死亡した桃印を通いで看病をしていた寿貞には、感染の兆候が現れてきた。親しく芭蕉庵に出入りし、芭蕉、寿貞の看病ぶりをつぶさに見ていた弟子達には、当然、もしやと頭を掠める懸念があった。

ましてや芭蕉は桃印の容態を日々観察した人物である。また医師免許を持ち、生来多病で病にはことに詳しい経験をもつ。芭蕉が抱え込む煩悶はひと一倍深く、夜中に目覚めて又寝すれば、同じ病苦の夢の中に落ちていく心配さえある。

『おくの細道』を書き終えて曾良・利牛らに清書を依頼した後の芭蕉は、深く安堵して胸を撫で下ろす。これで後世に新種の紀行文を残し置くことができる。この作品を心底賞翫する所蔵者の手元に残さなければならない。賞翫する所蔵者の手元に有る限り、作品が滅ぶことはない。それが終わるといよいよ秋である。初秋が過ぎ、中秋、晩秋と季節が流れ、初冬に近づくにつれて病勢が和らぐ。病原菌の働きが穏やかになり、発熱、下痢、倦怠感が減り、腸炎のせいで持続する痛みが和らぐ*。この微熱、倦怠感、腹痛がもし労咳の発症でないなら、それらは今少しの辛抱でやり過ごすことができる。

今の自分は安直な親切よりは貧苦を直に体で受け止める方が適っている。無心の親切さえあざとく見えるご時世では、貧も窮もまた自分が選び取ったものに変わっていく。懐は無一文だが、目の前の川岸に繁茂するよもぎにしても立派な薬草である。これを集めて天日に干せば十日ほどで薬草になる。煎じて飲めば、簡単ながら胃腸薬である。要は下血や下痢を止める事にある。この河原に繁茂する幾百の野草を一いち手に取ってみれば、まだまだ使えるものがある。川向こうからは船大工たちのチョウナの音が響いてくる。音は晴れ晴れとして無欲だ。今日も日和になるらしい。今しばらく注意してこの容態を観察する必要がある。

そんな取り留めもない思案の最中、庭の門扉を叩いて「頼もう。」の声がす

---

*痛みが和らぐ＝元禄六年十一月、芭蕉は大垣の荊口に宛てて、初秋より閉関、病閑保養に手間取って、ようやく近頃、筆を執るに至ったと告げている。

る。昼寝をしていた猪兵衛がむくっと起きあがって、庭の門扉に向かう。立っていたのは、京からはるばる下向してきた中村史邦である。京の仙洞御所付きの与力だった史邦には、元禄五年秋に勤めの上で悶着が生じていた。武張ったところのない目鼻立ちの静かな与力だったが、武士の一分を重んじる史邦は不本意ながらただちに致仕したいと申し出た。原因が何かは不明である。ただ史邦も又、算術が出来、手跡が巧みで、社交に長じた医師だったから、いずれにても直ちに職を見つけることができる。その上、元禄三年（1690）十月・十一月・十二月と、京都において業病が発症した芭蕉に付き添い、健康回復に向かう治療の道筋を見付けてくれた。史邦致仕の顛末は、京都の向井去来から知らされていた。これを通知する去来の内心は、江戸に送りたいと思いますが、よろしくお計らい下さいませんかという依頼でもある。

頼もしいではないか。医業に通じ、御所の同心であった男などそうたくさんいる者ではない。猪兵衛から史邦の来訪を告げられた芭蕉はさっそく起きあがって出迎えの身繕いをした。芭蕉にしても渡りに船の事態である。

しばし京の作者たちのうわさ話に花が咲いた後に、居住まいを正した史邦は「どれ？」と云って当然のことのように診察に掛かった。あらかじめ薬種商に立ち寄って調達しておいた即効性のある生薬は猪兵衛に渡して、湯に溶き、椀に入れるように指示していた。芭蕉は桃印没後の仏事・薬代支払い（節季、七月十五日）に直面したことを語った。文字どおり困窮し、疲労困憊する時期に医師史邦の来訪を得て安堵した旨を語るためである。過労が昂じて寝て暮す日々の中で「閉関之説」を書き、門人達の来訪を謝絶した次第も語り終えた。

それを聞く史邦は、ただ静かに相鎚を打つが、これを伝え聞く弟子達は、果たして宗匠芭蕉が疲労困憊の末に門人の来訪を謝絶したのだと、言うだろうかと思案する。その時、彼らの脳裏を掠めることは、宗匠が労咳の桃印を看病したという事実である。宗匠は己の症状を業病と思い計って、面会謝絶の通知を出したのではあるまいか。

元禄六年八月、江戸の暑さは厳しく、残暑は長引いた。幸いにも芭蕉庵に同居する若い二郎兵衛は息災だし、家事を取り仕切る猪兵衛は普段通りに食前を整えている。通いで桃印の看病に当たっていた寿貞の様態は気がかりだが、働けないわけではなかった。寿貞の親戚に当たる猪兵衛にも咳きこむ声を聞くことが増えた。そしてこの寿貞尼の二人の子供にも感染の危惧がある。医師免許を持っている芭蕉は、桃印の容態の推移を観察したのと同じ目つきで、猪兵衛、寿貞尼、二郎兵衛、まさ、おふうらの容態を観察する必要があった。
元禄六年十月末まで、寿貞尼は引き続き芭蕉の病床に通って看病してくれる。その親切は有り難いにしても、寿貞の身の上にも衰弱の気配がある。普通に考えれば肺結核を心配する必要がある。元禄七年閏五月二十一日付の杉風宛芭蕉書翰には、寿貞尼は茶の給仕さえままならぬ「病人」だが、とあり、また下男の猪兵衛は「病気」とのみ書かれている。芭蕉の看病にも当たってくれた寿貞尼の容態は心配の種で、やがて容態が悪化した寿貞は元禄七年六月に死亡する。芭蕉庵の人々は、桃印没後もなお、緊張の糸を張りつめたまま朝夕を迎えているのである。

元禄五年十二月作の「小傾城」歌仙には、京都の中村史邦が京都の去来・丈艸らと並んで参加している。この時期には珍しく、江戸以外の連中が連句に参加し、江戸に向かってそれを返送することが多い。宗匠の出座料*は、約銀一両（二・五万円）、添削料*は一巻約三百文（五四〇〇円）で、連句満尾が重なれば、その分、宗匠の収入は増える。元禄五年十二月の「小傾城」歌仙において、京都の去来・丈艸らと並んで参加した史邦は、芭蕉庵の急遽の

*出座料＝『芭蕉伝記の諸問題』「俳諧経済社会学」二四一頁。今栄蔵、新典社刊。
*添削料＝『芭蕉伝記の諸問題』「俳諧経済社会学」二四二頁。今栄蔵、新典社刊。

出費増や、その背景にある養子桃印の病状を承知していたと考える必要がある。それを承知の上で、すでに前年、御所の与力を辞職していた中村史邦が江戸の芭蕉庵にやって来るのである。実はこの時、仙洞御所与力の職を辞して芭蕉庵を訪ねた史邦の前職は、尾張犬山藩、寺尾直竜の侍医であった。医師中村春庵（史邦）は来庵と同時に芭蕉の脈を取ることができた。

　史邦を迎える芭蕉の喜びの大きさは強いてでも想像する必要がある。金銭的に困窮する芭蕉に、診察料や薬代を請求する事なく、治療を買って出る史邦には、芭蕉自身もその周囲も、出来る限りの謝意を表わす必要があった。加えて史邦には、芭蕉庵に張りつめている芭蕉の危惧の正体を察知することもできた。自身の病態の気遣いのみ成らず、芭蕉庵に寄宿し、芭蕉を頼って暮らしを立てる猪兵衛、寿貞らに対する芭蕉の気遣いを共有する必要もあった。ご子息桃印様のことは承知しておりますとは言っても、芭蕉の容態を見て「過労です」などと気休めは言わなかっただろう。

　一年三ヶ月後に芭蕉の死因ともなる「疝魔」は、ごく希に芭蕉の口から「折〳〵持病疝気音信致、迷惑候へ共、臥り中程之事ハ無御座候」（元禄五年二月十八日、酒堂宛芭蕉書翰）と語られる病で、今の医学では腸カタル（腸炎）または腸結核と見られる。腸カタルは細菌による腸の炎症だが、腸結核は結核菌が腸に感染し炎症を起こす疾患である。この疾患は、継続する腹痛が80〜90％で、発熱、倦怠感、体重減少、寝汗などの症状を伴う。腸結核には、肺結核のような感染はないが、結核の既往者、また結核患者の世話をする患者が長期間腹痛を訴えた場合にはこの限りではない。

　元禄六年夏の猛暑は長く尾を引いた。当然、病臥する芭蕉には、慢性的な腹痛、発熱、全身倦怠感、体重減少、寝汗などがあった。加えて「さむけ、頭痛*」が加わることもあった。その中で、元禄六年九月・十月、芭蕉は岱水からの招宴一回、素堂からの招宴一回のほか、少なくとも歌仙三回の句会をこなしている。寝たきりだったわけではない。病臥と外出とを天秤に掛けながら、彼は微妙な均衡を探るのである。外気を浴び談笑し、句作に浸ることは健康維持の上からも、生来社交的な芭蕉庵主には好ましいことだった。中村史邦はすぐさま治療に取りかかると同時に、芭蕉には症状を逐一、詳細に伝えることを求めた。この史邦歓迎の三つの句会以後、芭蕉庵桃青は約一ヶ月の閉門、安静を経て起床する。それまでの緊張が深いだけに、史邦を信頼する気持も大きく高まっただろう。

＊さむけ、頭痛＝大阪で病臥した芭蕉の症状には、疝気によくある腹痛の他に「さむけ、発熱、頭痛」が加わっている。元禄七年九月二十三日、松尾半左衛門宛芭蕉書翰。

元禄六年十一月、芭蕉は大垣の荊口に宛てて、初秋より閉関、病閑保養に手間取って、ようやく近頃、筆を執るに至ったと告げる。どちらかというと冬に強い芭蕉は、寒気の到来と共に立ち直り、小康を得る。それは同時に中村史邦の治療が一段落したことを意味する。勿論、看病を通して桃印の症状を熟知する芭蕉は、この「ぶらぶら病」とも呼ばれる労咳が、小康の後にまた発症する、際限のない病であることは承知している。小康が長く続き、自然治癒に近づくこと、老年を迎えて治癒力の低下と共に、症状がぶり返すことも芭蕉は承知している。決して油断は出来ない。それがこの労咳である。無難に言えば「腸カタル」、大阪における芭蕉庵主の最後の病床の言葉で言えば「持病」もまた、腸結核に類似した症状を呈する病気である。

元禄六年冬の寒気の到来と共に、芭蕉の容態が小康に向うと、昨日と変わらぬ夕暮れ、今朝と同じ明日があることが滋味を伴う景色としてしみじみと眺められる。元禄六年十一月八日付「荊口宛芭蕉書翰」には、次の句が並んで書き付けられている。「金屏の松の古さよ冬籠り」「鞍つぼに小坊主乗るや大根引き」「寒菊や醴《あまざけ》造る窓の前」「菊の香や庭に切れたれ(る)沓の底」。その日々の暮らしの中で、芭蕉は何故、『笈の小文』第一稿本の附録に、史邦とのちなみを語る「小傾城」歌仙・「初茸や」歌仙を抜粋し、『笈の小文』末尾を飾ろうとしたのか。

その理由は『笈の小文』第一稿本が度重なる診察の謝礼として中村史邦に授与されたと考えれば分かり易い。二年後には『芭蕉庵小文庫』（史邦編、元禄九年三月刊）を出版する中村史邦には芭蕉庵主の作品を蒐集する意志があった。また実際、同集には『笈の小文』所収句文「丈六に」「月見ても」「蛸壺や」「春雨の」その他が収録されている。この『芭蕉庵小文庫』（史邦編）所収の芭蕉句文を見れば、芭蕉がどれほど深い謝意を抱いて自己の句文を贈与したか、具に確認することが出来る。これら芭蕉の句文は、新規に江戸で医師兼俳人として暮らしを立てる史邦にとっては特別の意味を持つ。芭蕉から授与される句文、芭蕉作二見形文台、芭蕉肖像の贈与は、何より芭蕉の信認のあかしである。庵主が己の遺品をもって史邦への並はずれた懇情を示すことになるからである。これにもし芭蕉作『笈の小文』第一稿が加われば、それは師坊芭蕉からの強固なお墨付きとして、背後から史邦の俳諧活動を支援するに相違ない。『笈の小文』の末尾に付記した「連句教則」に史邦の句が含まれているかいないかは、この書物の価値を大いに異なったものにするのである。

『笈の小文』の原型

芭蕉が『笈之小文』を書き始めたのは、元禄三年（1690）の初夏までさかのぼる。貞享四年（1687）一〇月二五日に江戸深川を出発し、貞享五年（1688）四月下旬に京都に辿り着くまでの近畿巡礼を取り扱う『笈の小文』は、ジャンル上は俳諧の紀行文という。「惣七宛芭蕉書簡貞享五年四月二五日付」に見るとおり、同紀行はこの回国修行中からすでに記録の形で書き進められていた。その『笈の小文』が、貞享五年（元禄元年と改元）八月下旬の江戸帰着と共に書き進められたことは想像に難くない。著者は「風羅坊芭蕉」とある通り、僧形をした廻国修行の巡礼者に仮託されている。元禄二年九月、『奥の細道』の奥羽巡礼をなし遂げた芭蕉はそのまま伊勢・伊賀・大津・京都と巡礼を続けて年末になってようやく伊賀上野に帰省する。長い巡礼行脚から休息に入るこの時期、芭蕉は故郷における越年、一族再会、墓地礼拝を済ませると、三河湾渥美半島の喉元に住む坪井杜国に書簡を送る。

この杜国を同行者として歩きはじめた「吉野巡礼」を作品化するための誘いである。この吉野巡礼中に書き留めた句稿はおのれの手許に保蔵されている。この巡礼時の天候や旅程、面談や事実経過は、杜国が書き残している*。

＊書き残している＝貞享五年四月二十五日付惣七宛芭蕉書簡による。

20　坪井杜国

この二つの資料を揃え、二人の記憶を再構成して、その場の臨場感、空気感まで彷彿とさせる旅行記を書くことはできまいか。これは俳人杜国を喜ばせる企画でもあると、芭蕉庵桃青は信じて疑わなかった。しかし、再三の招きにも関わらず、坪井杜国からは音信がなかった。

当時、大津瀬田川上流部を治める膳所藩の家老格に当たる菅沼曲水が国分山「幻住庵」での静養を芭蕉庵主に勧めたことがあった。元禄三年三月中旬、菅沼曲水からの招請に応じて伊賀上野を発った芭蕉は、木津川を下り、伏見、京都を経由して大津に至る。義仲寺の庵室に暫く滞在したのは四月六日の幻住庵入庵を待つためである。ところが、この四月六日の幻住庵入庵と前後して、図らずも芭蕉の手許には杜国の訃報が伝えられる。渥美半島の先端付け根、保美村に逼塞していた杜国が病死したのである。杜国は孤独死していた。これを芭蕉に伝えたのは名古屋の呉服商「備前屋」の主人、岡田野水で、野水は折から京呉服の仕入れの道中であった。入庵間もなく杜国の訃報を聞いた芭蕉は、否応なく杜国の病床での日々を想った。渥美半島の凄まじい西風としびれるような寒さの中で、杜国は返信を書く気力もないまま横たわっていたか。杜国の体力回復を意図した「吉野巡礼」の験効も空しく、杜国はついに病から再起できなかったか。愛別離苦の世の中とは言え、杜国が旅中に示した歯切れの良い唱和に照らせば、いかにも理不尽な成り行きではないか。無念の人、落魄の人、流罪の人として窮死した杜国の死にざまは悲惨と言う他はない。これを報われるものに変える手だてはないか。理非曲直の向こう岸にあって彼の美質を照らし出すものは何か。杜国の在りし日を照らし、彼の息吹を消すことなく、今に伝える墓碑銘に替わる何かが欠かせないのである。

こうした思案を重ねつつ、芭蕉は型どおり庵住生活の中で静養し、朝夕の作務勤行に励んだ。奥羽行脚以後、執拗にぶり返していた持病の疝魔に回復の兆しはなく、下血を繰り返した。その合間には、「吉野行脚」の顛末を綴ることで、せめてもの気力の回復を計った。杜国がいない今は、「吉野行脚」の記憶の再起作業も至極孤独な黙想に変わったが、それでも叙述は自然に章段をなし、在りし日の杜国との唱和の日々が浮かび上がり始める。

■弥生半過る程、
そゞろにうき立（つ）心の花の、
我を道引（く）*枝折となりて、
よしの丶花におもひ立んとするに、
かのいらこ崎にてちぎり置し人*の、
い勢にて出むかひ、
ともに旅寐のあはれをも見*、
且は我為に童子となりて*道の便りにもならんと、
自（ら）万菊丸と名をいふ。
まことにわらべらしき名のさまいと興有。
いでや門出のたはぶれ事せんと、
笠のうちに落書ス。

乾坤無住*同行二人*
よし野にて桜見せふ《う》ぞ檜の木笠
よし野にて我も見せふぞ檜の木笠　万菊丸
（詞書き略す）

---

*道引（く）＝導く。
*ちぎり置し人＝約束して置いた人。杜国をろう課して
*あはれをも見＝旅のの苦労を実感して。
*童子となりて＝高僧は修行中の小僧を従者として同行する。
*乾坤無住＝天地の間を遅滞なく移動する。
*同行二人＝旅の道連れ。修行の旅の二人連れ。

草臥て宿かる比や藤の花

初瀬＊

春の夜や籠リ人ゆかし堂の隅

足駄＊はく僧も見えたり花の雨　万菊

葛城山＊

猶みたし花に明行神の顔＊

三輪＊　多武峰

臍峠《ほぞとうげ》　多武峰より龍門へ越道也

雲雀より空にやすらふ峠哉

桜

桜がりきどくや日々に五里六里

日は花に暮てさびしやあすならふ《う》

扇にて酒くむかげ＊やちる桜

苔清水＊

春雨のこしたにつたふ清水哉

よしの丶花に三日とゞまりて、

＊初瀬＝長谷。長谷寺。奈良県櫻井市初瀬にある。山号、豊山神楽院。

＊足駄＝木製の下駄。

＊葛城山＝奈良県御所市と大阪府南河内郡千早赤阪村との境に位置する。標高959.2m。祭神、国常立命。

＊神の顔＝謡曲『葛城』の醜い女神。

＊三輪＝三輪山。三輪神社。

＊酒くむかげ＝夕暮れの中、扇を使って酒くむ所作をする人の影が見える。

＊苔清水＝吉野山奥の院西行庵の傍らを流れる「とくとくの」清水。

曙・黄昏のけしきにむかひ、
有明の月の哀なるさまなど、
心にせまり胸にみちて、
あるは摂章《政》公*のながめにうばゝれ*、
西行の枝折*にまよひ、
かの貞室が是は〳〵と打なぐりたる*に、
われいはん言葉もなくて、
いたづらに口をとぢたるいと口をし。
おもひ立たる風流、いかめしく侍れども、
爰に至りて無興の事なり。

高野*

父母の*しきりに恋し雉子の声
散(る)花にたぶさ耻《ママ》けり奥の院　万菊

(詞書き略す)

衣更*

一つぬひで後に負ぬ衣かへ

---

*摂章(政)公＝後京極摂政藤原良経。昔たれかゝる桜の種をうゑて吉野を春の山となしけむ(新勅撰集)

*うばゝれ＝心を奪われ。

*西行の枝折＝西行歌吉野山こぞの枝折の道かへてまだ見ぬ方の花を尋ねむ(新古今集)を指す。

*打なぐりたる＝句作りに念を入れることを諦め、投げ出した一句。

*高野＝高野山。金剛峰寺。

*父母の＝墓地を持たない真言寺院では死者は金剛峰寺に移葬される。

*衣更＝夏のころもがえ。

吉野出て布子*売たし衣がへ　万菊

ここまでは、遅滞無く物静かに筆が進んだ。これだけの叙述で貧窮の人、無念の人である杜国の在りし日の好日を照らし出すことは出来るかも知れない。かかる好日もあったのだと自他共に杜国の落魄に胸を撫で下ろすことが出来るかも知れない。しかし無念を託つ杜国の身の上に同情の涙を注ぐためには、杜国の号泣、すなわちこれらの好日に繰り返された明朗な応酬がすべて杜国の仮装だと知らしめるような号泣の後に、自分の内面でひび割れていくかつての「現実」が描かれなければならない。その創作動機が立ち上がってくるのは、杜国の一周期を過ぎた元禄四年四月二十八日のことになる。

名古屋の坪井杜国は決して悪人ではない。空米売買の罪で追放刑を受けたとは言え、現に今も鷹匠の空を舞う猟禽のように機敏に的確な返答を返している。その言葉は、読者に広やかな時間、空間、地勢、二人の明朗な応酬絵図を与えてはくれる。が、それを総動員しても、「吉野巡礼」からは肝心な杜国の悲嘆や号泣は聞き取れない。作者芭蕉なら聞き得たはずの杜国の悲嘆や

*布子＝冬に着た綿入れの着物。今はかさばって邪魔になる。

号泣が周到に消去されているのである。

「乾坤無住」「同行二人」と唱えながら吉野山塊に入山する杜国と風羅坊との唱和に始まり、その山中の険道難路を踏破して初夏を迎える廻国修行者の「出山」までを一纏めにして叙述を点検しても、二人の明朗な応答は変わらない。杜国の名は万菊丸に書き変わっても、彼が抱え持つ憂鬱に光が当たることはない。裕福な米穀商の折れやすい気質や蒲柳の身体を矯正する歩行巡礼の耐え難い辛苦もない。個別具体的な杜国の口吻、挙動、応酬だけが描かれると、つまりは「山野海浜の美景に造化の功を見、あるは無依の道者の跡をしたひ、風情の人の実をうかゞふ。」という類の、平坦な叙述が続く。平坦な叙述が巡礼行為の上面を通り過ぎる。杜国の無念や悲嘆は、再起して動き出さない。当然、この「吉野行脚」の、その場その時の状況がその場の雰囲気を伴って立ち上がってくることはない。実際、綴り終えてこれを振り返れば、なにやら物足りない叙述が残るのである。

入山・出山は確かに重要な行脚の関門には相違ないが、そもそも火山地帯を行く山岳修行は、頂上付近の地獄の釜や三途の川を廻って現実世界に回帰する経験を積むことにある。現実世界に回帰することで、修行者は消えかけていた生命の炎を燃え立たせることが出来ると信じられていた。その意味で言えば、山岳体験に始まり現世回帰に終わる行程が描かれて初めて完成した叙述だということもできる。しかし、この「吉野行脚」では、修行者が消えかけた生命の炎を燃え立たせるとも言い難い。またさらに、吉野出山以後、奈良・大坂に至る現世回帰の道筋が次の通り追加されているからである。この現世回帰の行程では同行者杜国は応答しない杜国に変わっている。

■ 灌仏の日*は奈良にて爰かしこ詣侍るに、鹿の子を産を見て、此日におゐておかしければ、

灌仏の日に生れあふ鹿の子哉

招提寺*鑑真和尚*来朝の時、船中七十余度の難をしのぎたまひ、御目のうち塩風吹入て、終に御目盲させ給ふ尊像を拝して、

若葉して御めの雫ぬぐはばや

＊灌仏の日＝釈迦の誕生日。

＊招提寺＝唐招提寺。奈良時代の建立。

＊鑑真和尚＝唐招提寺の開基。

旧友に奈良にてわかる。

鹿の角先（ず）一節*のわかれかな

大坂にてある人のもとにて、

杜若《かきつばた》*語るも旅のひとつ哉

この現世回帰の叙述の追加を待って「吉野巡礼」全体を点検しても、やはりまだ不足するものがある。第一この現世回帰の叙述には杜国の句が一句もない。これではいよいよ、これらの好日がすべて仮装だと知らしめるような号泣の後にひび割れていく風羅坊の「現実」は描くべくもない。

そうした思案の内に夏が盛り、幻住庵でも庵室の蒸し暑さが募る。その蒸し暑さの中で、来客の訪問がたび重なると気遣いを欠かすわけにも行かず、気張った応答を繰り返すうちに疲労がつのる。来客者の立場からしても、わざわざ石山の奥、国分山の庵室に芭蕉庵主を訪ねて、「お元気ですか。はいさようなら」と言うわけにはいかない。

この年の初秋になると幻住庵の退去に備えて、芭蕉は「幻住庵記」を書き始める。第一は、誰彼に気兼ねなく静養できる庵住生活を用意してくれた菅

---

*先一節＝鹿の角が一節一節分かれるように。

*杜若＝アヤメ科の花。謡曲『杜若』。

沼曲水への謝礼の意味を込めて、また、まめまめしく日用品を手配してくれた回船商の河合智月・乙州親子への謝礼のためでもある。さらに京都で『猿蓑』を編集中の向井去来は、『猿蓑』に「幻住庵記」を掲載したいという。

元禄三年七月二十三日、幻住庵を出て、粟津の濱の義仲寺無名庵に移ってもなお「幻住庵記」の修正が続き、八月中旬に第六稿本を去来に送って「幻住庵記」は一応の区切りとする。この義仲寺の無名庵も又、芭蕉の静養の土地とはならなかった。下血が続き「痼魔、精神を濁していまだ富士の雪見ん事、不定におぼえられ候」(元禄三年九月十二日、菅沼曲水宛)と近々の江戸行きさへ心細くなる病状の悪化が伝えられる。この無名庵では「幻住庵記」に続いて、念願の「吉野巡礼」を書き継ぐほどの余裕は生まれなかった。

九月末、甲賀の山中を抜け、お斎峠を超えて最短距離で伊賀上野に帰国した松尾桃青は、約一ヶ月後の十一月初旬にふた度、京都に舞い戻って『猿蓑』に掲載する「鳶の羽も」歌仙(連衆は芭蕉・去来・凡兆・史邦)に一座する。去来・凡兆は『猿蓑』編者であり、中村史邦は初見の医師である。当時の句集によると元禄三年江戸で編集された『いつを昔』(其角編)、『花摘』(其角編)、同年近江で編集された『ひさご』(珍碩編)、また元禄四年に京都で編集された『俳諧勧進帳』（路通編）には姿が無く、同年京都で編集された『猿蓑』（去来・凡兆編）で初めて姿を現す。京都蕉門の新参者である。向井去来の交遊圏には居ても、俳趣味には距離を置いた付き合いだった。その史邦が芭蕉の京都滞在を契機に俳句に手を出し、『猿蓑』に掲出する「鳶の羽も」歌仙、「梅若菜」の歌仙（元禄四年二月、ただし一句）に顔を出す。中村史邦はこの経過を通じて京都蕉門への仲間入りを果たすのである。この「鳶の羽も」歌仙以後も「半日は」歌仙、「ひき起こす」歌仙で芭蕉は去来・史邦の二人を同行して句会を開いている。この元禄三年九月末から十二月末までの丸々三ヶ月間、京都に滞在した芭蕉は史邦を指導することで医師を一人帯同したことになる。ちなみに『猿蓑』編者の凡兆もまた医師だというが、仙洞御所に勤務する与力の医師春庵（史邦）が選ばれて同行したのは、治療の技術に格段の相違があるせいだろう。

元禄三年の年末を大津で迎えた芭蕉は正月の行事をここで済ませると早々に伊賀に帰郷し、三月末まで伊賀上野で静養する。三月末は杜国の一周忌に当たる。手許には未完の「吉野紀行」が残されている。幻住庵退去以後、自身の病魔と度重なる句会に祟られ、中断を余儀なくされている。しかしこの度は史邦の診療があり、故郷での静養も幸いする。

杜国の号泣

元禄四年四月中旬、京都に立ち戻った松尾芭蕉は、四月十八日から向井去来の「落柿舎」に入り、『猿蓑』編集の最後の詰めの作業に入る。それから十日後の二十八日、突然、坪井杜国が夢に現れて、夢の中で大泣きした。文字通りの号泣である。おのれの軽率、関係者の紛糾と事後処理の無念など、溜まりに溜まった感情が一挙に吐き出される激白でもあった。それはまた杜国があの世まで持ち去って消却する積もりだった「内密」を含む告白を含んでいた。

考えてみればこの時連座し処罰された米屋の手代は十八名に上る。これらの米穀商の主人が空米《からごめ》売買を知らなかったとは言いにくい。この主人まで含めると廿名を超える米屋が奉行所の目を掠めて談合したとなれば、機密保持さえままならない。この人数になれば「機密」は必ず漏れるからである。いずれ露見して重罪になる空米売買に二十軒ちかい米穀商が参加するとも考えにくい。

嫌疑発覚後の審理の進行から見て、名古屋の米市場もまた仲買商人たちが結成した「仲間」があり、「年寄り」を選んで、順繰りに「行司」になり、「会所」を取り仕切っていた。会所は「寄り場（立ち会い）」「会所（売買監理）」「消合い（精算所）」からなり、これを取り仕切る「行司」は「年寄り」同士で相談して新規事案を取りさばいていた。そこに、困窮を理由に実米の裏付けなしに米切手を売り出したのは、藩米を扱う蔵屋敷である。秋の収穫期に米切手を実米と交換して回収するという行司宛の添え状がついている。その添え状（米気風）を起草するのも武家の蔵屋敷である。

早めに市場に売り出した米切手を買い取る米穀仲買が居なければ、各蔵元の勘定方は困窮する。聞番・目付・上米代支配、米方役・雑務目付（加賀藩では改作奉行・御歩横目・箪笥役御算用者・浜役御算用者という）と諸役人が居並んで売買を監督する。彼らの困窮を見かねて仕方なく空米売買を許諾したのは米市場の「行司」である。「行司」は当然、「年寄り」にも市場支配の吟味役にも相談しなければならない。そうして売り出された空米切手を秋の収穫期前に売買・換金することは市場の常道ではないか。それが何故、貞享二年（1685）から反逆、つまりは見せしめのための死刑になるのか＊。

杜国の号泣を見送るまでの芭蕉は、いまだ渥美半島の先端から上昇気流に乗って南海を目指す鷹の渡りの声を想っていた。性、明敏で精悍な目つきの杜国は鷹に似ていなくもない。鷹は猟師の標的ともなりやすく、弓で撃たれ、羽根を切られ、足を縛られて調教される。だが、北風に吹かれるたびに鷹は

＊死刑になるのか＝元禄十年一月の「大阪町触」（大阪市史第三）では死罪もしくは牢舎とされている。杜国の処分はこれに先立つこと13年になる。米穀切手の先物取引は将軍お膝元に江戸・大坂ではなく名古屋で始まったとする資料もある。

羽ばたき、鷹匠の腕から飛び立って行く。狩猟の呼吸に似た杜国の見事な応酬の様は描かれなければならない。それ以上に、夢に杜国の号泣を聞いて突然、さま変わりし始めた「杜国の変容」こそ不可欠の主題となりはしないか。あるいは、と気遣い、もしかと予想していた杜国の無念も、突然沸騰する号泣を聴かなければこうはならなかった。号泣を契機に、坪井杜国が見る見る表情を変え、哀調を放って漲ってゆく驚きの感覚はアバンギャルド「桃青」の背筋を伸ばす力を持っていた。このままでは終われない。また終わってはならない。こうして芭蕉は再び「吉野紀行」の完成を目指して筆を駆ることになる。

■三川の国保美*といふ処に、
杜国がしのびて有けるを*とぶらはむと、
まづ越人*に消息して、
鳴海より跡ざまに*二十五里尋かへりて、
其夜吉田に泊る*。
寒けれど*二人寐る夜ぞ頼もしき

*保美＝坪井杜国の隠棲地。伊良子崎先端の付け根にある。
*しのびて有けるを＝尾張追放刑でここに隠れ住んでおり。
*越人＝名古屋の紺屋。俳人。杜国の飲み友達。
*跡ざまに＝鳴海から街道を引き返して。
*吉田に泊る＝三河の国吉田藩の城下町。
*寒けれど＝この季節、ここは日常的に烈風が吹く。

あま津縄手、田の中に細道ありて、
海より吹上る風いと寒き所也。

　冬の日や馬上に氷る影法師

保美村より伊良古崎へ壱里斗《ばかり》*も有べし。
三河の国の地つゞきにて、
伊勢とは海へだてたる所なれども、
いかなる故にか
万葉集には、伊勢の名所の内に撰（び）入られたり。
此洲崎にて碁石を拾ふ。
世にいらこ白といふとかや。
骨山《ほねやま》*と云は、鷹を打（つ）処なり。
南の海のはてにて、鷹のはじめて渡る所*といへり。
いらご鷹など歌にもよめりけりとおもへば、
猶あはれなる折ふし、

　鷹一つ*見付てうれしいらこ崎

---

*壱里斗《ばかり》＝保美村から伊良子崎先端までの距離。４㎞。

*骨山＝伊良子崎の先端にある伊良子神社後方の小山。

*鷹のはじめて渡る所＝伊良子半島を秋に南下する鷹がここから神島・鳥羽に向かった飛翔する。

*鷹一つ＝鷹の「渡り」に遅れてここで越冬する鷹。坪井杜国を諷喩する。

吉野の「花」を捉えて楽し気に唱和する従者万菊丸は、『笈の小文』では渥美半島の僻村に逼塞する「杜国」としても登場する。実名は、名古屋の米穀商坪井庄兵衛（俳号、杜国）で、彼は、貞享二年（1685）八月に尾張藩から空米売買の判決を受ける。判決の日付が八月十九日であるところから、杜国が被告として浮かび上がるのは、各蔵元が春取引を完了して、市場での金銭貸借を清算する四月末になるだろう。貞享元年（1684）冬には、名古屋を去る芭蕉を見送って送別の句を贈っている。

芭蕉翁をおくりてかへる時
この比《ころ》の氷ふみわる名残かな

この数ヶ月後に杜国は本当に薄氷のような市場ルールを踏み破って罪科を問われることになる。貞享三年（1686）の『春の日』では、すでに三河湾に面した渥美半島の畑村に（後、保美に移る）逼塞した罪人になっている。空米売買*に関わる法度違反*の咎で領国追放刑が科せられたのである。したがって万菊丸はひたすら唱和する従順な従者ではない。時にはご法度をも顧みず、空米売買に打って出る「勝負師」の顔を持っている。

＊空米売買＝実物の裏付けがない米切符のみの売買。

＊法度違反＝綱吉は米が安値になると空米売買を禁止した。通常の幕府で有れば、米価が下がると空米売買を黙認した。

杜国の無念

五代将軍綱吉は、気まぐれな上に横暴な君主として知られている。実子がいない将軍家綱の血脈から言えば、後継者は徳川綱重か徳川綱吉かに限られていた。またこの内、徳川綱重は早世して長子綱豊が残されていた。しかし将軍推戴に当たった家綱の幕僚達は、有栖川宮、徳川綱吉の子徳松*、徳川綱重の子綱豊、徳川光友の子義行・綱誠など、宮中から御三家まで幅広く幼少の人材を検証した。徳川綱吉は当初から忌避されていた。理由は、幕僚らが推進してきた改革解放策が丁度、佳境を迎えていたからである。経済音痴の徳川綱吉が将軍では、三十年近い賢臣達の努力が水泡に帰す危惧が大きかった。

この将軍の気質に最初に深刻な懸念を示したのは大老酒井忠清だった（『御当代記』）。儒学の教説で市場経済を語ってはならない。道徳は市場経済の原理ではない。子種がない将軍家綱の後継者は市場経済、物流改革、銭納政策の理解者でなければならない。これは財政改革を推進してきた幕僚達の一致した意見に見えた。しかしここで酒井忠清の意見を通せば、旧世紀の執権政治、管領政治を招来する恐れがある（『御当代記』）。執権・管領にはもちろん酒井忠清が想定されている。御三家を敬遠してきた酒井忠清には「下馬将軍」の

*綱吉の子徳松＝綱吉の長子。幼少の候補者を列挙する。その父親の将軍就任を阻止する意図もある。

下馬評があったし、逝去した将軍家綱には「そうせい、将軍」との揶揄があった。この懸念が広がるに連れて、幕僚・御三家・親藩と、反意が広がり、酒井忠清の正論は通らなくなった。

この幕臣らの反意を集約して指名された五代将軍綱吉は、将軍に即位（1680）すると直ちに口実を設けて大老酒井忠清を罷免し、同年老中として推挙された板倉重種を翌天和元年（1681）に、また延宝七年（1679）久世広之の後任として推挙された土井利房を天和元年（1681）に退任とした。そして次に酒井忠清の後任を勤め、彼らを推薦した稲葉正則を大老ならぬ大政参与*とし、翌天和元年に任期一年で参与職から引退させた*。この稲葉正則に替わって天和元年年末に大老に就任した堀田正俊が貞享元年（1684）に江戸城中で刺殺されると、跡には口の重い稲葉正則（元禄九年（1696）退任）、大久保忠朝（元禄十一年（1698）退任）、阿部正武（宝永元年（1704）退任）、戸田忠政（元禄十一年（1698）退任）が残った。後任の大老は推挙されないままで欠員となった。

堀田正俊が刺殺された翌年（貞享二年（1685））から始まる綱吉の親政は側用人を重宝して統治情報を収集・掌握することから始められた。お目付が老

＊大政参与＝新規の名称。本来は老中筆頭、または大老。稲葉正則の娘は堀田正俊の正。

＊引退させた＝表向きは病気治療の退任で、老中の席は残した。

中・諸大名・番頭《かしら》まで来客談合の詳細を聞き回り、小さな不審も声高に問い立てた。目立つ馬・乗り物は門内に隠され始めた（御当代記）。日光に使いする目付けの稲生正照は、道中に見た雹稲光を御注進に及んで、同役から注進無用と申し渡されている（『御当代記』）。この年、京都所司代*を解任された稲葉正往*は「わる口にはしばられ候」（『御当代記』）と語って越後高田に転封された。要するに御注進とばかりにはるばる京都所司代の悪口を綱吉に伝える曲者があちこちに居るのである。

この告げ口の増加こそ、曲者の正体であった。上から締め付ける権威主義、下から媚びを売る迎合主義の正体は、この「告げ口」として現れる。下から媚びを売るこの忖度《そんたく》は、深川に隠棲した芭蕉庵主の宿敵でもあった。一攫千金を目指して諸国から才子が市場に集う闊達な人心とは雲泥の差がある。このまま進めば、行く先は行き場のない「魔界」が待っている。だが老中を排斥し、少数の側近者の力を借りて、将軍の御意を連発する独裁政治は、幕臣による阿諛追従型の行政処理に道を開く。「忖度」である。結果的には、思慮の足りない悪政*が実行され、「犬公方」という蔑称が拡散する。

言うまでもなく動物虐待や米価の低落は、ものごとの「結果」であって「原

---

*京都所司代＝幕府の京都代官。

*稲葉正往＝綱吉将軍即位時の老中稲葉正則の長子。父正則の後を継いで老中職に昇進するつもりでいた。小田原藩主。

*悪政＝たちの悪い政治。最大の悪政は市場統制策。

因」ではない。まずは「原因」を取り除く必要があるが、その際に合議が必要なのは、独断、偏見、短慮を避けるためである。新将軍綱吉はその合議のための組織を忌避し、貞享元年（1684）まで五年がかりで執拗に異分子を排除した。

この将軍が堀田正俊とその幕僚達の合議に支えられている間はまだ良かった。とかく勘定方を重用する新将軍は、延宝八年（1680）閏八月三日から幕府代官宛に「条々」七カ条*を通達した後、天和元年に勘定役四名に総代官の年貢未進調査を命じた。またその調査結果を踏まえて、翌天和二年（1682）には勘定吟味役を新設し、各地代官、勘定頭（勘定奉行）以下の勘定方諸役の監視を強化した。監視が監視を呼び起こす監視組織が幕府の中枢を占めるのである。このため年貢徴収請負人である従来型の代官は廃止され、帳簿通りに年貢を徴収するロボット型の代官が登用された。だが毎年度十万両の税収不足*は、将軍自身の冗費の支出に拠る。税の官吏としての代官業務が急激な米価下落や慢性的な税収不足を解消するわけではない。芭蕉庵に隣り合う伊奈家三代のように農民に慕われる篤実な代官は益々勤めづらいご時世に向い合った。

＊「条々」七カ条＝この「条々」の実務担当は、新任の勘定奉行、彦坂重治・高木守蔵の二名。前職は両者共に目付役。このころ、勘定奉行は任期二年程度で頻繁に交替する。

＊十万両の税収不足＝元禄六・七年の税収不足。財務担当老中、大久保忠朝は詳細を理解しかねた。『勘定奉行の江戸時代』藤田覚著、筑摩書房、54頁。

綱吉将軍にもその勤めづらさは見えていたが、この政策を止める気はなかった。彼には堀田正俊以下の排除が進むのを待って、やることがあった。将軍綱吉が狙う本丸は、市場掌握*にあった。市場経済、物流改革、年貢の銭納制による賢臣達の財政改革がまどろっこしいからである。それよりは市場に「年寄り」を定め、年寄りが上げた収益から運上金を召し上げれば、取りはぐれが無く、かつ実質、市場を掌握することができる。この将軍の目には堀田正俊の刺殺は好機と見えていた。彼はいきなり布告を出して、先代が解散させた糸割り符仲間を復活し、木綿仲間を大幅に増員した。これ以後の彼は、先代が定めた「市法」(1672) 以下の諸法を廃止することに注力する将軍になっていく。

新規に市場を取り仕切る糸割り符仲間も「株仲間」である事に相違はない。江戸表で選ばれた富商が「年寄り」となり、輪番の「行司」を受け持ち、銭を出し合って「会所」を維持管理することで運営される。株札は相続・貸借・質入れ・売買の対象となり、営業特権を示す株札の売買には株仲間の同意を必要とした。この営業特権を根拠にして新規参入者・身元不詳者・前科者には身元の安全と保証とを求めた。仲間内の係争・貸し借りには両者の言い分を聞いて裁定を下す。貿易船の荷主から受け取った輸入品目録に従って現品

---

*市場掌握＝天和元年正月二十五日「諸国人民窮乏し府内米価騰貴し賤民困窮の聞え有り。もし儲蓄する者あるにや。査検せしむべし」(徳川実記)。本音を隠す庶民救済の言葉が先行する。要点は「査検せしむべし」にある。

を点検し、目利きし、値決めし、その上で「仲間」の競り売りに掛ける。徳川綱吉がその世襲の営業特権を復活したのは、これなら自分の威令を行き届かせ、諸色の乱高下を防げると見立てたからである。

　ところが先代家綱と幕僚たちは、この糸割り符仲間の談合を通じて輸入品が高騰すると見て糸割り符仲間を審問した。その審問を経て彼らが実際にしたことは、仲間を廃止し、「市法貿易法」(1672)を制定することであった。新制度の「市法」では、京都・大坂・堺・江戸・長崎の輸入品取り扱い商人から各二名を選んで「貨物札宿老」とし、その「貨物札宿老」十二名が「貨物目利き」五十四名を選ぶ。「貨物目利き」五十四名が見立てた貨物価格を「貨物札宿老」に届け出ると、「宿老」は京都・大坂・堺・江戸・長崎での販売価格を基準にして、十二名で投票し、品目毎の平均価格を算出して奉行所に届け出る。市価が十貫目の商品ならば五貫目程度に値踏みして届け出ることがこの値付けのコツとされている*。

　輸入価格の届け出を受けた奉行所はこの価格を荷主に通知する。応諾なら会所が商品を引き取り、代金を支払うと共に荷主には帰路の荷物を斡旋する。こうして会所に買い取られた商品は、元値を公示した後に、商人による市場

*山脇悌二郎著『長崎の唐人貿易』吉川弘文館、1995／01刊35～38頁による。

入札にかける*。この入札を通じて落札が決まると、予め各地域毎に大商人・中商人、小商人に三区分された商人たちは証拠金の比率に応じて輸入品を配分される。まず証拠金を拠出することで、大方の商人は経歴や信用度をいったんわきに置いて、取引に参加することができる。この市場参加型の「市法」が成文化される寛文十二年（1672）の約定では、大商人三二一人、持ち分合計六三六五貫七〇〇匁、中商人八六四人、持ち分合計五五〇三貫七九〇匁、小商人五三八八人*、持ち分合計六〇四五貫三七八匁二分とあり、平均で言えば大商人二〇貫目、中商人六貫目、小商人一貫目の投資額になる。ここでも寡占を禁止する開かれた市法原理が徹底されている。

このとき公示された元値と入札価格の価格差からは差益が生まれ、その差益が長崎商いを総括支配する会所（コンソーシアム*）の諸経費とされた。幕府への運上金もこの中に含まれた。奉行所の役割は、価格の届け出を受け、価格を荷主に通知し、応諾なら商品を引き取ることに限られるが、それでも取引の全量を把握する奉行所はこの「長崎コンソーシアム」から百％抜かりなく租税を受け取ることができる。この新「市法」下の市場実務はすべて市場原理のコンソーシアムに任されており、奉行所は売買の独占や寡占を監視す

＊市場入札にかける＝山脇悌二郎著『長崎の唐人貿易』吉川弘文館、1995／01刊による。

＊参加商人の人数以下＝山脇悌二郎著『長崎の唐人貿易』吉川弘文館、1995／01刊による。

＊コンソーシアム＝企業や資本の連合体。大規模事業に対応する。

る管理者*として振る舞うことが求められている。

この「市場コンソーシアム」を打破する仕置きが貞享元年（1684）に起きた大老堀田正俊の殺害後に本格化する。将軍綱吉は困ったことに、先代家綱とその賢臣たちが立ち上げた「市法」とそれに従って市場の実務を取り仕切る「市場コンソーシアム」を敵視するだけでなく、この「市法」の仕組みこそ諸色乱高下の元凶だと見ていた。彼は、新将軍の指南役である大老酒井忠清の罷免を躊躇せず*、さらにその後任者板倉重種、土井利房を簡単に退任させた。また綱吉は、五人の若年寄、松平信興・石川乗政・堀田正英*・稲葉正休*・秋元喬知のうち、天和二年までに二人（松平・石川）を更迭し、さらに堀田正俊刺殺事件の加害者として刺殺された稲葉正休は改易・廃領、堀田正英を連座による更迭とした。そしてその後任者の若年寄内藤重頼・松平忠周・太田資直は任期一年で解任した。いずれも先代家綱の時代に経験を積んだ重臣である。こうして、貞享元年（1684）、酒井忠清に替わって老中首座を勤めた堀田正俊が江戸城中で刺殺されると、綱吉を見る幕臣たちの目つきが変わり始める*。これはただ者ではない。これはただごとではない。またよそごとでもない。こうして自分に掣肘を加える老中たちをまるでテレビゲー

＊監視する管理者＝業務には貿易の輸出入の均衡を図ることも含まれる。均衡を監視することで輸出の促進、輸入の抑制が図られた。

＊酒井忠清の罷免を躊躇せず＝翌天和元年六月、嫡子酒井忠挙、逼塞。同十二月、弟忠能、領地没収。子孫まで排除されている。

＊堀田正英＝堀田正俊の同族。連座により免職。

＊稲葉正休＝堀田正俊刺殺の当事者。その場で正休も刺殺された。老中稲葉正則の縁者。

ムのようにブートしてもなお、将軍綱吉は自分の意志を押し通す男だった。

家綱の下でこの改革開放策を維持、発展させてきた幕僚たちから見れば、布告一つでいきなり「市法」を打ち壊すという行動はあまりに唐突であり軽挙だった。第一、市場は敵ではない。諸色の乱高下の原因は「市法」ではない。「株仲間」があつまる旧来の市場に戻しても諸色の乱高下は起きる。幕府の税収の安定を計るなら、米穀による物納を徐々に廃止し、銭納に変更する他はない。

しかし諫めや悟しが通じる相手ではなかった。彼はまるでツイッターを使うように閣僚抜きで布告を発令した。京都・大坂・堺・江戸の「市場コンソーシアム」関係者はこの布告を見てぎょっとしただろう。魚市場・青物市場・米市場・材木市場に長崎貿易市場を加えると大方の機敏な商人らは皆、この「市場コンソーシアム」の一員になる。勿論、街道一の市場規模を誇る名古屋も、商業都市名古屋の育成を目指す尾張藩主徳川光友もこの例外ではない。「軽率な若者よ」とこの男を見くびることがどんなに執拗なしっぺ返しを引き起こすか、光友はやがて知ることとなる。

＊目つきが変わる＝貞享二年、同族の堀田正英、お役御免。堀田正俊の嫡男、堀田正仲、山形移封。貞享三年、同正仲、福島移封。こうして賢臣達の子孫は目に見えるように懲罰された。

大礒義雄の「坪井杜国」*によると、坪井杜国は名古屋御園町の米穀商で、事件の判決文（留書方状留）には「御園町之町代」とある。その地の旧家で富商（米問屋）であり、奉行所の覚えもめでたかったであろう。次の資料がある。

瑞龍院様*は、なるべき程は死罪を御いとひありし由、或時正万寺町*米屋坪井庄兵衛といふ者、今の世にいふのべのごとき事をなして、御蔵に無レ之米を有レ之と手形にてうりし。此事発覚し、籠舎し、已に死罪に極り、その旨言上せしに、暫御考へ有て、其庄兵衛はもし杜国といふて俳諧はせざるや、可レ尋と御意あり。不思議成御尋とおもひながらたづねしに、いかにも杜国と申て芭蕉門人之由申す。其旨達せしに、然らば前年歳旦に、

宝来（蓬莱）や御国のかざりひの木山

此句をなせしや、よく可レ尋とありし故尋ねしに、成ほど何年以前之私句之由申（し）達す。其旨及二言上一しかば、其者は国を祝ひし発句せし者なれば死罪を免ずべし、追放せよと仰付られし。（近松茂矩聞書『昔話』所収）

ここにいう「のべのごとき事」は米穀市場の用語で「延べ米」を言う。米

＊『芭蕉と蕉門俳人』八木書店、平成九年五月刊。

＊尾張藩二代光友、元禄十三年没、七十六歳。

＊上御園町の隣の町名。

切手に書かれた納品期日が取引き当日よりも後日に指定された米である。正米取引の場合、名古屋の米穀市場でも尾張藩の米蔵のほかに各藩米を保蔵する御蔵があり、買い手の代金支払いに応じて米切手を作成する。売り出し当日は、その「差し紙」に米切手を添えて市場の月行司に差し出す。競《せ》り売りに掛かるためである。通常なら蔵米と米切手記載の米量とは等量であり、米切手を買い取った米穀商は、その切手をもって蔵前を訪ね、直に切手と等量の米を引き取ることが出来る。

ところが、米価安定（藩財政の安定）のために地方から大阪・名古屋・江戸に向かう回米を増やす事が試行され、寛文11年（1671）東回り廻船行路、寛文12年（1672）西回り廻船行路の開設が決まると、仙台藩の米は、江戸に、また庄内・新潟の米は、大阪・名古屋まで回漕される。その回送途中に災害・事故もあり、到着日の遅延もある。回米の到着が差し紙・米切手の期限を越えることもある。それに幕府開闢《びゃく》五十年を超えると諸藩の財政が窮乏を極める。秋の収穫期を待たずに米切手を春期に発行して売り立てる諸藩が出現する。するとこれを競り落とした米穀仲買が米切手を実米に交換するのは半年後のことになる。これが大部分の「延べ米*」の正体である。月行司の監督

＊延べ米＝小野武雄編著『江戸物価辞典』展望社、一九九二年八月刊、444頁。

下で行われるこれらの「延べ米」売買なら、まだ坪井杜国が捕縛・籠舎され、死刑判決を受けることは無かっただろう。恐らく杜国は「月行司の監督下で行われる」という警戒線を越えたのである。

『江戸名所図会』の「伊勢町米河岸」*に見るように米河岸には数百の米蔵が軒を並べる。相場の推移を見て、各大名・蔵本が臨機に売買に打って出るための備えである。貯蔵が容易な米穀は、市場の蔵元の倉庫に山を成して保管され、市場の米穀仲買は、この米切手を競《せ》り落とした後に、蔵元に米切手相当分の米の引き渡しを請求する。原則は、米穀仲買いが市場内の蔵元の保管倉庫に米切手を持参して、直に米切手を米穀と交換することである。これなら、売買が実行された後にトラブルが生じる可能性はまず無い。

だが、福岡・広島・岡山・大阪・名古屋など、米所の蔵屋敷では、臨機応変の利ざや稼ぎも欠かせない業務とされる。利ざやを稼ぐ商いでは度胸と機敏さとが勝敗を分ける。このため、米市場では手っ取り早く米切手だけを売買する。米切手の提出先を「米両替」という。米両替は手許の台帳で切手売買を監督し、約定期日に売買の損益を計算して、米仲買に損金または益金を支払うことで、決済を済ませる。ここまで来ると、米切手売買は、市場行司

---

*伊勢町米河岸＝新版　江戸名所図会　上巻＝鈴木棠三・朝倉治彦校註、角川書店、p86-p87、1975

の手の届かない商行為に変わる。この商慣行が「御蔵に無レ之米を有レ之と手形にてうりし」ことに相当する。さらに蔵元発行の米代金支払い証明書（米切手）だけを取り引きすれば、その売買の自由さが追い風となって、米市場の売買は飛躍的に増加する。この米調達・米売買の自由さがなければ、米仲買は「延べ米」切手を抱え込んだままで半年以上待たなければならない。このため「延べ米」切手を抱え込んだ米仲買いの中には、手持ちの米切手を担保に入れて*、米両替から借銭する者、その米切手を使ってさらに大口の米切手投機に走る目敏《ざと》い仲買も出現する。

一方、証拠金（総額の約三分の二）を支払って手に入れた米切手を担保にして、さらに空米切手を買う空米売買*には制限がある。ここでは市場が定めた約定期日（四月二八日、十月九日、十二月二十八日）に同量の実米または空米切手による弁済が義務付けられる。手許に実米がない場合は、その帳尻合わせのために弁済日当日の市場価格で購入した実米を用意しなければならない。

約締期日までに米切手弁済みの通知を受け取った米両替は自前で管理する売買帳簿上で売買を相殺し、差益を支払い、差損を徴収する。この時、相殺するために差し入れられる売り切手の値段は当日の正米取引の価格とされて

---

*米切手を担保に入れて＝米の架空取引。今日の商品市場におけるスポット取引。約定期日が来れば米切手は実米に交換できる。

*空米売買＝米の架空取引。今日の商品市場におけるスポット取引。約定期日が来れば米切手は実米に交換できる。

いる。そう定めることで少なくとも年間三回、市場取引は月行司の掌握するところとなり空米の先物市場と正米市場との価格差がゼロになる。年三回ある市場の約定期日前の三日間は集中精算日に当たり、差損を清算できない米仲買は株仲間から追放される。

月行司が差配する米市場では、この延べ米の清算ルールが機能していなければならない。機能していれば、延べ米と正米との価格差はかならず年三回はゼロになるので、正米価格の投機的な乱高下は抑止することが出来る。この架空取引を市場化することは市場の趨勢であり、また盛んな取引を演出して諸国の米穀を糾合する。その取引に課税することは改革開放派の施策とも一致している。まして尾張藩は地理的には中核市場の性質を持ちながら、江戸回米のための中継市場の位置に据え置かれている。

市場規模を拡大するには、月行司が差配する米市場で、この延べ米の清算ルールを監視しながら、米の架空取引を許容し、取引規模を拡大する必要があった。その特別措置を外せば、米市場が衰退するのである。

ところが「先年（貞享元年1684）ヨリ之御法度」のせいでそれが出来なくなった。「先年ヨリ之御法度」とはもとより先年発令されたご法度のことであ

21　1人当たりの米の収穫量*

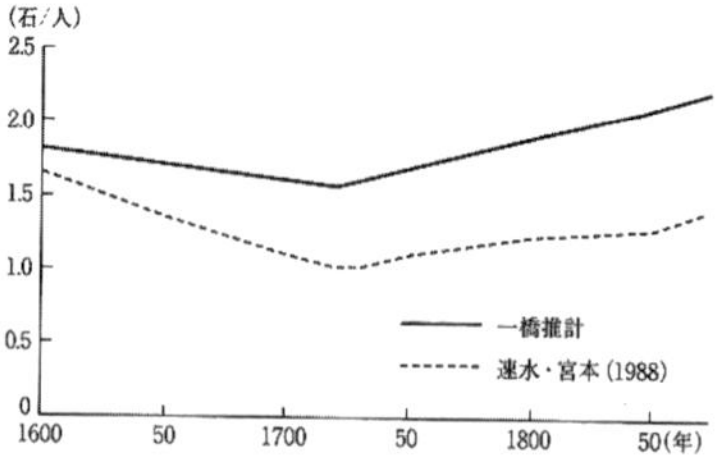

図0-3　1人あたり実収石高全国計の推移，1600-1874年
出所）巻末付録表2-B，および速水・宮本(1988，44頁).

り、それを布告したのは五代将軍とその側近達である。「市法」に反対する綱吉ら市場統制派の言い分は、この米切手投機がもし月行司の監督下を離れ、先物市場化すれば、米価が米穀商らの私意に任される。胴元、米両替と米仲買いとが結託するときには、彼ら中心の「先物市場」*が出現する。米市場を実質支配するのは、尾張藩主でも月行司でもないことになる。米価は乱高下し、諸藩の税収も乱高下する。これでは諸藩の適切な藩財政は成り立たない。

　この動きを市場化して課税するか、不埒な商いとして禁止するか。この別れ目には、将軍綱吉、尾張の光友・水戸の光圀と言えども、正しく中立の立ち位地で立ち止まる必要があった。事実を言えば、確かに人口は増加し、第一次産業の産品は増加していたが、それは主として商品作物の増加に拠っていた。人口一人あたりの米穀生産量はゆっくりながら減少していたのである。米穀生産に大きく依存した財政は、米穀生産が順調に拡大する期間は増収

＊上図＝岩波講座『日本経済の歴史2』「序章」高島正憲他による。

＊先物市場＝この市場では米切手だけが売買される。約定日の買い戻しによって損益だけが現金で清算される。

の道をたどる。しかし折悪しく綱吉が将軍に即位した延宝八年は米価の高騰期に当たり（米一石銀八十匁弱）、翌年（天和元年）から元禄四年までの約十年間、米価は下降しながら乱高下する。その下降期の貞享元年（1684）の米価は米一石銀四十匁である。これでは各藩の収入は約二分の一に減収する。米価の安値は米穀収入に依存する幕府の財政をも直撃する。その原因を過剰な米投機に結びつけることは易々とできた。坪井杜国の空米売買事件は、丁度この時期に摘発されている。同業者を出し抜き、己一人の利益を追求する市場システムを悪徳と結びつけ、「市場すなわち悪徳」のレッテルを貼ることは容易なことだった。

「先年ヨリ之御法度」

本来なら家綱とその賢臣たちのように米穀の収穫に依存する幕府の財政そのものを改革する必要があった。諸藩の財政を支える「年貢米制度」こそこの税収問題の焦点だからである。しかし「年貢米制」の背景には稲作中心の産業構造があり、それを良しとする習慣がある。

村落において蓄積された稲作の維持・拡大のための知恵や技術は、家族生

22　将軍綱吉就任後の米価*

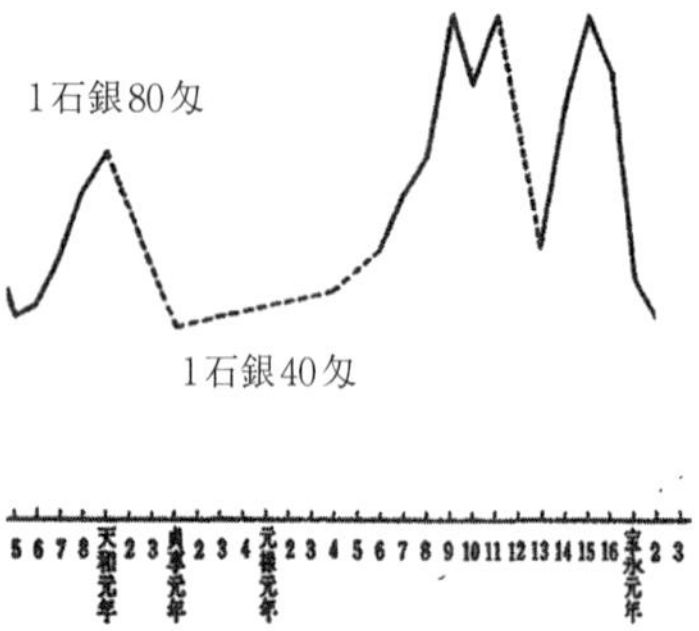

活を通じて伝承され、初めて、物納制に耐える米穀の収量を確保する。銭納制に移行する財政改革のためには気が遠くなるほど辛抱強い産業基盤の改革が必要になる。そこまでやれるか。また、やる必要があるか。当然、関係者の議論は割れ、分裂し、幕府・藩庁における議論も紛糾する。将軍家綱とその賢臣達がスクラムを組んで手がけていたのは、そういう「大事」だったのである。

ただし尾張藩は先の杜国の賞賛どおり「御国のかざりひの木山」である。木曽川を下って尾張に届けられる材木資源が徳川光友の栄華に結びついていた。熱田神宮の改修、熱田の浜御殿の造営以下、膨大な量の木材消費を支えたのはこの木曽の檜である。本丸御殿から熱田まで続く「堀川」はこの材木輸送に使われ、貯木場・材木市場・魚市場が川岸に近接していた。もしこのままの財政運営が続くならば、杜国が判決文（名古屋奉行所の「留書方状留」）で、「先年ヨリ之御法度ヲ相背キ候段不届」と言われることも無かっただろう。

*将軍綱吉就任後の米価＝本庄栄治郎『徳川幕府の米価調節』弘文堂書房　大正13。米価は綱吉の施政に反発している。

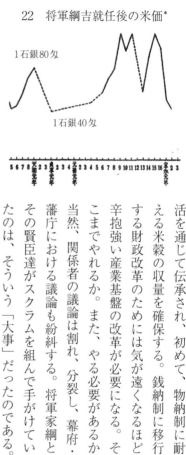

ところが掣肘が利かなくなった将軍綱吉は財政の悪化を黙視しなかった。米価の安全弁にあたるご金蔵の残高が減れば、米価の下落がたちまち国庫を直撃する。短兵急な新将軍は、庶民の贅沢を次々に禁止し、諸物価の乱高下を生み出す市場取引を抑制しにかかった。すでに贅沢なりとて幕府の巨大船「あたけ丸」を波却した彼は、水戸光圀の交易船「快風丸」をねらい打ちにし、次には尾張光友の材木市場・米市場をねらっている。「延べ米売買」が藩財政に仇をなす御法度破りと見なされる時代が将軍綱吉とともにやってきたのである。

名古屋御園町の町代を兼ねる旧家の米穀商として渡世していた坪井庄兵衛(杜国)は、句集『冬の日』(1684年刊)の時、二十八、九歳*。貞享二年八月十九日付け空米売買の判決文によると、「…先年ヨリ之御法度ヲ相背キ候段不届*」とある。実際のところ、この商いで空買い・空売りした米切手の売買差額だけを決済した者が十八名(主として米仲買の手代たち)、彼らの罪科は、等しく尾張領国からの「追放」である。その中で、坪井庄兵衛一人が店主であり、彼一人が死罪だった。杜国の罪科が最も重いのは坪井商店がこの企ての主犯だったからだと考えるのが自然だろう。

その上で言えば、延べ米の架空取引に対する尾張藩主光友の処分軽減の背景

---

*二十八、九歳＝『俳文学考説』石田元季著。

*法度ヲ相背キ候段不届＝大礒義雄「坪井杜国」『俳句講座2 俳人評伝上』明治書院刊、昭和四四年再版。

23　徳川光友

が見えてくる。尾張の光友は明らかに自ら寛大な処罰を望んでいる。たとえば堀川沿いの米河岸にあった廣井官倉庫は、北側40間（約73m）南側62間（約113m）という広大なもので、26棟の倉庫に83の出入口があり、七万三千石の米を保管できた。この規模を維持することで、諸国の米穀を集め、多種多様な藩米の切手交換が可能になるのである。たとえばそこに安値の尾張米、遠州米が有れば、素早くその遠州米の空米切手を買い集め、その値上がり益で値下がり米の米切手と交換する「損切り」の自由が生まれるのである。

　空米切手が市場の潤滑油であることを承知する者から見れば空米売買の禁止措置は市場を殺すことを意味する。市場との対話を欠く者は国力の衰退を招く。流通経済派の光友から見れば、それはとても賛成しにくい政策に見える。仮に杜国が中心になって空米切手の売買を仲介したとしても、仲介者が米切手の乱高下を招き寄せるわけではない。もし杜国がこの売り買いの中心なら、杜国は常に中立であり、ご公儀への態度はニュートラルなものとなる。

尾張藩主徳川光友はそこに目を付け、坪井杜国作の「宝来（蓬莱）や御国のかざりひの木山」を口実に、杜国に叛意無し、挫けるなとのサインを送ったものか。恐らく、実際、杜国に叛意は無かったし、芭蕉はそれと察して杜国との交際を断たなかったものと見える。

■

熱田*御修覆*

磨なを《ママ》す鏡も清し雪の花*

蓬左の人々*にむかひとられて、しばらく休息する程、

箱根こす人も有らし今朝の雪

有《或》人の会

ためつけて*雪見にまかる*かみこ哉

いざ行む雪見にころぶ所まで

ある人興行

香を探る梅に蔵見る*軒端哉

此間美濃大垣岐阜のすきもの*とぶらひ来りて、歌仙あるは一折など度々に及。

この通り名古屋における芭蕉の句は、貞享三年四月八日着工、同七月二十

---

*熱田＝熱田神宮。

*御修覆＝熱田神宮の修復。七月二十一日遷宮執行＝日本古典文学体系『芭蕉文集』（116頁）。

*雪の花＝はらはら花のように降る雪。

*蓬左の人々＝蓬莱山の左。熱田神宮を蓬莱山と見て、その左にある名古屋をいう。

*ためつけて＝紙子のしわを伸ばすこと。

*まかる＝出かける
*梅に蔵見る＝梅ヶ香を辿る内にいきなり蔵に出くわすさま。

*すきもの＝風流の好き者。

一日に遷宮が執行される熱田神宮の再建を祝う句で始まる。杜国の「宝来（蓬莱）や御国のかざりひの木山」と同様、尾張の誉れを称える国褒めの句*である。熱田神宮は「蓬莱」であり、「磨なを《ママ》す鏡」は「ひの木山」に相当する。熱田再建の御用材は勿論堀川沿いの巨大な貯木場（口絵7）から調達されたが、元を辿れば木曽のヒノキである。

　草薙の剣を奉戴する熱田神宮で、再建を祝って強いて宝物の鏡を取り上げ、その研ぎ直しを称揚するには相当の理由がある。古来、金属で出来た鏡は精魂込めて研がれてきた。「研ぐ」ことで霊験を得た鏡は人の心を写す「聖器」として信仰された。その研ぎ直しを終わってさえざえと輝く鏡に、今は「雪の花」が写っている。秘宝の鏡に写る人の心に、ひらひらと「雪の花」が散るのであろう。あら、ありがたや。国宝と見なされるこの「雪の花」の清々しい光沢はよほど風羅坊の心を研ぎ澄ませたものと見える。この価値ある尾張の国の至宝は、誰の心を写したものか。

　次にある「蓬左の人々」の「蓬左」は蓬莱の左を意味し、熱田神宮を蓬莱と見て、その左に広がる名古屋市街の俳人たちを示唆している。具体的には、「箱根こす」は熱田の桐葉、「ためつけて」は聴雪・如行・野水・越人・荷兮、

＊国褒めの句＝国の栄華を讃える句。古代の「あお丹よし奈良の都は咲く花の…」（万葉集）のような伝統的な詠唱法。芭蕉が尾張の国褒めをした句は次の二句。二句共に徳川光友の御代を讃える。

・仁徳天皇高き屋にのぼりてみればとの御製の有りがたさを今も猶
　叡慮にて賑ふ民の庭竈

・武蔵野守泰時仁愛を先とし、政以レ去レ欲為レ先
　名月の出るや五十一ヶ条
（越人編『庭竈集』）

「いざ行む」は亀祠・荷兮・野水・聴雪・越人・舟泉と、『冬の日』及び杜国に関わる人々が目立たぬように再会している。

杜国ゆかりの同人等との面談の席で

有《或》人の会

ためつけて雪見にまかるかみこ哉

いざ行む雪見にころぶ所まで

とはしゃいでみせるのは、杜国追放後から今に至る彼らの苦節を慰安するものであろう。かつてはにぎにぎしい祭礼の余興のように溌剌としていた彼らの交流にも自粛の気配が流れている。

第三章　組み替えられる旅行記録

今日は、潮が引いて隅田川の河床が黒く見える。芭蕉庵の南に面した小名木川を水鳥が頻繁に通過する。渡り鳥も多くなった。グァッカッカとだみ声で鳴くヒシ喰イ、胴が短く驚くとすぐ水に潜る臆病なカイツブリ、ギューイーと高く濁った声で鳴き立てるユリカモメ。近くで見るとその口ばしは鋭く尖り、餌をむしり取る。その喙でつつきあう。雁の群れ*も時折り飛来する。怪我をした鳫も混じっている。痩せた体でしきりに餌をあさる。潮が引くと水鳥のえさ場となる河口の干潟は、いつ見ても忙しそうに見える。これらの野鳥もまた将軍綱吉の禁忌に触れる生類である。

神無月廿日、ふか川にて即興

振売(り)*の鳫《がん》あはれ也ゑびす講*　芭蕉(炭俵)

文台に向かう。膝に手を置き一呼吸する。筆を握る。『笈の小文』は伊賀・伊勢の足跡を追う手はずになっている。この『笈の小文』のしばしの休息に当たる郷里での邂逅・歓待・墓参の日々。兄半左衛門家での年末年始の句「杖つき坂を落馬哉」「臍の緒に泣くとしの暮」「二日にもぬかりはせじな」、いず

＊雁＝将軍綱吉は魚・鳥の狩猟・摂食を禁じた。が自分は鶴・雁・鯛を進物に使っていた。

＊振売り＝商品の名を大声で呼びながら売歩いた行商人。雁の振り売りは珍しい。

＊ゑびす講＝恵比寿様を祝う行司。十月十九・二十日。町家の饗応には鯛が多かった。

れも一座を和ませ、素朴に立ち帰らせる飄逸の気配が詠出されている。というのも、このとき芭蕉の胸中には、すでにここに犯罪者杜国を呼び寄せて過ごす花尽くしの春の日々が算段されていたからである。

■師走十日余*、名ごやを出て旧里*に入んとす。

　旅寐してみしやうき世の煤はらひ*

　（中略）

　歩行ならば杖つき坂を落馬哉

　（中略）

　旧里や臍の緒*に泣としの暮

宵のとし*、空の名残おしまむと、酒のみ夜ふかして、元日寐わすれたれば、

　二日にもぬかりはせじな花の春

この時、諸事慎重な芭蕉庵桃青は、坪井杜国を「美濃の人」として紹介した形跡がある。服部土芳の『芭蕉翁全伝』には貞享五年の日付で「此春武蔵野ノ僧宗波、ミノ国杜国来る。」とあり、また「万菊ハ京ヨリ翁ニ別レテ独伊

---

*師走十日＝旧暦の十二月十日。

*旧里＝故郷。上野市。

*うき世の煤はらひ＝すす払いが改めて浮き世の暮らしをもの珍しく見せること。

*臍の緒＝嬰児の臍の緒を切り取り保存したもの。

*宵のとし＝十二月三十一日。

賀ニ立（寄）、猿雖方ニ四五日休テ、六月廿五日、是モみのゝ国へ戻ル。」＊と書いている。滞在場所は郷里の友人苔蘇《たいそ》の瓢竹庵で、芭蕉の実家ではない。

土芳が言うこの「ミノ」は、「みのゝ国」とも書かれる。この三月十一日、芭蕉の訪問を受けて歓談している土芳が単純に誤記したとは考えにくい。またこのとき宿を提供した瓢竹庵主苔蘇《たいそ》や猿雖は土芳とは昵懇の間柄にあり、互いの往来も多い。記憶違いを修正する機会は幾度かあったはずだが、その修正も起きていない。

すでに四月二五日、芭蕉に同行して京都に滞在し、十日ほど休養していた坪井杜国がさらに「京ヨリ翁ニ別レテ独伊賀ニ立（寄）、猿雖方ニ四五日」休養する。この経過からすれば、杜国の滞在は安静と休息を要する滞在だったことになる。芭蕉の実家すなわち兄半左衛門の屋敷を避けた理由もこの安静と休養にあっただろう。杜国の病名は不明ながら、この期間の杜国の句は「⑥長閑さに何も思ハぬ昼寐哉」とあり、内心の屈託が溶けていく心底が語られている。要するに伊賀上野滞在中の杜国は内心の屈託が凝縮していく自分を見せなかった。屈託が溶けていく自分を見せることで、我・彼を繋ぐ親和の春を詠出してみせた。こういう男だてもまた杜国だと言えば杜国に相違ない

＊みのゝ国へ戻ル＝この時期芭蕉庵は京都から美濃に向かい、そこに少時、滞在している。

が、やがて死亡し芭蕉の夢に現れて号泣する杜国とは違っている。

先の土芳の記録（伊賀句稿と呼ぶ）の通り（本文は補注1に掲載）、ここには咲き揃う桜の句々が配列されて、「廿日ほど」も続いた花見の喜びが率直に語られている。またこの句稿中には「是ヨリ吉野の花ニ出ラレシ也。」という服部土芳の解説がある。「吉野の花ニ出ラレ」とは、吉野における花見見物であり、この花見物こそ、当初はこの吉野巡礼の主眼だったことに疑いはない。

しかし今、元禄六年年末、『笈の小文』では、長閑だった伊賀上野の花籠りの日々は跡形もなく削除されている。替わりには春暖の陽炎とともに、「伊賀国阿波の庄」にある俊乗上人の旧跡、「護峰山新大仏寺」の目をむくような荒廃が描かれ、かつての自分の仕官の日々が幾分距離を以て回想されている。まことに「すまじきものは宮仕え」だが、伊賀上野の宮仕えは、さらに困難さを増している。以下、具体的にその『笈の小文』の発句の配列を確認する。

伊賀国阿波の庄といふ所に、俊乗上人の旧跡有。

護峰山新大仏寺とかや云（中略）。

①丈六にかげろふ高し石の上

②さまぐ〵の事おもひ出す桜哉

←挿入された伊勢句稿→

伊勢山田
③何の木の花とはしらず匂哉
④裸にはまだ衣更着*の嵐哉
　菩提山
⑤此山のかなしさ告よ野老堀*
　龍尚舎
⑥物の名を先とふ芦のわか葉哉
　網代民部雪堂に会
⑦梅の木に猶やどり木や梅の花
　草庵会
⑧いも植て門は葎のわか葉哉
　神垣のうちに梅一木もなし。（中略）
⑨御子良子の一もとゆかし梅の花
⑩神垣やおもひもかけずねはんぞう

＊衣更着＝二月。衣を重ねて着る。

＊野老《ところ》堀＝山芋掘り。野老堀は野老掘り。ツルハシで深く土を掘る。

弥生半過る程、そゞろにうき立（つ）心の花の、我を道引（く）*枝折となりて、よしのゝ花におもひ立んとするに、かのいらこ崎にてちぎり置し人*の、い勢にて出むかひ、ともに旅寝のあはれをも見、且は我為に童子となり*て道の便りにもならんと、自万菊丸と名をいふ。

（（ ）内は筆者。以下同じ）

ここでは伊賀上野における桜花満喫の日々が削除され、替わりに伊勢参宮の句々が配置されている。これは伊勢参宮の発句③〜⑩（これを伊勢句稿と呼ぶ。本文は補注1）が「伊賀句稿」より後に挿入されたもので、「かのいらこ崎にてちぎり置し人の、い勢にて出むかひ、」という『笈の小文』の状況設定に符合する。芭蕉が杜国を出迎えたのではなく、杜国が芭蕉を出迎えたことになる。この伊勢参宮のせいで、文中に熱田神宮・伊勢神宮・金峯山寺・金剛峯寺・紀三井寺と著名な寺社を並べることができる。それは風羅坊・万菊丸を紛れない廻国修行者に書き換えることを意味する。

加えて名古屋から追放された無宿人の杜国が抜け参りで賑わう伊勢神宮に参拝することに支障はないが、伊賀上野に長期間滞在したとあっては悶着が

*道引（く）＝導く。

*いらこ崎にてちぎり置し人＝固く約束した人。坪井杜国

*童子となり＝高僧は修行中の童子を供とする。童子となりは師坊の従者となり。

生じる。伊賀上野を支配する藤堂藩は只でさえ庶民の出入りを厳しく監視する閉鎖的な雄藩に変っていた。「(於宿々) 行衛不知者之類には、所々にて追放之者も紛可有之候、宿なし、雲助など、中者之類、急度吟味致し、一切其所に不可被差置候」。これが五代将軍が発布した「追放之者」への御触書*である。

先に勘気を被って更迭された酒井忠清とその娘婿に当たる藤堂藩主高久は、忠清の死体検分を指示した将軍からの使者を「命に代えて！」と威嚇して追い返した上に、綱吉の偏執ぶりを飲み込んですばやく遺体を焼却した前歴がある。酒井忠清の娘婿であることは勿論として阿濃の津に居城を構える藤堂藩は、伊勢湾の中央部に位置して広域商圏を束ねる意味で市場・物流・金融改革が期待される雄藩だった。案の定、再度検分に参上した綱吉の使者二名は、遺体の検分不能に直面して困惑するしかなかった(『土芥寇讎記』)。

もっともこの武勇のせいで藤堂高久は柳沢吉保家の玄関番と嘲笑されるほど頭を低くして忍従の日々を過ごすことになる。多分、情義の人、高久からすれば歯ぎしりするような日参忍従の日々だったに相違ない。その主君の歯ぎしりを承知する藤堂藩は、ことさら慎重に幕府からのお沙汰を伺う必要が

---

*御触書＝貞享二年十一月、道中筋の部【御触書寛保集成二十二】

あった。当然、江戸の俳諧師として諸家との交際も自由だった芭蕉庵桃青は格好の取材源であったし、その芭蕉庵桃青が無宿人杜国を帯同したのでは、いかにも不都合という他はない。特に元禄六年年末の江戸の街に我が身を置くと「⑥長閑さに何も思ハぬ昼寐哉（杜国）」の一句はことさら場違いな一句に見える。芭蕉庵にも連句の自粛*が要望される時節だからである。

今、伊勢句稿を『笈の小文』の追加部と見て一度除外してこの箇所を原型に戻すと、叙述は次のようで支障ない事になる。

春立てまだ九日の野山哉

枯芝やゝかげろふの一二寸

（中略）

①丈六にかげろふ高し石の上

②さまぐ〳〵の事おもひ出す桜哉

弥生半過る程、そゞろにうき立（つ）心の花の、我を道引（く）枝折となりて、よしのゝ花におもひ立んとするに、かのいらこ崎にてちぎり置し人の、い勢にて出むかひ、ともに旅寐のあはれをも見、且は我為に

*連句の自粛＝俳文「亀子が良才」に芭蕉の返事がある。

童子となりて道の便りにもならんと、自万菊丸と名をいふ。

『笈の小文』冒頭で露沾公（岩城内藤藩、藩主息）に餞別句を賜って「ゆへある人」らしく江戸を旅立ったのは、他ならぬ風羅坊である。その風羅坊が故郷で新年を迎え、一族再会を果たした後に、春暖の季節と共に吉野を目指す時期が、この「さまぐの」発句が詠出される時期である。故郷出立に先だって、「故主蝉吟公の庭」で催された祝宴に参加して詠唱された「さまぐの」発句の背後にあるものは、晴れがましさを伴う祝賀の意識だろう。旧主藤堂良長（探丸）に招かれて出座する祝賀の儀には、いよいよ念願の吉野行脚に乗り出す修行者を見送るという、目に見えない筋立が有ったはずである。同じく紀行冒頭で「岩城の住、長太郎と云もの」が「関送リせん」とて用意した祝宴の句会に正客として招かれたのも風羅坊ではなかったか。他本で「故主蝉吟公の庭にて」（一葉本・蝶夢本）と前書きするこの「さまぐの」発句は、この位置にある事で誠に上首尾に生きて働くことになる。時間の経過とともに『笈の小文』の構想が動き、その動きに連れて杜国帯同の旅にも慎重さが付加されるものと見える。

元禄六年秋、「閉関」する

南の掃き出し窓から眺める小名木川の対岸の船着き場には、今日も荷役の人影が絶えない。かます・ざる・樽が次々に小舟に降ろされていく。釣り船に混じって湯船*が二艘並んでいる。釣り船が並ぶ船大工の工房には五・六艘の釣り船が陸揚げされ、船底に巻幡《まきはた》を詰める音がする。さらにその護岸には釣り船十艘ばかりが干上がった川底に船底を見せて横たわっている。船底に付着する海草や牡蠣殻を掻き取るための陸揚げだろう。このあたりは汽水域で腐葉土の蓄積が進むために、船底の付着物がすぐ繁茂して船足を妨げる。男世帯のせいもあって大声で話す漁師らは、みそ・醤油・ネギ・青菜、水をさかんに積み込んでいる。明日あたり、一斉に出漁する積もりに見える。この活気は懐かしい。「てやんでえ、宵越しの銭は持たねえ」という啖呵さえ聞こえそうである。

これは十年前に自分が馴染んだ神田上水の浚渫現場に似ている。闊達で進取の気性にあふれた信徳、信章、嵐蘭、杉風、卜尺、其角らが居り、飯屋・居酒屋・風呂屋・両替屋に出入りする善男善女らが入り交じっていたかつての芭蕉庵のにぎわいは、この小名木川の対岸に転移したかと見える。両国橋

＊湯船＝風呂桶を乗せた湯屋の船。船頭・船方・漁師が集まる河岸に繋留して営業した。

の掛け替え工事のせいだろう。

考えてみれば、自分がこの両国橋を渡って深川に転居した延宝八年からこの新橋掛け替えが始まる元禄六年まで、近隣のご家中でも不如意な事件が重なっている。まず延宝八年一月（1680）、関東郡代兼、道奉行、伊奈忠常殿死亡、同年、酒井雅楽頭様、譴責、次に天和二年（1682）の自分自身の失職、お船蔵「あたけ丸」破却、貞享二年（1685）の杜国の名古屋追放、元禄三年（1690）の水戸光圀強制隠居、元禄五年、伊奈忠篤様*の飛騨代官（1692-1697）就任、元禄六年の尾張大納言様（光友）、強制隠居。自分の失職から尾張大納言様のご隠居まで、いずれも密かに始まった五代将軍の専横政治が発端である。以前は、単に杜国の不運と見えていたことが、元禄六年、深川に暮らしてみると当然のできごとのように見える。

ちまたの噂も、つまりは噂・噂と軽視することが出来なくなった。尾張藩の『鸚鵡籠中記』*、水戸系の『土芥寇讎記《どかいこうしゅうき》』（著者不明、元禄時代）、綱吉系の『徳川実記』、老中系の『御当代記』*、綱吉側近の『楽只堂年録《らくしどうねんろく》』*まで登場する始末である。この『御当代記』の筆者戸田茂睡は老中戸田忠昌の姻戚、柳沢吉保は綱吉将軍のお側用人に当たる。フェイク・ニュースに対抗すると

*伊奈忠篤＝父伊奈忠常の後継。関東郡代 1680-1697）

*『鸚鵡籠中記』＝朝日重章著（元禄4年6月13日〜享保2年12月29日）

*『御当代記』戸田茂睡著（延宝8年（1680）5月〜元禄15年（1702）4月）

*『楽只堂年録《らくしどうねんろく》』柳沢吉保著、（万治元年1658〜宝永六年1703。天和元年1681から年録らしい詳細な記事になる。）

て「本物ニュース」を自作する為政者の仕業と言えなくもない。**いずれはこの両国新橋を渡って、五代将軍の側近衆が幅を利かす日が来るに相違ない。**

元禄四年年末に江戸に帰ると、江戸はすでに、はっきり住みにくい場所に変わっていた。主君が傲慢・狭量・短慮なだけならまだ凌ぎはつく。もしこの将軍が、人は誰しも楽しく生きようとする本性を持っている、とでも考える娯楽的な男ならば実害はもっと少ない。将軍を補佐する幕僚たちが道理を尽くして、将軍にはただ「そうせい！」と言わせることも出来る。しかし権力マニアの将軍が実権を握り、迎合する佞臣たちに囲まれるべく動き出すと、彼らはたちまち徒党を組み、人の心に阿諛・追従を呼び覚ます。嫉妬・羨望・曲言・告げ口がまかり通り、奸智に長けた豪商や豪農が息を吹き返す。耳ざとい聴衆は噂を流し、これを楽しむ。遅ればせの聴衆はそれを収集して書き付ける。知恵の回る聴衆は、聞き耳を立てて己の行く先を占う。これでは庶民が実直に活きるための支柱を失う。鬱積した憤懣が生み出すいびつなユーモアは決して俳諧の風土ではない。

この日、元禄六年八月二十日、持病の仙魔から小康を許された芭蕉庵主は、芭蕉庵から弟子たちに書簡を書き送って近況を語り始める。まだ本復にはほど遠い。しかし、中秋になり冬の旅が予感される頃には自然に気持ちが騒ぎ始める。治療に当たる史邦は用心深く、あと二ヶ月で本復だと云って譲らない。元禄三年（1690）冬に京都で芭蕉の容態を観察した結果を楯にとって、この年の芭蕉の冬の旅を押し止める積もりでいる。仮に今年の冬の旅がままならないとしても、春・夏の旅に備えて、旧交を温める必要はある。

「盆後閉関致し候。その折りの句／朝顔や昼は錠おろす門の垣」（元禄六年八月二十日、白雲宛書簡。この書簡、真偽未詳）と近況を知らせて互いの消息を繋ぎ止める。史邦の言葉通りだとしても、九月・十月には床上げができる。時雨が降る十一月には、新しい巡礼の行く先が見通せる。『奥の細道』初稿の「貼り紙本文」（中尾本）の書き取りを終え、その書き取り本に筆を加えた定稿本が曾良から清書者の手許に運ばれている。治療に当たる史邦は、猪兵衛・二郎兵衛・寿貞・まさ・おふうにまで治療の気遣を欠かさない。しかし支払うべき治療費はない。替わりに出来ることと云えば、宗匠史邦の立机《りっき》のための支援である。句会を開き、書き物を残して、蕉門の宗匠である証としなければならない。それにしても……。それにしてもこの史邦、学識があるせいか、実直なせいか、自分のうかつな発言は後日になっても必ず訂正する。静かに他人の話を聞くとき、時々おやっ?という顔をする。史邦の前では相手も自然にらちもない世間話をはばかるようになる。

閉関後、芭蕉庵主はこの史邦に一文を贈っている。書いたのは元禄六年九月下旬、桃印の盆会を過ぎ、病床から起き上がり始める頃である。「閉関之説」と題するその一文には、この頃の自分の危惧をかなり率直に綴っている。

閉関之説

■色は*君子の悪む所にして、
仏も五戒のはじめに*置（け）りといへども、
さすがに捨てがたき情のあやにくに、
哀なるかた〴〵もおほかるべし。
人しれぬくらぶ山の梅の下ぶしに*、
おもひの外の匂ひしみて、
忍ぶの岡の人目の関も*もる《（守）》人なくば、

---

*色は＝色欲。「君子三戒」の一つ。「少（ワカ）キ時ハ血気未ダ定マラズ。之ヲ戒ムルハ色ニアリ」（『論語』李氏第十六）とある。

*五戒のはじめ＝仏教の五戒。不殺生・不偸盗・不邪淫・不妄語・不飲酒の中の邪淫。

*くらぶ山の梅の下ぶし＝「梅の花匂ふ春べはくらぶ山やみに越ゆれどしるくぞありける」（紀貫之、古今集）を踏まえる。思わず一線を越えると自然と恋情が湧いて。

*忍ぶの岡の人目の関＝忍の恋路にある人の目という関所。

いかなるあやまちをか仕出でむ。
あまの子の浪の枕に袖しほれて*、
家をうり、身をうしなふためしも多かれど、
老の身の行末をむさぼり、米銭の中に魂をくるしめて、
物の情をわきまへざるには、
はるかにまして、罪ゆるしぬべく、
人生七十を稀なりとして、
身を盛なる事は、わづかに二十余年也。

■はじめの老の来れる事、
一夜の夢のごとし。
五十年、六十年のよはひかたぶくより、
あさましうくづをれて*、
宵寐がちに朝をきしたるね覚の分別、
なに事をかむさぼる。
おろかなる者は思ふことおほし。

*あまの子の浪の枕に袖しほれて＝「白波のよするなぎさに世をすぐすあまの子なれば宿もさだめず」（和漢朗詠集）を利かせる。女性の情けにほだされて。

*くづをれて＝老いさらばえて。

煩悩増長して*一芸すぐるゝものは、
是非の勝る物なり。
是をもて世のいとなみに当て、
貪欲の魔界に心を怒（ら）し、
溝洫《こうきよく》に*おぼれて、生かす事あたはずと。
南華老仙*の唯利害を破却し、
老若をわすれて、
閑にならむこそ*、
老の楽とは云うべけれ。
人来れば無用の弁有。
出ては他の家業をさまたぐるもうし。
尊《孫》敬*が戸《とぼそ》を閉て、杜五郎*が門を鎖（さ）むには。
友なきを友とし、貧を富りとして、
五十年の頑夫、自（ら）書（き）、自（ら）禁戒となす。

　あさがほや昼は鎖おろす門の垣　ばせを（芭蕉庵小文庫）

---

*煩悩増長して一芸にすぐるゝもの＝「才能は煩悩の増長せるなり」（徒然草三十八段）

*溝洫《こうきよく》に＝ドブ泥。

*南華老仙＝荘子。

*閑にならむこそ＝時間に縛られない生活。

*尊敬＝孫敬。中国三国時代の人（蒙求）。『楚国先賢伝』字文宝。閉戸先生。官に招かれたが行くことはなかった。

*杜五郎＝中国穎昌の人。名不明。杜五郎と呼ばれる（宋史）。

ここでは、いつ・どこで・誰が・何をしたか・何故したか・如何にしたかを順序立てて、書くつもりはない。全体は前・後二段に分かれているが、芭蕉が力点を置くのは、この前半ではない。この頃のあまりに浅ましい世相に反応する自分の大きな憤懣が「閉関」に落ち着くまでの理路である。

この「閉関之説」が色恋の叙述から始まることは不思議の一つで、芭蕉庵主が桃印の妻寿貞に恋心を抱いた、あるいは桃印と寿貞とが不倫したとの風説もある。が当時の芭蕉はすでに病魔に取り付かれて病臥している。寿貞またしかりである。当時の芭蕉と寿貞とを繋ぐ愛情の糸は見当たらない（『芭蕉伝記の諸問題』、今栄蔵）。同居する猪兵衛・二郎兵衛・寿貞・まさ・おふう、いずれも色恋には無縁に見える。

「色は君子の悪む所にして、仏も五戒のはじめに置（け）り」は、この一文のイントロに当たる。読者を引きつけるための前置き以外ではない。このため「君子云々」の教条主義は一度脇に置こう。神祇、釈経、恋、無常の言葉通り、これらはこの世の習いに相違ない。恋も無常も俳諧の華に当たるし、連句一巻に欠かせない題材である。

「あまの子の浪の枕に袖しほれて、家をうり、身をうしなふためしも多かれど」という文言には聞き覚えがある。『奥の細道』の新潟の遊女の科白には「あまのこの世をあさましう下りて」とある。この背景にある「白浪のよするなぎさに世をすぐすあまの子なれば宿もさだめず（和漢朗詠集、遊女）」の「あまの子」の暮らしは、この新庵の対岸に直に見ることが出来る。窓からすぐ目の前に「あまのこの世」があるからである。

小舟の後方に帆を立て、船団を組んで魚群を追い、一攫千金を頼んで黒潮の上を航海する彼らの色恋は確かに「宿もさだめず」とは言える。「家をうり身をうしなふためしも」多いといえば言える。目の前に繋留した湯船や湯女には春を売る者もいる。だが無論、自らの生業を「あさましう下りて」などと想ったりはしない。充分以上に生き甲斐がある生業だからである。

職業婦人を描くことが多かった芭蕉の目の前には、大きな船着き場があり、大工工房、風呂屋、総菜屋、雑貨屋、酒屋、水屋、両替屋、材木屋、茶屋で働く女性たちが見えている。この小名木川のほとりは、神祇、釈経、恋、無常が密集し繁茂する世間の八街（やちまた）である。博物館の恋の標本よりは朝市の鮮魚の恋をご馳走と見るあまの子たちが働いている。十数年前の自分の暮らしがここにあるかと疑われる。

それに比べても恥ずかしいのは「老の身の行末をむさぼり、米銭の中に魂をくるしめ」る強欲な世間ではないか。一見まともに見える君主の教条主義が下々の道義を削り、吝嗇をいじましく加速する。この小市民に広がる吝嗇が特に強い言葉で指弾されるのは、それがただの一般論ではないからである。節約の関を過ぎて吝嗇の領域に足を踏み入れるには、時の力というものがある。我が儘な将軍、狡知の取り巻き、因業な政商に酷薄な豪農。欲の皮で押し通る人々が臆目もなくしゃしゃり出る。そのとき、保身的な市民の健全な節約は吝嗇に変わる。「身を盛なる事は、わづかに二十余年」。しかも老いの日は卒然と姿を現す。一夜の夢のごとく世界を変える。そのとき節約を始めても手遅れになると吝嗇家は言う。そのとき、吝嗇はさらに加速されて守銭奴に変わる。生きながらの銭奴となり、「五十年、六十年のよはひかたぶくより、あさましうくづをれて」見る影もなく老いさらばえる。ぼろ屑なみに老い衰えた銭奴の老骨が考える「ね覚の分別、なに事をかむさぼる」。

芭蕉庵で寝起きすると、心は自然に「桃青」の頃に近づいてくる。すると、心底から怒りが湧く。中にも「煩悩増長して一芸すぐるゝ」学芸者は、「是をもて世のいとなみに当て、貪欲の魔界に心を怒（ら）」し、「溝洫《こうきょく》（世間のドブ・ドロ）におぼれ」て、その学才を生かす事さえできない。季吟（代表的な歌学者）しかり。茂睡（代表的な歌人）しかり。本来なら無欲に繋がるこの種の実直な芸術家さえ貪欲の魔界に引き入れられる。それがご時勢か。それがご時勢ならば、荘子先生の言うとおり、この貪欲の魔界に対処する方法は「心を怒（ら）」せることではない。広い世界に腰を据えて、貪欲の魔界に参与せず、自若の姿勢で身を処することこそ安寧の心得とも見える。

常に書を読み、寐む気を厭って首に綱を巻き、その綱の片端を梁に繋いでいた三国時代の孫敬、三十年間門外不出で読書三昧の暮らしを続けた中国穎昌の杜五郎はこの見本ではないか。しかるに何だ。もし自分の駄弁や放談が自他の時間の浪費なら、孫敬や杜五郎のように口を閉じ、面談を止めればよい。それで世間は静かになる。蟄居者が増えれば、ちまたの貪欲は活力を失う。「人来れば無用の弁有。出ては他の家業をさまたぐる」。だから自分は、閉関する。「友なきを友とし、貧を富りとして、五十年の頑夫」芭蕉庵桃青はこう考える。

それにしても僅か十三年のうちに、世情は旧庵建立の時のあの気負いに満ちた梁山泊とは何と遠く隔たったことか。

「あさがほや昼は鎖おろす門の垣　　ばせを」

元禄六年冬の改稿

隅田川を吹き下る風の寒さが身に染みるようになった。川風はこの小名木川の河口で潮風に行き当たる。湿気を帯びたこの地の川風の寒さには独特の厚みがある。たまに生け簀の鯉がはねる。漁師たちは首巻きを頭までかぶって首から頭までをすっぽり隠して働いている。鯛を運ぶ生船が浮かんでいる（口絵4）。大潮の干潮時と見えて、川岸の砂州の上では横倒しにした船底を松葉の炎で炙っている。小名木川の釣り船の数も随分少なくなったが、船大工の仕事場にはまだ幾艘かの新造船の竜骨が見えている。江戸の街が急速に膨張して町衆の食欲を満たす魚介の消費が増えたのだろう。だが、それも冬場には品薄になる。魚鳥も「生類」には相違ないが、冬場の魚介はいくらでも売れる。それに肝心要の将軍様さえ魚鳥を食している。これは江戸庶民なら誰でも知っていることだ。「旅人漁師」は御法度の枠外にいる。凪の日を選んで出漁すれば、隅田川の河口や佃島沿岸でも悪くない漁ができる。

元禄四年四月末、京都の落柿舎で杜国の夢を見て号泣した芭蕉は、また京都での『猿蓑』編集作業中に中村史邦の病気治療を忝なくした芭蕉でもある。下血が止まらなかった旅中の芭蕉が私用の文台一机、肖像一枚を史邦に書き与えたのは、病魔退散に尽力した史邦への深謝の他に史邦の宗匠立机を支援する意図もあった。もとより桃印の薬代に汲々とする芭蕉庵主に金銭の余裕はない。この元禄六年冬の史邦との親密な情意の交換を記念する「閉関之説」もすでに史邦に贈られている。桃印の初盆を済ませた芭蕉は、閉関した門の内で黙り込んでいる。さて、いかがすべきか。

さて、いかがすべきかと自問自答した時の芭蕉庵主の思案は、実のところ長い間、見過ごされてきた。それが微かに見え始めたのは、大礒本*『笈の小文』、雲英本『笈の小文』が発見された時であった。大礒本『笈の小文』（第一稿）、雲英本『笈の小文』（第二稿）には連句抜粋、付け句抜粋（合わせて「連句教則」と呼ぶ）が付録として掲載されていた。ここに掲載された連句抜粋、付け句抜粋の内、年代が確認される最も新しい作品は「初茸や」歌仙、元禄六年七月成立であり、したがってこの「連句教則」は元禄六年七月以後に書かれたものと見なされることになった。

元禄六年七月に書かれた「初茸や」歌仙とは、中村史邦が初めて芭蕉庵を訪ねたときに、史邦歓迎の意図で開催された三巻の歌仙の内の一つである。こ

*大礒本＝大礒義雄著、『『笈の小文』（異本）の成立の研究』昭和56年2月、ひたく書房刊。

の付録によって分かることが二つある。一つは、病臥する芭蕉が新参の中村史邦を江戸の門人たちに紹介するために三度まで、芭蕉庵において史邦歓迎の句会を開いたこと、また一つは芭蕉が蕉風連句の基本となる付け筋を中村史邦に伝授して、作者としての技量の引き上げを支援したことである。当時芭蕉は病床にあり、門人たちには閉関を通知していた。その芭蕉がこの措置を執るのは、史邦がスムースに江戸俳壇に参入できるようにとの配慮があるからである。

しかし芭蕉の支援は、この「連句教則」だけではなかった。この「連句教則」はさらに大きな示唆を内包していた。念のために筆蹟を調べると、『笈の小文』と「連句教則」とは同じ筆蹟で書かれており、それは共通して、元禄六・七年の芭蕉の文字遣い*を反映している。ただしこの筆蹟は芭蕉自身のそれではない。『笈の小文』と「連句教則」とはともに元禄六・七年に芭蕉庵で近侍する何者かが一筆で書いた写本である。そしてこれが同一時期の同一筆蹟であるときには、当然その筆写の底本となる「連句教則」及び『笈の小文』本文もまた、元禄六年七月過ぎには書かれていたことになる。

ところで、『笈の小文』初稿本を元禄六年七月以降の完成だとみる大磯義雄

＊芭蕉の文字遣い＝補注2参照。詳しくは濱森太郎著『野ざらし紀行の成立』（2009年2月、三重大出版会）

氏の主張を検証する作業は、最近の文献学の進歩によって比較的簡単な作業に変わった。この確認のために使うツールは「芭蕉文字データーベース」で、この芭蕉文字データベースは、文字別、品詞別、活用別、位置別、前後別、使用頻度別に検索可能な一文字一レードのデータベースである。ｖｉｓｕａｌ ｄＢＡＳＥを基盤として構築されているのでコントロール言語は英語になる。そのデータベースの詳細は小著『野ざらし紀行の成立』（三重大学出版会刊）附録のＣＤを起動して見て頂くとして、今回使うのは、そのデータベース作りの副産物にあたる「元禄六・七年マーカー」*である。今のところ使えるマーカーは二種類ある。

　医療現場で普及している癌マーカーは特殊なタンパク質の集合だが、元禄六・七年マーカーは特殊な文字の集合である。第一のマーカーは、具体的には、「け・す・の・ほ・み」の五文字、「介・遺・計」「春・須・寸」「乃・能・農」「保・本」「ミ・美」の十三字体である（同じ仮名の先頭に基本字体、二位以下には補助字体を表示した）。この五文字すべてで所要の基本文字（使用率80％前後*）・補助文字（使用率20％以下）が一対として用いられていれば、そのテキストは元禄六年・七年における芭蕉庵執筆の可能性が極めて高くなる*。

---

*マーカー＝下地から標的を識別する目印。

*使用率＝同一仮名を表記するする際のそれぞれの文字の使用頻度をいう。

*極めて高くなる＝無作為で書かれた文章においてこれらの文字がこの順列・比率で使われる確率は百分の一以下になる。なお癌マーカーと同じく、所用の基本仮名・補助仮名が希薄な場合、それは元禄六・七年の芭蕉の作品ではない根拠とはならない。あくまでマーカーである。

そこで実際にこの文字マーカーを使ってみると、『笈の小文』は、三分割されることが見えてくる。一は『笈の小文』冒頭文（風羅坊の所思）、二は風羅坊と万菊丸（坪井杜国）とが繰広げる吉野巡礼（第三章まで）、三は最後に追加される「須磨明石紀行」（第四章）である。この三者が文字遣いを異にして書かれている。具体的には、一「風羅坊の所思」は元禄五・六年に、また三「須磨明石紀行」は、元禄六・七年に書かれたと推定される。残る二は、江戸出発に始まり、「吉野巡礼」を経て難波における「杜若かたるも旅のひとつかな」で締めくくられる紀行本体で、元禄三・四年の執筆か*と推定される。つまり原型の『笈の小文』は、吉野行脚の酷道険路を振り返り「はるばるきぬる旅をしぞ思ふ」と安堵の胸の内を披露する発句で締め括られていたと言うわけである。この発句によって芭蕉・杜国の吉野巡礼は一段落し、吉野巡礼の足跡を辿って、杜国追悼の記念とする著作の意図は達成される。

　ところが『笈の小文』に第一章（風羅坊の所思）と第四章（須磨明石紀行）が追加され、作品の構成が変わると共に、吉野行脚を焦点とする杜国追悼記念の意図が変化する。この変化に元禄六年の芭蕉庵の思案の痕跡が現れている。

　追加された「須磨明石紀行」の主題を示す「蛸壷やはかなき夢を夏の月」

＊元禄三・四年執筆か＝文字マーカーを使うと元禄三・四年の「幻住庵記」にこれに似たものがある。ただしこの『笈の小文』「吉野紀行」の追加修正部には分量が少なく、文字データーを用いた判定に適さない部分がある。

は、山岳修行を無事終了した時の安堵感を綴った発句ではない。前書きは「明石夜泊」とあり、明石港で夜泊し、蛸壷の傍で眠りについた風羅坊が、女官達に襲いかかる怒濤のような惨劇に直面する、幻覚である。目の前で奔流する壮大な悪夢を見て、はっと目覚める光景である。目覚めれば、夏の月に照らされた蛸壷が静に影を落としている。終わらない夢はないし、鎮まらない闇はないが、まだ明石の海の暗闇は深い。又寝して同じ惨劇の中に落ちていく心配はある。

これでは杜国追悼記念の意図が顕現する作品とは言いにくい。しかもこの部分に限っては、元禄六年七月以降に追加されたものと見なすのが文字データベースの結論である（詳しくは後述する。）。

第四章　最後の断片

芭蕉庵の南の掃き出し窓には野良生えの朝顔の蔓がある。花はしばらく前に枯れて、乾いた殻が風に吹かれている。北の壁には小さな明かり取りの窓がうがってあり、ここにも朝顔の蔓が這い掛かっている。夏場の風通しのためではあるが、実は北には幕府代官、伊奈半十郎殿*の屋敷林がある。第四代家綱将軍の閣僚たちからは特に重宝された伊奈半十郎殿の御家中も、元禄四年に飛騨代官赴任の噂が立ち、翌元禄五年には半十郎殿が実際に飛騨代官として江戸を離れた。これが骨身を削る難事業になることは、半十郎ご自身も見通せなかった。深川の屋敷地は召し上げられ、やがて綱吉将軍の側近たちが移住してくる。家臣の屋敷地の召し上げ、位階・物品の賜給《しきゅう》で部下を支配する五代将軍の治世が進むにつれて、次は誰かと、噂の方が先立って流れるようになった。

伊奈家の庭の落葉樹は繁茂して今では森をなし、落葉してははらはらと微かに音を立てる。落ち葉は風に乗って森田惣左衛門宅の敷地内に降り積もる。早起きして落ち葉を掃き取り、集めて朝茶を煮るための焚き付けにする。市内の商人たちは好んでここに「菜園」と称する別荘を構えて余暇を過ごす。隅田川の対岸、水戸屋敷前から深川に向かって掛けられた深川新大橋は、芭蕉

*伊奈半十郎＝伊奈半十郎忠篤。元禄5年～元禄10年（1692-1967）まで勤務し、ここで病没する。

が病臥した元禄六年七月に閣僚から小普請組頭、町年寄りに下命され、半年後の十二月七日の寒空のもとで竣工する。この新橋竣工の日、橋の渡り初めとて、橋の片袂に集まった貴賤群衆の目の前には、白く凍結した霜の道が広がっていた。

初雪やかけかゝりたる橋の上　芭蕉（芭蕉庵小文庫）

新両国の橋かゝりけれバ

みな出て橋をいたゞく霜路哉（泊船集書入れ）

「みな出て橋をいたゞく」と書くところにこの句の妙味がある。恭しく頂くのは凍てついた「霜路」である。この竣工の光景は、同じく年末に二見浦の夫婦岩におけるしめ飾りの敷設を祝う芭蕉の次の一句と対照すると分かり安い。

・皆拝め二見の七五三《しめ》をとしの暮

生きながらひとつに氷る生海鼠《なまこ》哉

ご禁制のナマコである。しかも生きて咬筋が蠢いている。桶の中でいくつか、凍り付いて棒切れのように固まって入っている。それでも「いきながら」である。海鼠のグロテスクな形状はしかし笑っては済ませない哀れさがある。昨夜までは肩を寄せ合って生きていたのに、こんな結末が待ち受けているとは！。

　新両国橋を架設するための大がかりな土木工事は、それこそ江戸中の人夫・人足をあらかた呼び込んで、河口に群れるボラやウグイのように陽気に躍動する工事風景を作り出す。かつて、家綱将軍の末期にはこの陽気なボラの群れような躍動感が旧芭蕉庵を沸き立たせていた。延宝四年（1675）、江戸本船町の町名主、小沢太郎兵衛の書き役として太郎兵衛長屋に養子桃印を受け入れたころの賑わいである。小沢太郎兵衛が請け負う上水道工事を差配した松尾「桃青」の借家には、百人近い職人・人夫・賄い婦が出入りしていた。たちまち手狭になった太郎兵衛長屋には桃印を残し、自分は浚渫の工事現場の関口にある作業小屋に移る。小屋はたちまち千客万来となった。中には俳句好きも混じっており、俳句好きの梁山泊の中心には社交好きな桃青がいた。初心の俳句熱が自負心と共に吹き出るような句作りで気鋭の俳人たちが頭角を現した。競い合い、誰の句が正真の新進かと切磋琢磨する句会さえあった。ここは俳諧のパラダイスだと高唱することさえできた。それが今は衰微し、活気も自負も競合も錬磨もすり減り、才丸・春澄・言水・千春らは、皆どこかに旅立っている。

生船《いけ》や桜雪散ル魚氷室　　藤匂子

金沸《カネワキ》の郡豊浦の春　　千春（武蔵曲）

「金沸《カネワキ》の郡豊浦の春」。繁盛する漁村から金満家が生まれ、その金満家が集う豊かな浦々に、今年も春が来る。魚を活きたまま江戸市中に運搬する「生け船」（口絵4）、魚介を氷雪で保蔵する「魚氷室」、そこに花吹雪のように雪が散る。自分たちの目の前には豊饒の海があり、繁盛があると信じることができ無ければ、漁師はつとまらない。自分たちは船尾に帆を立て、黒潮を渡って江戸・大坂を繋ぐ。覇気に富んだ旅人漁師だと自負する者たちが集まっていた。それから二十五年余、俳諧は引き続き普及の途上にあったが、才丸・春澄・言水・千春らが競って登場することはない。要するに、一生一度しかない旅人漁師の豊漁期が過ぎ去って、旅人漁師を続けるか魚河岸の専属漁師になるかを問われるのである。実際に起きたことは、俳人たちが魚河岸専属の漁師に転身するような安定志向の二十五年だった。旅人漁師の生活を懐かしむ部類の芭蕉庵「桃青」は当然、「豊か浦」の住人である。時代遅れだからといって自分の仕事が終わったと思うわけではない。自分には自分独自のセンスがあり、自分独自の詞藻があると自負している。

大礒本『笈の小文』の登場によって、元禄五年十二月作「小傾城」歌仙、元禄六年七月作「初茸や」歌仙が松尾芭蕉と中村史邦との殊に深切な治療の記念に採用された歌仙断片だったこと、そこに参集した俳人達が芭蕉庵主の盟友であること、その歌仙断片が元禄六年七月以降に挿入されたものであることが判明すると、『笈の小文』追加部（須磨明石紀行）の追加行為についても再考の余地が生ずる。この追加によって、『笈の小文』本文の構成や主題に大きな変化が生ずるからである。

■吉野紀行（本文は最後に付録として掲げたので要点のみ抄出）

乾坤無住*同行弐人*

①よし野にて桜ミせうぞ檜木笠

②よし野にて我もミせうぞ檜木笠　（万菊）

初瀬*

③春の夜や籠人ゆかし堂の隅

④足駄はく僧も見えたり花の雨　（万菊）

---

*乾坤無住＝天地の間に束縛無く。

*同行弐人＝寄り添ってくれる人がいる。

*初瀬＝長谷寺。奈良県桜井市初瀬にある。山号、豊山神楽院。

（中略*）

龍門*

⑤龍門の花や上戸の土産にせん

⑥酒呑に語らんかゝる瀧の花　（万菊）

高野*

⑦父母のしきりに恋し雉子の声

⑧散花にたぶさ耻《はぢ》けり*奥の院　万菊

衣更*

⑨一つぬひで後に負ぬ衣かへ

⑩吉野出て布子*売たし衣がへ　万菊

（引用は大礒本。（　）内は筆者）

元来、吉野山塊は山岳修行の聖地である。このため冒頭の①②は吉野入山の唱和、⑨⑩は吉野出山の唱和で結ばれている。杜国が急に、はきはきと立ち働き、当意即妙の唱和で応酬する様子が描かれている。③④、⑤⑥、⑦⑧

*中略＝途中、葛城山＝天神社。祭神国常立命。三輪山＝三輪神社　多武峰＝談山神社巡礼を省筆。

*龍門＝竜門山、竜門寺。多武峰、臍峠と吉野山との中間にある。

*高野＝高野山金剛峰寺。故郷、愛染院の死者は高野山に移される。

*耻けり＝別本「恥かし」

*衣更＝陰暦四月から夏の衣に着替える。陰暦三月に吉野山に入り、一年一ヶ月後にここを出山する行程。

*布子＝綿入れの夜着。夏には重苦しくかさばる。

のいずれの場合も、まず風羅坊が自句を詠唱し、その句を踏まえて万菊丸の酬和の句が詠唱されている。風羅坊の語句を踏襲し、その語気を賞翫した後に生じる共感の心が詠唱されるのである。切り捨てられた伊賀上野の花盛りの日々を彷彿とさせるような明朗な句作りになっている。これならば杜国は大いに気の合う巡礼の同行者、「同行二人」として取り扱うことが出来る。

周知のように『笈の小文』冒頭の発句は、謡曲『梅が枝』冒頭のシテの呼びかけ「袖をかたしきておとまりあれやたび人」の「旅人」に呼応して詠唱されている。日常世界のすぐ側にあって、ときに呼び声を発する異次元世界の声を聴く旅に出ようという決意である。その決意をもって旅立つ風羅坊が吉野山中では異次元世界の微かな表象を嗅ぎ付けている。

①猶みたし花に明行神の皃《かお》*　（※謡曲『葛城』）

②扇にて酒汲かげやちるさくら*　（謡曲『猩々』）

そして最後は次の通り、ありありと見える幻覚*である。その幻覚の③「御めの雫」、続いて謡曲『杜若』の幻覚を踏まえた唱和の句が続く。

（詞書き略す）

---

*神の皃＝神の顔。

*ちるさくら＝謡曲を踏まえた「桜の精」だという説もある。染谷智幸、『笈の小文』と謡曲『西行桜』。

*幻覚＝「幻覚」の内、遠近・方角を移動しながら観察出来る「幻覚」を「真性幻覚」という。『心理学事典』中島 義明、子安 増生、繁桝 算男、箱田 裕司（有斐閣刊、1999/1）参照。

③若葉して御めの雫ぬぐはばや
（詞書き略す）
④杜若*語るも旅のひとつ哉

③の背景を為す鑑真和尚の幻覚の泪の出典は見つかっていない。④は謡曲『杜若』のワキ「三河の澤乃杜若」シテ「遥々来ぬる旅をしぞ」ワキ「思ひの色を世に残して」を踏まえて異次元世界に花咲く杜若を愛でながら亭主と正客とが消息を伝えあう謡曲中の贈答場面を踏襲している。杜若をめぐってシテ（業平の化身）と風羅坊（ワキ僧）とが繰り広げる昔語りの応酬に当たる。風羅坊はこの仮想世界*を模した典雅な応酬を通して吉野の険峰隘路を踏破した深い安堵を吐露することができる。加えて『笈の小文』のこの首尾の呼応を通じて、謡曲世界に参入する風羅坊の初志が成就し、難波において満願の時を迎える結構も露わになる。

　芭蕉・杜国が組み立てた当初の旅行企画の上では「吉野」は花見の場所として位置付けられる。それは遊山の行為に近く、花見の喜びが先立っている。当初の旅は、足の赴くままに見聞を深める行楽の旅である。その行楽の旅が

＊杜若＝アヤメ科の花　謡曲『杜若』。

＊仮想世界＝仮想現実世界。「仮想現実」を見る人を直感像素質者と呼ぶ。（『心理学事典』「直感像」中島 義明、子安 増生、繁桝 算男、箱田 裕司（有斐閣刊）。

山岳巡礼を経てこの娑婆世界に回帰する巡礼行為に色づけされている。しかしそれはいまだ有り触れた巡礼行為であって、それ以上ではない。風羅坊・万菊丸が時に垣間見る幻影世界でさえ現実世界の向こう側にあり、眼窩をかすめて通り過ぎるに止まっている。この幻影がせり上がり、雪原の下のクレバスのように二人を飲み込むのは後のことである。

難波津での発句「杜若かたるも旅のひとつかな」には、二人が経験した苦楽・信頼・連帯を振り返り、安堵の思いを噛みしめる意図がある。杜国との在りし日の悦楽を語り、再現して、元禄三年三月二十日に死亡した杜国への餞とする作為でもある。しかし同行者杜国には、米穀会所のルールを踏み外し、断罪の奔流に巻き込まれた境涯がある。その不運や無念を知る者ならば、その無念を追悼しなければなるまい。その無念と同居し、この世間がいつ何時、暗転せぬとも限らぬ薄氷であることを明示する必要がある、そのとき『笈の小文』は初めて本来のフィクション（本質的な力の提示）に成りおおせるのではなかろうか。

ありありと見える徴表

ところで、最近の松尾芭蕉の文字研究で用いられる基本字体・補助字体の概略はすでに知られている。基本字体は特に制約無く用いられる仮名字体であり、補助字体は、助詞専用字体、語頭専用字体など、役割が限定された字体である。補助字体が規則的に用いられる場合は、これを規則文字*と呼ぶことがある。ただしこれは常識的で便宜的な区分けであって、実際の基本字体・補助字体の中間には多量の両用字体が分布する。またこの両用字体は筆者により、執筆時期により変動している。その様態変化を追跡することで、執筆年次を推定するマーカーを抽出することができる。そしてそのマーカーを点検すると、『笈の小文』には多数の元禄六・七年マーカ（5文字13字体）を確認することができる。

ところが実際の検証に当たっては、『笈の小文』の中でもマーカーの分布に濃淡があり、その分布の濃淡によっては元禄六・七年執筆とは言いにくい箇所ができる。実際にマーカーの分布を検証してその濃淡を確認した後でなければ、執筆時期の推定は難しい。したがって何よりもまず点検すべきは、「介・遣・計」「春・須・寸」「乃・能・農」「保・本」「ミ・美」の五字十三字体*の実際上の分布だと言うことになる（補注2）。

そこでまず大礒本『笈の小文』を検証すると、この基本字体五字の内四字、補助字体八字の内七字がこの要件を満たしている。また例外となる基本字体

＊規則文字＝基本文字と相関関係にある文字で、基本文字の使用頻度が上がることで、補助文字の使われ方がより限定され、規則性が顕著になる文字。その規則文字の使用頻度を探ると、これもまた第二のマーカーとして執筆時期判別の目安となる。『松尾芭蕉作笈の小文』濱森太郎著、三重大学出版会刊参照。

＊十三字体＝同じ仮名の先頭に基本字体、二位以下には補助字体を表示した。

「け介」は「気12・介9・希5・計1・遣1」の形で分布し、第二位にある「介9」もまた基本仮名として用法上制約無く利用されている。その点から見て『笈の小文』は元禄六・七年執筆の可能性が極めて高い作品にランクされる。

偏りの意味するもの

そこで次に、五字十三文字のマーカーを使って紙面全体の分布を検証すると、このマーカーが集中して分布する箇所が二カ所あることが分かる。一カ所は、『笈の小文』冒頭の「風羅坊の所思」、二カ所目は結末文「須磨明石紀行」である。この二カ所には以下の本文どおり、マーカーが密集する。ちなみに冒頭部については「け・介」「す・春」「み・ミ」の三字を選んで表示したが、結末部の「須磨明石紀行」については、用例繁多になり、それに続く解説が微細に渡るので、中で最も頻繁に用いられ、そのため顕著に識別できる「す・春」「み・ミ」のみをゴチックで表示する事にした（補注6　p304）*。

芭蕉の思案

さて、この文字マーカーから『笈の小文』の成立過程を見ると『笈の小文』

---

*「を」（ゴチック）はこのテキストにおいて規則的に用いられる補助仮名（規則文字）である（引用は大礒本。*補注2。なおここはゴチックを目通しするだけでよいのでゴチック本文を補注6に掲示した。

の執筆が三区分されることが分かる。その一は『笈の小文』冒頭文（風羅坊の所思）、二は芭蕉庵桃青と坪井杜国とが繰広げる吉野巡礼（第三章まで）、三は最後に追加される「須磨明石紀行」（第四章）である。この内、二の吉野巡礼（第三章まで）が杜国追悼の趣旨に適う箇所であることは動かない。すると問題は、その吉野巡礼の首尾に、「風羅坊の所思」と「須磨明石紀行」とを追加する時の、松尾芭蕉の思案だと限定することができる。

次に『笈の小文』に第一章（風羅坊の所思）と第四章（須磨明石紀行）が追加され、作品の構成が変わることも動かない。第一章（風羅坊の所思）、第四章（須磨明石紀行）が追加された時期に大差はない。前者は風羅坊の妄想癖を描き、後者は風羅坊の幻覚癖を描いている。この内面描写の追加を待って、『笈の小文』は、はっきり風羅坊の性格を描く性格劇として形成される。この追加によって叙述の主軸が変化するのである。

性格劇として形成された『笈の小文』の輪郭がくっきりと現前する箇所は「須磨明石紀行」を読む時をおいて他にない。このとき、『笈の小文』の輪郭が定まり、図像的に同定される。その主題軸は「須磨明石紀行」の出現と同時に成り立ち、その視野を借りて作品全体を再点検するかたちで補強される。このため、染筆時期に大差がない第一章（風羅坊の所思）、第四章（須磨明石紀行）を取り扱うには、注意深さが欠かせない。『笈の小文』の主題軸が成り立ち、その視野を借りて作品全体を再点検する検証読みが求められるからである。

繰り返して言うが、追加された「須磨明石紀行」の主題を示す「蛸壺やはかなき夢を夏の月」は、山岳修行を無事終了した時の安堵感を綴った叙述ではない。前書は「明石夜泊」とあり、明石の港に旅寝した風羅坊が、女官達に襲いかかる怒濤のような惨劇に直面する。目の前で奔流する壮大な悪夢を見て、はっと目覚める光景はユーモラスにも見える。目覚めれば、夏の月に照らされた蛸壺が静に影を落としている。風羅坊は我知らず胸を撫でおろす。これが『笈の小文』の結末になる。結末に「須磨明石紀行」を追加することで、『笈の小文』の主題軸は惨劇に向かって雪崩れ落ちる言葉の流れを演出する文章に変わることを意味する。

ではその惨劇に向かって雪崩れ落ちる言葉の流れの中で、冒頭にある「風羅坊の所思」はいかなる役割を果たすのか。ここに芭蕉庵の深い思案があることはすでに述べた。この謎に立ち至ることでようやく、芭蕉庵桃青の終括記と題する本書の関門が見えることになる。

第五章　妄言と譫言《うわごと》

近所の母子が隅田川の対岸にある「三ツ股」でせっせと川底を掘っている。シジミを掘っているのか。シジミ・アサリは「生類憐れみ」の対象外だという。今朝は手足がかぢかむ寒さになった。母親の足は脛まで水に浸かっている。ハマグリだろうか。その単調な貝取り作業に飽きたらしく、子供は時々川面に向かって石を投げる。石は思いの外、遠くまで飛ぶ。そして水面を滑る。そのたびにカイツブリや鵜の鳥がガアガアと鳴いて逃げまどう。母親に叱られている。うまく石が鵜の鳥に当たれば今夜は鵜鍋にありつけるのだろう。

この川岸にある水戸家もひっそりとしている。藩主水戸光圀、寛永五年（1628）六月生まれ、幼名長丸。水道事業、寺社改革、大船「快風丸」建造、蝦夷地交易（表向きは探索という）を行う。

藩主時代のこれらの快挙は、四代将軍家綱殿とその幕僚たちの行動には叶っていた。寛文十一年（1671）、東廻り回船行路開設、寛文十二年、西廻り回船行路開設と航路開設に取り組み、国内の流通経済の活性化を促進したのは家綱殿とその幕僚たちである。幕僚たちはその流通振興策を諸藩にも推奨した。藩法に従って他藩からの米の搬入・搬出を許さず、各藩内で独自に売買・消費されていた藩米を江戸・大坂に回送することで価格を引き上げ、収入を増やし、その価格の乱高下を平準化することができる。その家綱の治世に参画した光圀公・光友公ならば、当然五代将軍の幕僚らに向かって、これはご先代家綱殿にもご賛同願った事業でござるぞということが出来た。

寛文二年（1662）、永田勘衛門とその息子を抜擢して完成させた笠原水道、寛文三年（1663）、村単位で行った寺社の「開基帳」作成、寛文五年（1665）の寺社奉行所設置、そして翌寛文六年に寺社の破却・移転を行う。寺領を伴う寺社の破却・移転は一二〇〇寺を越え、二三七七寺（開基帳）あった領内の寺社は一〇九八寺まで削減された。藩庁の庶務の末端を分担する寺社の整理統合は寺社領の収容を伴う農地改革でもあった。

大船「快風丸」の建造は五代将軍ご就任前後に始まったはずだが、将軍綱吉を推戴した大老酒井忠清、老中稲葉正則、久世広之、堀田正俊らはいまだ改革開放派の閣僚だった。初任の綱吉とその側近達が光圀殿を凌ぐ力を持つには天和の3年・貞享の4年、合わせて七年間の歳月の力が必要だった。その貞享から元禄元年（1688）にかけて、水戸光圀殿は建造した巨船快風丸を使って蝦夷地を三度探検し、三度目の航海では、松前から石狩まで北上の後、米・麹・酒などと引き換えに、塩鮭一万本、熊、ラッコ、トドの皮などを持ち帰った。しかし、この巨船の交易、土産ものは、生類哀れみ令を公布中の五代将軍にはいたく不興で、水面下では光圀隠居の画策が進んだ。

元禄三年（1690）十月、表向きは幕府の許可により隠居となった光圀公には同月、権中納言の官位が授与され、江戸を立った。十一月に江戸を立った失意の光圀は十二月に水戸城に退去したが、これは五代様の許すところとはならず、元禄四年（1691）五月、久慈郡新宿村西山に建設された隠居所（西山荘）に隠棲した。この無念を察した家臣佐々宗淳《むねきよ》ら六十余名が光圀の西山山荘に伺候して警護に当たった。五代将軍はこの光圀を副将軍と呼んで持ち上げたが、詰まるところは猿知恵に乗せられることを嫌った光圀殿には苦々しい処遇となった。

その光圀殿の存念を端的に言えば、「ものには大きさというものがある」、ということになろうか。これだけでは分かり難いが、この言いぐさには棘がある。実は綱吉殿はきわだって目立つほどの小男だった……。

さていったい、人間の行動には威厳を漂わせる大きさというものがある。さらにそこから崇高さが生まれ、そこから荘厳さが生まれる。しかし将軍綱吉公が重んじる威厳は、人間の器量から生まれ出る大きさではない。将軍という地位が威厳を生み出す源泉だと考える。綱吉公は、威厳を維持するために権力を行使する必要があったし、阿諛・追従が得意な側近衆に取り囲まれている必要があった。

しかし市井に住む芭蕉庵からこのご時勢を見ると、市井の小綱吉化はあちこちで見かけられる。皮肉なことに、それは家綱公とその幕僚達が成し遂げた太平の結果でもあった。ガッツがない。「自己虫」だ。引き籠もりや気鬱が増えた。この小綱吉化がもし城中ならばお側衆や茶坊主、御殿医が緩衝剤となってくれるが、庶民の場合はそうは行かない。弊害はなおさら深刻で、人々が心々の欲望を持ち、心々の不如意を抱えて、さながら「自己虫」の甲羅を十倍も堅くして暮らしている。伊賀上野生まれの自分とて例外ではない。この気性は、主としてそれぞれに抱え持つ不如意に由来するため、渡世の達人でもない限り避けては通れない。隅々まで決まり切った社会の長い抑圧の末に、盆栽化した欲望自身が今ようやく時を得て、幼児の泣き声のように時と場所とを選ばず、無遠慮に噴出する。その上この綱吉気質は、確かに田舎を飛び出した時の自分自身の気性でさえある。幸い自分は、巡礼修行と自然回帰でその気性をたわめてきたが、いま、この「自己虫」としての己の気性を掘り下げることは、俳諧の宝庫を開くことにはなるまいか。

「須磨明石紀行」はこうしてできた

繰り返して言うが、結末に「須磨明石紀行」を追加することで、『笈の小文』は惨劇に向かって雪崩れ落ちる言葉の流れを演出する文章に変わる。ただしその説明にはいくつか補足が必要である。まずは、その追加によって起きる変化の実際を点検し、その後に、冒頭にある「風羅坊の所思」が紀行の冒頭文らしく整形され、追加されたことを確認する必要がある。この操作は机上の空論のようにも見えるが、現代の文献学を用いれば、それができなくもない。

さて、先の五字十三字体のマーカーを使って、その分布を検証すると、このマーカーがもっとも集中する箇所が『笈の小文』「須磨明石紀行」であることはすでに述べた。十三字体の中で、もっとも頻用され、そのため顕著に識別できる「す・春」「み・ミ」を初校本『笈の小文』を使って表示すると次の補注のようになる（補注3、前者「す」28例は、第一稿本『笈の小文』の元禄六・七年マーカー「す・春」を本文上で追跡したもの、後者「み」31例は、第一稿本『笈の小文』の同マーカー「み・ミ」を本文上で追跡したものである。）。

『笈の小文』の「須磨明石紀行」における「す・春」（17以後の12例）「み・ミ」（19以後の13例）は、ともに見事に「須磨明石紀行」に集中している。「す・春」は全体の約三分の一、「み・ミ」は全体の約二分の一がこの「須磨明石紀行」に分布するのである。

これに続いて集中利用が顕著な仮名は、『笈の小文』「風羅坊の所思」の「す・春」7例、「み・ミ」4例である。これは「す・春」7例、「み・ミ」4例が『笈の小文』冒頭、中でも「風羅坊の所思」の中に集中的に分布することを意味する。この特殊な陳述文は、次に取り上げるので、ここでは省筆に従う。

ちなみに、この「す・春」「み・ミ」のように極端に一箇所に密集した文字配置になると、例えば超高周波レーザー光のように、「須磨明石紀行」の生成に関わるもう少し微妙な事実を照射することができる。

【2】〈海岸巡行記部分〉

卯月*中頃の空も朧に残りて、はかなき**ミ**じか夜の月も、いとゞ艶なる*

---

*卯月＝旧暦4月

*いとゞ艶なる＝ほれぼれと見ほれる。

海の方よりしらミ初たるに、上野*と覚しき所ハ、麦の穂浪あからミあひて、漁人の軒ちかき芥子の花の、たえ〴〵に見渡したる。

海士の皃《かお》先見らるゝや芥子の花

東須厂・西須厂・濱須厂と三所に分れて、あながちに*何業*するとも見えず。（中略）なをむかしの恋しきまゝに、てつかひがミね*に上らんとする。導する子の苦しがりて、とかく云まぎらかす*を、さま〴〵にすかし*て、ふもとの茶店にて物喰すべきなど云て、わりなき躰*ニ見えたり。（中略）つゝじ根笹に取つき、息をきらし汗を浸して、漸《ようよう》雲門*に入にそ、心もとなき導師*の力也けらし。

【3】

↑後に発句「須磨寺や」が挿入される。

③須厂の蜑《あま》の矢先に鳴か郭公《ほととぎす》
④杜宇《ほととぎす》聞《ママ》行*かたや嶋ひとつ

明石夜泊

蛸壺やはかなき夢を夏の月

かゝる所の穐なりけるとかや、此浦の実ハ秋を宗とするなるべし。かな

---

*上野＝山手の平地。須磨寺付近の地名。
*あながちに＝取り立てて。
*何業＝なにわざ。何かを生業とする。
*てつかひがミね＝鉄拐が峰。
*云まぎらかす＝混ぜごとで言い逃れる。
*すかし＝引き立て。
*わりなき躰＝困り切った様子。
*雲門＝高峰の雲の門。
*心もとなき導師＝非力な登山修行の先達。
*聞行＝消行。

しさびしさいはん方なく、秋也せば*いさゝか心のはしをも、云出べき物をと思ふて、我心道《そ》の拙きをしらぬに似たり。

【4】------------------------------

【5】〈山頂幻覚記部分〉

淡路しま手に取様に見えて、すま・あかしの海右左にわかる。（中略）尾上*つゞき丹波路へかよふ道有。鉢伏のぞき*、逆落*など、おそろしき名のミ残りて、鐘かけ松*より見下すに、一谷《いちのたに》、内裏《だいり》屋敷目の下にミゆ。其代の乱、其時のさはぎ、さながら心にうかミ、俤《おもかげ》につどうて*、二位の尼君*皇子*を抱奉り、女院*の御裳に御足もつれ、船屋かたにまろび入せ給ふ御有様、内侍*・局*・女嬬*・曹子*のたぐひ、さまぐ御調度*もてあつかひ*、琵琶・琴なんど、しとね*・ふとんにくるミて、船中へ投入、供御《くご》*ハこぼれてうろくづ*の餌となり、櫛笥《くしげ》*ハミだれて、海士のすて草*となりつゝ、千歳のかなしミ、此浦にとゞまり、素波《しらなみ》*の音さへ愁ふかく侍るぞや。

（大礒本『笈の小文』ゴチは元禄五・六執筆のマーカー）

＊秋也せば＝今が秋だったなら。
＊尾上＝尾根。
＊鉢伏のぞき＝懸崖ののぞき場。
＊逆落＝逆落しという懸崖。
＊鐘かけ松＝陣鐘を懸けた松。
＊つどうて＝蝟集する。
＊二位の尼君＝平時子。
＊皇子＝安徳天皇。
＊女院＝建礼門院徳子。
＊内侍＝内侍司。女官。
＊局＝上郎。
＊女嬬＝女中。
＊曹子＝下女。
＊御調度＝手回り品。
＊もてあつかひ＝片付。
＊しとね＝夜具・敷物。
＊供御＝天子の食事。
＊うろくづ＝魚。
＊櫛笥《くしげ》＝櫛箱。
＊すて草＝不用の物。
＊素波＝白波。単調な波頭。

このマーカーの背後にある事実関係を先に言えば、「須磨明石紀行」の幻覚表現の作為は次のような手順を踏んで実行された。

「須磨明石紀行」の【1】の終わりにある「惣七*宛書簡前半」（補注5貞享五年四月二十五日付）、また【3】の次にある「惣七宛書簡*後半」（補注5）が、このパートを書くための原材料である。【2】～【3】は、元禄四年夏以前*に既に書かれていた旅行記録である。

さてこれはやや細か過ぎる話になるが、このゴチックを見ると「す・春」「み・ミ」の両字体は必ずしも同じ単語、同じ品詞、同じ場面、同じ情景を表現する文中にまとまって使われてはいない。「須磨明石紀行」に限っては、「す・春」は「須磨明石紀行」の「海岸巡行記」に集中し、明石夜泊を綴る「須磨明石句稿」には使われていない。またその「須磨明石句稿」に続く平家敗退・女官狼狽を描く「山頂幻覚記」には二例（27・28）が使われている。

一方、「み・ミ」は、「海岸巡行記」に七例（19～25）、平家敗退・女官狼狽の「山頂幻覚記」に六例（26～31）使われている。しかしこの「み・ミ」もまた、「須磨明石句稿」には一例も使われていない。つまり旅行当時のメモ書きかと推定される「須磨明石句稿」だけは元禄六・七年染筆の痕跡をもたな

*惣七＝伊賀上野の酒屋。窪田惣七郎。

*惣七宛書簡＝窪田惣七郎宛。松尾芭蕉が旅中に書いた文学的な書簡。前・後に分けて補注5に掲出した。

*元禄四年夏以前＝芭蕉が杜国の絶叫を聴いた時より前の元禄一・二年。

いのである。これは「須磨明石紀行」が「海岸巡行記」「須磨明石句稿」「山頂幻覚記」という三つの纏まりからなる事を意味する。

今これを分かりやすく、「海岸巡礼記」「惣七宛書簡・前」、「山頂幻覚記」「惣七宛書簡・後」に分けて掲示すると補注5（p302）のようになる。

この書簡文との比較によって「海岸巡行記」が「惣七宛書簡・前」を下敷きに、また「山頂幻覚記」が「惣七宛書簡・後」を下敷きにしていることが明らかになる。この書簡書き直し原稿の中間に「須磨明石句稿」が挿入されることで、「須磨明石紀行」の全体が整形されたのである。

この整形過程で生じる一番のエポックは、「須磨明石紀行」の冒頭に次の①②の句を配置する時だろう。主人公風羅坊は風流の眉目である須磨明石の月を見ても「夏の月、何じゃ、これは！」と不満の声を上げる小綱吉として性格付けられている。慌てた万菊丸は「あの…、これが須磨の月なのですけれど……。」と句文を以て再考を求めることになる。「須磨明石紀行」の叙述は、この自己虫型の性格劇の流れに沿って動き始めている。

「須磨明石紀行」原型

【1】

須广

①月ハあれど留主の様也須广の夏

②月ミても物たらハずや*須广の夏　(万菊丸*)

【2】▲＝＝＝＝＝＝＝＝＝＝＝＝＝＝＝＝＝＝＝＝＝＝＝＝＝＝《惣七宛書簡前半》

③須广の蜑の矢先に鳴か郭公

④杜宇聞行かたや嶋ひとつ

明石夜泊

⑤蛸壺やはかなき夢を夏の月

かゝる所の穐なりけるとかや、此浦の実ハ秋を宗とするなるべし。かなしささびしさいはん方なく、秋也せばいさゝか心のはしをも、云出べき物をと思ふて、《そ》 我心道《匠》の拙きをしらぬに似たり。

【3】▲＝＝＝＝＝＝＝＝＝＝＝＝＝＝＝＝＝＝＝＝＝＝＝＝＝＝《惣七宛書簡後半》

(引用は第一稿本、大礒本『笈の小文』)

---

*物たらハずや＝物たりないか。

*万菊丸＝従来は風羅坊の書きつけと見なされている。

後に挿入された【2】~【3】の旅行記録「須磨明石句稿」には、句稿の後半に最初から発句後書があり、この後書に言う「此浦の実ハ秋を宗とするなるべし。」によって、古典的な侘びしさの情趣で説明されてきた須磨明石の風光が確かに言葉によって明示されている。その意味で、これは元来、ひと纏まりの述意を備えた俳文として書かれている。

その侘びの情趣に彩色された「須磨明石句稿」に【1】①②の二句が追加されるところから俳文「須磨明石紀行」の醍醐味が始動する。

須厂

①月ハあれど留主の様也須厂の夏

②月ミても物たらハずや須厂の夏（万菊丸*）

この二句を加えることで、最初、須磨明石の夏の月に落胆を隠さなかった風羅坊が「かなしささびしさいはむかたなく、秋なりせばいさゝか心のはしをも、いひ出べき物を」と前言を翻す脈絡が動き始める。多分、読者が不審して「何?」と注力して行文を覗き込むことで、ここに「謎」が生じ、その「謎」を通じて、俳文の結び目に、結節らしい「意外な結果」の種が仕掛けられる。それが俳文「須磨明石紀行」の枠組みになる。

＊万菊丸＝従来は風羅坊の書きつけと見なされている。書きつけは備忘用メモ書きの意。

そこでまずは、前言を翻す物語の自然な展開を計るために使われた「惣七宛書簡前半」と『笈の小文』本文とを比較し、次に風羅坊の幻覚体験を書いた「惣七宛書簡後半」を『笈の小文』本文と比較する。比較することで新規に見えてくるものがあるからである（補注5）。

まず「惣七宛芭蕉書簡（前・後）」の文言を加筆、援用する過程を見ると、松尾芭蕉は「海岸巡行記」に該当する【A】と「山頂幻覚記」に該当する【B】とで書簡文の利用の仕方を変えている。前者、『笈の小文』海岸巡行記には、海路から見たこの海峡の清明な風光が強調されている。優雅な風光を捉えることで、風羅坊の心が徐々に「失望」から「期待」に置き換えられる。須磨明石の夏の月に落胆を隠さなかった風羅坊が「かなしささびしさいはむかたなく」と前言を翻す心理の動きを顕在化させる工夫である。それに応じて叙述は兵庫・須磨海岸を遊覧した者によくある見聞記から、兵庫・須磨の海岸における夜明けの輝きを現に目撃する者の目撃表現に変更されていく。次に目に付くのは里の童子を先達とする鉄拐山登山の詳細である。その登山の経過を現在形で詳細にまたユーモラスな文言で加筆して、風羅坊の気分の和みを演出している。

一方、惣七宛芭蕉書簡（後）の「山頂幻覚記」の語句は紀行本文にほぼそのままのかたちで踏襲されている。ただし踏襲された「山頂幻覚記」の加筆にも微妙な配慮はある。書簡文における芭蕉庵は、「①天皇の皇居はすまの上のと云り」「其代のありさま心に移りて」「緋袴にけつまづき、臥転びたるらん面影、②さすがに見るこゝち、あはれなる中に」と説明文で伝達している。「②さすがに見るこゝち」とは、実景でないことは先刻承知ながら、目に見るような心地になったと、騒乱場面の幻覚性を自分の自覚的な感想として惣七に伝達する語句である。その自覚的な伝達表現を風羅坊の直感的な目撃表現に書き換えたのである。直感的な目撃表現に書き換えることで、風羅坊は目撃者となり、皇后以下女官等に襲いかかる阿鼻叫喚は、現実のこととなる。

ここには須磨明石の月を見て「夏の月、何じゃ、これは！」と不満の声を上げる自己虫の立場はない。心を洗う海岸線の風光美や、心を和ませる登山道の童子に見る右顧左眄《うこさべん》の応答もない。鉄拐山頂から見た雄大なランドスケープやそれを賞味する精神の爽快さもない。ランドスケープの底が抜けて、腰を抜かしかけた風羅坊は、クレバスの底から湧き上がる地霊の跳躍する光景をあっけにとられて見上げる他はない。これが「須磨明石紀行」の結末である。

第六章　幻覚素質者*

*幻覚素質者＝「真性幻覚」を「直感像」ともいう。これを見る人を直感像素質者と呼ぶ。直感像素質者は意外に多い。小学生を対象とした調査では５％以上。（『心理学事典』「直感像」中島　義明他（有斐閣刊））

夏の間、障子を開けては楽しみに眺めていた明石の蛸船はすっかり姿を消している。舳先に近い「表の間」に蛸壺を積み上げた明石の蛸船は、「中の間」の船底をくり貫いた生け簀に蛸を生かしたまま蛸漁を続ける。蛸は生け簀の中でも長生きする。時々、茹でた蛸を料亭や寿司屋に出前した帰りに湯につかって帰る。その途中なじみの総菜屋で一杯ひっかけた後、船に帰ると朋輩船を語らい、さらに一杯の御神酒を回し飲みして高笑する。実入りが良いのだろう。朗らかに暮らしている。

元禄六年の年の瀬を迎えた今、蛸船漁師たちは「生類哀れみ」などと、小言を並べる将軍のお膝元を去って明石か淡路で蛸壺にへばり付いた牡蠣やフジツボをこそげ落としている。将軍様がどう足掻いてみても、海の上に「生類哀れみ」はない。梅雨時には産卵、孵化した飯蛸のような小さな稚蛸が海岸生活を終えて沖に帰る。それが立派な江戸前の蛸になるにはまず三年はかかる。夜明けの江戸前の海、さらさらと打ち寄せては消えてゆく磯浜の浪、魚河岸に向かって船を漕ぎ入れてゆく漁師のかけ声、心躍る視線の先の櫓のきしる音。かつて見た須磨明石の海辺の輝きまでが思い出される。冴え冴えとした感覚をフィルターとしてそこに写る直感像を伝達するところに『笈の小文』の筆力を集中する必要がある。

「閉関之説」を書き上げた後は、めっきり人の往来が減った。かつて芭蕉庵を取り巻いていた善男善女は霧散し、日用仕事に追われている。元禄六年（1693）の江戸の城下が「貪欲の魔界」ならその魔界の元凶は将軍綱吉になる。芭蕉庵にも孤立に備える相応の覚悟は必要になる。自称「蕉門」の大方が音信を絶って、タニシの珍碩のように控えめに暮らし始める。弟子の其角のようにこれを機会に箱根を越えてまだ見ぬ関西に足を踏み出していく門人もいる。京阪の俳諧師、江戸の俳諧師の俗情を嫌悪する芭蕉庵主は、ここでも歯に衣着せぬ口つきでその述作を酷評する。それでも弟子衆が芭蕉庵を尋ねるのは、宗匠の身の上が気懸かりだからである。中には「貪欲の魔界に心を怒（ら）し、溝洫《こうきよく》におぼれて、生かす事あたはずと」考える憂士もいる。

元禄三年（1690）十月、表向きは幕府の許可により隠居となった光圀殿は元禄四年（1691）五月に、久慈郡新宿村西山に建設された西山荘に隠棲した。この御隠居を警護せんとて家臣佐々宗淳《むねきよ》*ら六十余名が西山山荘に伺候した。綱吉公の並はずれて執拗な性格を思い計ってのことだろう。重ねての無理難題を恐れて、それを抑止せんとの心構えを示したものと見える。が、この光

*佐々宗淳＝寛永17年5月（1640）〜元禄11年6月（1698）。水戸藩僧、儒学者。水戸藩主徳川光圀に仕えた。『水戸黄門』における佐々木助三郎のモデル。

圀殿もさすがに強者、黙って西山に隠居していたわけではない。元禄六年(1693)、またまた光圀殿が水戸で手がけた「八幡改め(八幡社の整理統合)」について幕府から疑義の声が上がった。事情説明のために急ぎ参上すべしとの召還があるよし。多分、通例通り水戸家の江戸留守居役らに最初に行われた聴聞から、芳しい答えが得られなかったことが召還を余儀なくさせた原因だろう。当然ながら綱吉将軍と光圀殿との大相撲は八百八町の話題をさらって、江戸は元禄六年の年の瀬を迎えた。

元禄六年七月に病魔の小康を待っている芭蕉の手許では、『笈の小文』の山場が「吉野紀行」から「須磨明石紀行」に置き換えられていた。唱和する人としての杜国を顕彰する改作行為の頂点をなす「吉野紀行」の後に「須磨明石紀行」が追加され、作品は劇的に変化した。筆者芭蕉が女孀・女官等の惨劇に向かって雪崩れ落ちる言葉の流れを作出したことが見えるのである。

では、その壮大な幻覚による惨劇を出現させる上で、冒頭文はいかなる役割を果たすのか。この冒頭文を紀行の冒頭文として眺める読者は、これまで一様に首を傾げてきた。

そもそも紀行の冒頭文は、読者にこの旅の門出の次第を語って本編の助走とする役割で書かれている。それは『笈の小文』冒頭文で言えば、次頁の「門出の記」に相当する。この冒頭文が特異的に肥大して見えるのは、（A）自己省察（B）造化芸能論（C）道の記論（これを纏めて「風羅坊の所思」と呼ぶ）の中間に「門出の記」が挿入されたせいである。すでに配置された「風羅坊の所思」の上に「門出の記」が挿入されることで、初めて冒頭文が序文らしく整形されたことが見過ごされてきたのである。

この「門出の記」が後の挿入であることは、■の末尾が「いと物めかしく覚えられけれバ」とあり、そこで未完の一文が切れていることで確かめられる。「いと物めかしく覚えられけれバ」はこの後に一句を添えて文意を完成させる「俳文書式」に相当する。またこの箇所は第二稿に至って「覚えられけれ。」と完結した一文として訂正されている。この挿入・改訂もまた作者芭蕉の作為である。ではこの冒頭文はいかにして、惨劇に向かって雪崩れ落ちる言葉の流れの源流となるのか。

さて作者芭蕉ならずとも、書く前と書き始めてからでは「気分」が切り替わる。書き手はいわば言葉だらけになり、言葉と格闘してファイトする。目つき・口つきが緊張でこわばり、主張が固くなり、その勢いで一時的に「反俗」になることさえある。たとえば次の風羅坊の様にである。

【1】（A）自己省察　（B）造化芸能論　（■）門出の記　（C）道の記論

A百骸九竅*の中に物あり。仮に名付て*風羅坊と云。誠にう**す**物の風に破れ易からぬ事を云にやあらん。彼レ狂句を好む事久し。終に生涯の謀*をゝもひ《となす》、或寸《時》ハ**す**ゝむて人に語《勝》む事*を**ほ**こり、是非胸中に戦ふて、是が為に身安からず。暫身をたてん事*を願へども、是が為にさへられ*、暫学んで愚**を**暁《さとら》む事**を**思へども、是が為に破られ、終に無芸無能にして、只此一筋につながる。

B西行の和哥に**を**ける、宗祇の連哥に**を**ける、雪舟の絵における、利休が茶に**を**ける、其貫道***す**る物ハ一也。しかも風雅における物*、道《造》化*に随ひて四時を友とす。**ミ**る所花に非と云事なし。思ふ所月に非と云事なし。像花にあらざる時ハ夷狄*にひとし。心花に非時ハ鳥獣に類**す**。夷狄を出、鳥獣にはなれて、道《造》化にしたがひ、道《造》化に帰れと也。

*百骸九竅＝百の骨と九の穴。人体。
*仮に名付て＝見えないので仮に名付けて実体化すると。
*謀＝はかりごと。生計のたつきとする。
*人に語む事を＝人に勝む事を。
*身をたてん事＝生計を立てる事。
*さへられ＝障へられ。
*貫道＝根本を貫く。
*しかも風雅における物＝中でも風雅では。
*道化＝天地を貫く創造力。
*夷狄＝野蛮人。
*神な月＝十月。
*行末なき心地＝行方も定まらぬ心地。
*旅人＝「御とまりあれやたび人」（謡曲梅が枝）の呼び声に応えて。

■神な月*の初空定なきけしき、身ハ風葉の行末なき心地*して、

旅人*と我名呼れん初しぐれ

又山茶花*を宿、にして

岩城の住、長太郎*と云者、此脇を付て、其角亭*におゐて闇透歌仙《関送りにせん》*ともてなす。

時ハ冬芳野をこめむ旅のつと

此句ハ露沾《カ》公*より下し給らせ侍けるを、餞別の初として、旧友親疎門人等あるハ詩哥文章をして訪ひ、あるハ草鞋の料を包て志をミす。かの三月の糧*を集ルニ力を入す。紙布*・綿（子）*など云物、帽子*、襪子*やうの物、心、に送りつどひて霜雪の寒苦をいとふに心なし。あるハ小船をうかべ、別墅*にまうけし、草庵に酒肴たづさへ来りて行衛を祝し、なごりをおし《ママ》ミなどする社故《こそゆえ》有人の首途するにも似たりと、いと物めかしく覚えられければ

C抑道の日記と云物ハ、紀氏・阿仏の尼の、文をふるひ情を尽して、其糟粕*を改る事不能。まして浅智短才の筆ニ及べくもあらす。其日ハ雨

*又山茶花＝『冬の日』の行脚のように再び。
*長太郎＝井手長太郎、岩城内藤家家臣。
*其角亭＝深川木場にあった宝井其角の家。
*闇透歌仙《関送りにせん》＝修行者を最寄りの関まで送る事。送別の宴。
*露沾公＝岩城内藤藩主の子息。義英。
*三月の糧＝「千里ニ適ク者ハ三月糧ヲ聚（アツ）ム」（荘子、逍遙遊）
*紙布＝紙子。紙製の衣。
*綿《わた》（子）＝綿入れの着物。
*帽子《もうす》＝頭巾。
*襪子＝したうづ。靴下足袋。
*別墅＝別荘。

降、昼より晴て、そこに松有、かしこに何と云川ながれたりなど云事、誰しも《ママ》云べく覚え侍れども、黄歌《奇》蘇新*のたぐひにあら**す**《ば》と云事なかれ。されども其所、の風景心に残る《ママ》、山舘野亭の苦しき愁も、且ハはなしの種となり、風雲の便とも思ひなして、忘れぬ所、あとやさきと書集侍るぞ、猶酔ル者の怯語*にひとしく、いねる《ヌカ》人の譫語《うわごと》するたぐひに**ミ**なして、人に《又》*亡聴《モウテウ》*せよ。(大礒本)

今ここに焦点化することは、この陳述文の「口付き」であって論理そのものではない。筆の運びと共に、風羅坊の「気分」が昂揚し、口調が熱を帯びる過程を読み込むためである。論理が主張となり、主張が宣言となる口付きの軌道を見失えば、この叙述を読むことにはならない。その弁舌が独自性を際立たせた揚げ句に、「俗流」を忌避し、己を宣揚する気負いが浮かび上がる。この「風羅坊」の心模様を読者に見せようとすれば、風羅坊の陳述は、勢い、執拗にして冗長な気負いを抱え込んだ叙述にならざるを得ない。

『笈の小文』冒頭文の原型であるこの「風羅坊の所思」は、A序、B破、C急、という三つの陳述文で成り立っており、その陳述文の主役は「風羅坊」である。

---

*糟粕《そうはく》=先人の食べ古しをなめる。

*黄歌蘇新=黄奇蘇新。黄山谷ハ奇、蘇東坡ハ新、ト批評された。

*怯語=孟語。妄言。

*人に=人も又。

*亡聴=聞き流す。

自分、すなわち百の骨と九つの穴からなる「袋」のごときものの中に住み着いた「風羅坊」は、もちろん妄想であろう。「風羅坊」と呼ばれる実体があるわけではない。文中に三度繰り返される「是が為に」の是は妄想上の「風羅坊」であり、その「風羅坊」のせいで自分、すなわち生身の風羅坊は仕官奉職の機会さえ失う。この種の紹介文は、自分が風羅坊を対象化し、実体化することで初めて成り立つ。この単純な事実が軽んじられてきたのは、芭蕉、妄想、幻覚、まさか、という先入観の働きによる。

その内心の「風羅坊」は俳諧を好み、進んでその優劣を競う。増長して功を急ぐ。それが過ぎて疲労し、徒労の末に落胆して投げやり、御陰で彼の気質に翻弄される自分つまり風羅坊は仕官奉職の機会さえ失う。

ほとんど近代自我のような『笈の小文』冒頭文がもしここに引用した原型どおりなら、序章Aに現れていることは、尋常ではない。これを診る医師がいれば、「俳諧熱」を症状とする心身症を疑うだろう。またもしそれが晩年まで治癒せず、発熱・腹痛・気力減退を引き起こすとすると、彼の病は、すでに治療の手の届かぬ奥の奥、膏肓の域に入ったと見立てることになる。

一方、語りB冒頭は「西行の和歌における、宗祇の連歌における、雪舟の絵における、利休が茶における、其貫道する物は一なり。」で始まる。「其貫道する物」は「造化にしたがひ、造化にかへ」る意志だと宣言されている。その論証や物証は欠けている。脈絡上は、「夷狄を出、鳥獣を離れて、造化にしたがひ、造化にかへれとなり。」とあり、夷狄並びに庶民の暮らしは鳥獣に喩えられる。その上で鳥獣の境涯からの離脱が説かれる。このB結末にある「帰れと也。」の「と」は伝聞の「と」であり、伝聞の主、「風羅坊」が自分の声を伝えるための語法である。

一方、同じく語りCでは、「風羅坊」は新規に練達の作家「紀氏・長明・阿仏の尼」を並べてその業績を称揚し、凡百の風流才子を批判する。また「風羅坊」は同じく凡百の文筆家の陳腐さを指摘して「其日は雨降、昼より晴て、そこに松有、かしこに何と云川流れたりなどいふ事（中略）、黄哥《奇》蘇新のたぐひにあらずハ云事なかれ。」と主張する。

この「風羅坊」の言葉もまた、読者には思案の種となる。十七世紀、凡百の風流人が「紀氏・長明・阿仏の尼」に学んで似かよう文章を書くことに不思議さはない。先人のそれを真似した文章を書くことは、望ましいことでさえある。天象・地勢・地目・樹相の陳腐化を嫌う風羅坊の主張は、「黄哥《奇》蘇新のたぐひ」に学ぶべし、と言えば済むに相違ない。その箇所で無用な感情が沸きだし、口調が飛躍することで、激しい凡人批判が起きている。

そして最後には己の情動に駆られた風羅坊が、「猶酔ル者の惛語にひとしく、いねる《ヌカ》人の譫語《うわごと》するたぐひにミなして、人に亡聴《又 モウテウ》せよ。」と口走る。文字通り不意に口走る。妄想の人風羅坊は、虚空に向かって揚言している。読者と自分とをつなぐ親和感も空気感も許容感も欠けている。その弁舌はいたずらに独自性を際立たせた揚げ句に「俗流」を忌避し、己を宣揚する気負いと共に終わる。その証拠が「猶酔ル者の惛語にひとしく、いねる《ヌカ》人の譫語《うわごと》するたぐひにミなして、人に亡聴《又 モウテウ》せよ。」である。この「風羅坊」の、執拗にして冗長な気負いを抱え込んだ叙述が読み飛ばされたところに、この冒頭文の不幸がある。

まるで何かに取り憑かれた「モノ憑き」の叙述かと疑われるこの陳述は、事実、「風羅坊」に取り憑かれた私の分裂、迷走を刻印するための叙述なのである。

繰り返して言うが、『笈の小文』冒頭文の原型であるこの「風羅坊の所思」は、A序、B破、C急、という三つの陳述文で成り立っており、その陳述文のBの末尾に「旅の首途」の一文が挿入されると『笈の小文』冒頭文ができあがる。

A序、B破、C急から成る「風羅坊の所思」を書き上げ、B破、C急の中間に■「門出の記」を追加したのは芭蕉庵桃青である。この文章操作は、すでに『笈の小文』の結末において壮大な悲劇の幻想に向かった雪崩れ落ちていく文脈を送出した芭蕉庵桃青の作文術と同じものである。

冒頭部は妄想に駆られて無人の虚空に揚言する風羅坊の気分の高揚を描き、結末部では壮大な悲劇の幻想に向かって是非無く雪崩れ落ちていく風羅坊の心性のカタストロフィーを描いた。そういう芭蕉庵桃青の気分や性情を確認する事が出来たことで、芭蕉庵を見る目は新しくなる。常識の目で見ると、今は幾分、ユーモラスだとしても、妄想に始まり幻覚に終わる風羅坊の物語を掘り出してみる必要が有る。

原型の風羅坊は何者か

正保三年（1646）一月、徳川家光の四男として誕生した徳川綱吉は幼名徳松、母は側室のお玉の方*と伝えられる。寛文元年（1661）館林藩主（25万石、15歳）となる。江戸在住の領主で、領国統治の経験はない。延宝八年

*お玉の方＝京都の青物屋仁左衛門の娘。

（1680）34歳で将軍職に就くが、将軍後継者としての訓育を経ず、偶然が重なって将軍職が転がってきた。この将軍には、「そうせい！将軍」と囁かれた先代ほどの賢明さや寛容さはなかった。享年63歳。

文治政治を表立てていた綱吉将軍の施策が大きな逸脱を見せ始めるのは貞享元年（1684　38歳）からである。この年、老中の首座を勤める堀田正俊が城中にて刺殺されることで、市場開放派の支柱が消えた。堀田正俊はこれまで、酒井忠清による執権制復活の目論見には首を傾げていたが、代々の賢臣らが推進した改革解放策には賛同していた。酒井忠清が解任された後、改革解放派の支柱となった堀田正俊が若年寄 稲葉正休に刺殺されたことで、五代将軍による新政が起動する。

貞享二年（1685　39歳）には「市法貿易法」*の廃止、続いて、糸割り符仲間の復活と「定高貿易仕法《さだめだかぼうえきしほう》」*の制定、貞享三年（1686）の江戸大伝馬町の木綿仲間（従来四軒）の大幅増員*、貞享四年（1687）一月の【生類憐みの令】発布、続いて同年二月の「食膳用魚類販売の禁令」、元禄元年（1688　42歳）「美服禁止令」、同二年（1689）の「長崎異国荷物高値入札禁止令」、元禄五年（1692　46歳）江戸の質屋仲間に質屋総代*を設置、元禄七年（1694

---

*市法貿易法＝糸割り符仲間による市場支配を改め、手付け金を供託する者の大部分が差別なく市場に参加する市場取引の定め。

*定高貿易仕法＝輸入品の全体量を銀9000貫に据え置き、貿易の超過を抑制する布告。

*木綿仲間の大幅増員＝木綿仲間の下にあった仲買が一斉に問屋に昇格した。

*質屋総代＝この質屋総代は金貸し業の総てを統括する役職（『徳川実記』）。

48歳）に江戸市中の十種の業者に問屋仲間を認める。綱吉将軍が念願する米価の反騰が本格化するのは、元禄八年（1695）、悪評高い貨幣の改鋳を待つ必要があった。これを実行した荻原重秀は、この功績によって、元禄九年（1696）、勘定奉行に昇進する。

この行動を経済・財政施策として眺めれば、これは家綱とその賢臣達が目論んだ公設市場型の、参加自由市場を廃止し、意のままになる株仲間を選別する政策だと言ってよい。そこから効率的に運上金を召し上げるための市場管理策が時を追って進行しているのである。

この将軍綱吉の市場政策の背後にあるのは幕府財政の窮乏に相違ない。なるほど綱吉公が将軍職に就く延宝八年（1680）に一石銀八〇匁だった米価は（本庄栄治郎『徳川幕府の米価調節』）、翌年（天和元年）から元禄四年（1691）まで約十年間継続して下落した。まるで綱吉の治世を冷笑するような値動きで、幕府の収入は単純に言って二分の一になった。為政者としてはその財政の窮乏の拠って来たるところを見極める必要がある。そこに穀物生産に依存する「石高制」の限界を見ることができれば、市場開放、物流促進、銭納制を展望することもできる。家綱と賢臣達がすでに30％の税の銭納制に向かって梶を切っている。

しかし為政者としての知識や訓育に欠け、経済・財政に通じた老中・若年寄を順次その地位から追放したこの将軍が拠って立つところは「儒学」しかなかった。ところがその儒学は経済・財政に関する限り古代以来の農本経済を前提にしている。穀物を生産し、納税し、食事して一年が締めくくられる。閉鎖経済である。この産業観から見れば、領国ごとに耕地を増やし石高制を維持することが最良の施策となる。事実、関ヶ原から百年、耕地開拓、技術改良が進んだ米穀は三千万石近くまで増産されたではないか。これは三千万人の庶民が米を食って一年暮らせる分量に相違ない。要するに華美贅沢さえ自粛すれば万事は丸く収拾されるはずだ。

ここには、自由市場の繁栄が資本の増強、投資の拡大、産業の構造変化を生み出す原動力だという近代社会型の先見の明を持つ必要はなかった。結果的に綱吉将軍の施策に見るとおり、貞享元年（1684）以後の将軍は、自由市場を閉鎖し、民間資本の充実を阻害し、税の銭納制だけを維持しようとした。そうすることで彼らは時代の流れを逆回転し、先代将軍以前の財政運営に回帰しようと奮闘している。将軍綱吉に最後に残された一手は、金銀貨幣の改鋳だったが、それをやれば悪貨だけが選別、銭納されて、運上の形で幕府の手許に戻ってくる。悪貨が引き起こす諸色の高騰が前にも増して幕府財政を困窮させる。

この時期に世相を見る芭蕉庵桃青の視角は、煮詰めて言えば、先の通り「閉関之説」に要約されている。特に重要な箇所は次の部分である。

五十年、六十年のよはひかたぶくより、
あさましうくづをれて、
宵寐がちに朝をきしたるね覚の分別、
なに事をかむさぼる。
おろかなる者は思ふことおほし。
煩悩増長して一芸すぐるゝものは、
是非の勝る物なり。
是をもて世のいとなみに当て、
貪欲の魔界に心を怒（ら）し、

溝洫《こうきょく》（人生のドブ、ドロ）におぼれて、生かす事あたはずと。

（閉関之説）

何故これほど、愚かさが蔓延するのか。芭蕉庵桃青が今、直に恐れるのは老いさらばえて銭をむさぼる狡知の役人、因業な政商、酷薄な豪農が生み出す「貪欲の魔界」である。そこに足を取られて、「心を怒（ら）し、溝洫《こうきょく》（人生のドブ、ドロ）におぼれて、」自分の才能さえ生かしかねる学芸者の身の上は哀れと言う他はない。貪欲が蔓延する世界は、底知れず伝染し、汚染を拡大する。己を生かすこと、己の学才を生かすことさえままならない身の上ならば自分はどうすべきか。自分ならば荘子の言に従って「唯利害を破却し、老若をわすれて、閑にならむこそ」（閉関之説）と思案する。その故に、閉関して庵のまがきに朝顔を植える。

しかし実のところ、この独居にも己の学才を生かす時間や空間が無いわけではない。孫敬や杜五郎の例もある。自分の身の回りでは定住よりは閑居を、定職よりは閑職を尊ぶ憂国の士が増えている。瓢竹庵、西麓庵、東麓庵、蓑虫庵、釣月軒、幻住庵、落柿舎など、彼らは進んで、草庵を作り始める。そのとき芭蕉の庵住生活は急に、脚光を浴び、共感を呼ぶものに変わる。世俗を怒らずドブドロに溺れず、利害を破却して己の学才を発揮する。競わず、争わず、利害の世界を「破却」する生活形態に変わるからである。この時代の江戸の風がそうさせるものと見える。

いま芭蕉が内心で同居する「風羅坊」は、不如意を盛大に抱え込む俳諧フェッチ《おたく》として登場する。その名の通り回国修行者として生きている。怪しげな生業である上に、口調には臆断・即断の気配がある。増長しやすく妄想癖もある。体内に住み着いた「風羅坊」と生身の風羅坊とが信頼を欠き、競い合い、相互の言葉の応酬が独断・拙速に傾き、先鋭さを伴うものに変る。「風羅坊」が説く西行の和歌、宗祇の連歌、雪舟の絵、利休の茶が一筋の系脈でつながるかどうか。普段使う常識に従うなら、ここは立ち止まって再考すべき箇所に当たる。そしてその上でなら、ここには論証も物証も無いと言ってよい。つまり先の四者が「造化にしたがひ、造化にかへ」る一筋の系脈をなすとは根拠に乏しい推論、良く言えば山岳宗教界の予言者風羅坊が会得した啓示である。

山岳修行と幻覚

ところで、参籠行・回峰行・滝行・護摩行・断食行と行功を積むことで山岳修行者の意識が幻覚を伴うトランス状態となることはよく知られている。今日の修験道では、一般に「華厳経」に言う成仏過程に即して、地獄、餓鬼、畜生、修羅、人、天、声聞、縁覚、菩薩、仏の修行過程を設け、以下の十種の山岳修行を行うものとされている。

修行者の五体が大日如来の五体だと悟る座法①床堅（とこづめ）、②懺悔、③修行者の犯した罪の重さを計る業秤、④水断（みずだち）、⑤水汲みの作法である閼伽（あか）、⑥相撲、⑦延年（舞の奉納）、⑧護摩のための木をあつめる小木（こぎ）、⑨穀断（こくだち）、⑩金胎（こんたい）の秘印をさずける正灌頂。峰入りの期間中にこの十種の修行を終えることによって即身成仏しうると言うのである。

この十種の修行*の中でもっとも幻覚が起きやすいのは穀断（こくだち）だとされるが、護摩行に使われる小木の燃焼にもそれに似た幻覚作用があるという。彼らはこの幻覚作用を霊験と呼び、民間に入って庶民向けの加持・祈祷に従事して生計を立てた。

＊十種の修行＝十界修行。世界大百科事典 第2版【十界修行】。

原型の風羅坊は、こうした山岳仏教の修行者として登場し、修行者の聖地吉野山においてしばしば霊験に似た経験を積む。

①神無月の初、空定めなきけしき、身は風葉の行末なき心地して、
　旅人と我名よばれん初しぐれ

②　葛城山
猶みたし花に明行神の顔

③　桜（中略）
扇にて酒くむかげやちる桜

④若葉して御めの雫ぬぐはばや

⑤杜若かたるも旅のひとつかな

⑥須磨寺やふかぬ笛きく木下やミ

（中略）

⑦尾上つゞき丹波路へかよふ道あり。鉢伏のぞき、逆落など、おそろしき名のミ残て、鐘懸松より見下（す）に、一ノ谷内裏やしきめ《目》の下に見ゆ。

謡曲『梅が枝』を直に引用した前書きが残るように、①の句は謡曲に登場するシテの言葉に呼応して、旅人と呼ばれることがあれば、喜んであなたの傍に参りますぞと、正真の旅人たる覚悟を披露する俳文である。しかし回峰修行が進むと、謡曲『葛城』の醜い女神伝説を踏まえた②の句、また謡曲『二人猩々』の酒宴に似た③の「酒くむかげ」、④の鑑真座像の「御めの雫」のように、風羅坊の眼窩を掠めて幻影が明滅する。⑤では謡曲『杜若』の語りを生かしてそのシテ・ワキに成り入り、和やかな対話を楽しんでいる。そして最後、追加部⑥では謡曲『敦盛』を踏まえて横笛の幻聴を聞いた後に、⑦において圧倒的な迫力の真性幻覚が、最初は静に、後には一場面を覆い尽くして登場する。ちなみに「一ノ谷内裏やしきめ《目》の下に見ゆ。」は「内裏屋敷跡めの下に見ゆ」ではない。

この幻覚出現の場面である⑦の鉄拐山は、山岳修行者「鉄拐」の名を冠する修験道場としての山である。これら山岳にある修験礼場を廻ることで、一見、遊山に見える風羅坊・万菊丸らの巡礼行が巡礼修行の意味を生じる。そしてその巡礼修行が体力の限度を超える時、意識の混濁や妄想・幻覚を生ずる。吉野巡礼を通じて垣間見た幻影を点綴する作業は、山岳修行者、原風羅坊を正真の真性幻覚者に書き換える作業として顕在化する。作品の冒頭・結末の追加によって、それは一層、露わになる。

「増長と謙退」が生む騒擾

同じ出来事は、風羅坊の口ぶりにも起こっている。「わすれぬ所〴〵」を先後を忘れて書き綴る風羅坊流の作文術は、同時に『笈の小文』における風羅坊の語り口でもある。従来、注目されることがなかったこの作文術は、実のところ、頭を叩いて呻吟する（『更科紀行』）ような深刻な表現作業だったが、それ以上の見所がある。

そこでその表現の見所を追うと、次の①〜④の通り、叙述は執拗な自己省察から過敏な自己謙退に向う感情の熱いうねりになっている。

①（冒頭文）

風雲の便りともおもひなして、わすれぬ所〴〵跡や先やと書集侍るぞ、猶酔ル者の猛語にひとしく、いねる人の譫言《うわごと》するたぐひに見なして、人又亡聴せよ。

②（吉野山）

かの貞室が是ハ〳〵と打なぐりたるに、われいはん言葉もなくて、いたづらに口をとぢたるいと口をし。おもひ立たる風流、いかめしく侍れども、爰に至りて無興の事なり。

③（須磨明石）

かなしささびしさいはむかたなく、秋なりせハいさゝか心のはしをも、いひ出べき物をと思ふぞ、我心匠の拙なきをしらぬに似たり。

④（須磨明石）

櫛笥はみだれて、あまの捨草となりつゝ、千歳のかなしび此浦にとゞまり、素波の音にさへ愁おほく侍るぞや。

①に現れた風羅坊には、有り触れた叙事をやめよという命題と忘れぬ所々を書きつづりたいという欲望とが葛藤している。その葛藤が昂じるところで騒擾が生じ、その騒擾から、彼一流の謙退言説が生まれる。この仕組みは②③でも変わらない。古今無双の歌枕に身を置いて古人の列に連なろうとする

自分がおり、まっとうな句文さえ物に出来ない自分と葛藤している。その葛藤が昂じて騒擾となり、謙退口調を誘い出している。

しかし①の「わすれぬ所〳〵跡や先やと書集侍るぞ、猶酔ル者の怪語にひとしく、いねる人の譫言《うわごと》するたぐひに見なして云々」を単純な謙退言説と見るべきではない。「酔ル者の怪語」「いねる人の譫言《うわごと》」のたぐいに見なして、とある通り、この謙退は謙退する対象に依存する。自分は思いの丈を縷々披露したが、それが気に染まぬ読者は、これを「酔ル者の怪語」「いねる人の譫言」と見なして、聞き流して欲しいと言うのである。勿論、問題は聞き手の「聞く耳」にある時もありうるという、あつかましい口調である。

同じくこのあつかましさは、②の「かの貞室が是ハ〳〵と打なぐりたるに、われいはん言葉もなくて、いたづらに口をとぢたるいと口をし。おもひ立たる風流、いかめしく侍れども、爰に至りて無興の事なり。」（吉野山）にも現れている。岩城藩主子息の内藤露沾から吉野の「土産《つと》」を所望されて旅立ったこの度の吉野行脚である。その吉野行脚では、安原貞室（慶長15年～延宝元年2月）でさえ、「是ハ〳〵と」八方破れの一句を残した。ところが、自分はそれすらも出来ず、口を閉じている。これでは折角ご所望の拙句少々さえ準備出来ない。「いと口をし。」と言うのだが、もし自分を繰り言・寝言の凡作者だと見なすなら、西行や貞室を己と比較して口惜しがることはない。本来ならもっと増しな発句が作れる筈だと自負する「風羅坊」がそう言わしめるのである。

　また③の「秋なりせハいさゝか心のはしをも、いひ出べき物をと思ふぞ、我心匠の拙なきをしらぬに似たり。」（須磨明石）にも同じ事が言える。ここでは須磨の夏に落胆を隠せない「風羅坊」がおり、もし秋ならいささか増しな一句成りとも披露する事が出来るのだがと思いかけて、「我心匠の拙なきをしらぬに似たり。」と前言を撤回する風羅坊が居る。発言自体は謙退に傾くが、「もし秋ならいささか増しな一句成りとも披露する事が出来る」と言う言葉に畳み込まれているのは過剰な自負心であろう。その自負心を眺め、「心匠」の拙ささえ知らぬ者がしゃしゃり出てあつかましやと、興ざめして見せる自己卑下が「卑下褒め」に聞こえて小うるさい。

　同種の発言ながら⑤「櫛笥はみだれて、あまの捨草となりつゝ、千歳のかなしび此浦にとゞまり素波の音にさへ愁おほく侍るぞや。」になると趣が違ってくる。「かなしさびしさいはむかた」ない須磨明石の風光がいささかの自負心も含まず、「千歳のかなしび此浦にとゞまり素波の音にさへ愁おほく侍るぞや。」と語られるからである。

要するに冒頭部①で騒擾を吐露するユーモラスな風羅坊は、「或時ハすゝむて人に語《勝》む事をほこり、是非胸中に戦ふて、是が為に身安から」ぬ「風羅坊」である。過剰な自負心・増長心に突き動かされている。その「風羅坊」の謙退口調からは「卑下褒め」とでも呼ぶべきあつかましさが聞こえる。その過剰な自負心・増長心を源とする謙退口調は、②「吉野山」③「須磨明石」と足取りが進んでも持続されている。この過剰な自負心・虚栄心は、紀行冒頭の「風羅坊の所思」から紀行結末の「海岸巡行」まで続く。これはこの作品の「地下水脈」と読んでよい隠れた文脈である。その過剰な自負心・虚栄心こそ風羅坊の折り目正しさや繊細さの源であり、妄想や幻覚の温床でもある。

ところが、その「須磨明石」、結末の④にいたると、その過剰な自負心・虚栄心がいきなり抜け落ちて、謙退口調が影を潜める。つい先ほどまで目を覆い耳に轟いていた古戦場幻覚を通過した風羅坊からは、自負や栄辱の気配がそげ落ちている。我が身に起きた「身心脱落」*に気付いてみれば、おのれ一人の自負や栄辱など取るに足りない。その小賢さの心底が抜けたときに見え

＊身心脱落＝解脱、或いは大悟。道元の伝記である『三祖行業記（ぎょうごうき）』や『建撕記（けんぜいき）』にある。

てくる謙退無用の光景だけが綴られている。自負と虚栄の間をうねりながら進捗してきた風羅坊の騒擾を一挙にぬぐい去る役目を④の古戦場幻覚は果たしている。

憑依する意識

最後に、冒頭にある風羅坊の長い陳述文と、次に引用する結末の陳述文とが一対を成し、風羅坊の陳述文の大きなうねりを確定する留め金《リベット》となることを指摘して小考を締め括りたい。

『笈の小文』の冒頭文で造化原理を説き、平凡な気象や地形の叙述を拒否する風羅坊は、序破急の「急」の段の末尾でいきなりことばを翻して「されど、も其処〱の風景心に残り、山舘野亭のくるしき愁も、且はなしの種となり、云々」と語り始める。その独特の切り口上、自縄自縛の食言、食言を憚らないユーモラスな直情は彼の気分の高揚と共にある。筆運びと共に高揚する彼の性情、思い付きが主張となり、主張が宣言に成り代わる気負いの高まりが、抑制の堰を切って溢れ出るのである。この性情の乱調が「須磨明石紀行」でふたたび出現し、風羅坊のうねる心性を裏付けている。

その風羅坊が結末に至ると次のように陳述する。

須磨

月はあれど留主のやう也須磨の夏

月見ても物たらはずや須磨の夏

（中略）

海士の顔先見らる丶やけしの花

（中略）

明石夜泊

蛸壺やはかなき夢を夏の月

か丶る所の穐なりけりとかや、此浦の実は秋をむねとするなるべし。かなしさ、さびしさいはむかたなく、秋なりせハいさ丶かか心のはしをも、いひ出べき物をと思ふぞ、我心匠の拙なきをしらぬに似たり。

淡路島手にとるやうに見えて、すま・あかしの海右左にわかる。呉楚東南の詠もか丶る所にや。（中略）尾上つゞき丹波路へかよふ道あり。鉢伏

須磨明石句稿

のぞき、逆落など、おそろしき名のミ残て、鐘懸松より見下（す）に、一ノ谷内裏やしきめ《目》の下に見ゆ。（中略）櫛笥はみだれて、あまの捨草となりつゝ、千歳のかなしび、此浦にとゞまり、素波の音にさへ愁おほく侍るぞや。

この「須磨明石紀行」の叙述は、冒頭の「留主のやう也須磨の夏」という素気ないほどの落胆に始まり、「かなしささびしさいはむかたなく、秋なりせハいさゝか心のはしをも、いひ出べき物を」と己の至らなさを振り返り、「千歳のかなしび、此浦にとゞまり、素波の音にさへ愁おほく侍るぞや」と愁嘆するところで終わっている。初発の素気ない印象が大きく裏返り、風景の底が抜けたようにこの海に沈んだ地霊の阿鼻叫喚が躍動する。それまで見えなかった「かなしささびしさいはむかたな」き須磨明石の本性が見える。その本性の風光を浴びて、風羅坊の愁嘆が誘発されるのである。

下界を眺望する風羅坊のランドスケープは最初、尾上続きに丹波路に通じる道を見晴るかすかたちで一旦フェードアウトする。そして次に、近隣にある修験道場並びに『平家物語』縁りの地名に焦点を合わせると、ここで彼の視界が不意に裏返り始めて、思いがけない異変が姿を現す。「鐘懸松より見下（す）に、一ノ谷内裏やしき、め《目》の下に見ゆ。」これが風羅坊における幻覚憑依の始まりである。当然、これはまことかと疑う間もなく、「其代のみだれ、其時のさはぎ、さながら心にうかび、俤につどひ」、今は已のこの目の前に、「二位のあま君皇子を抱奉り、女院の御裳に御足もつれ、船やかたにまろび入らせ給ふ御有さま」さえ見える。方向感、遠近感、躍動感を備えた動画像のかたちで、アリアリと見える手・足・腰・口・動作、乱れ乱れて息つく暇もない女官らの叫び声は、歴史書や古物語りの「語り」を越えたリアルな「現実」として出現する。風羅坊の特異な心性を裏付ける直観像を得て、この「身心脱落」の物語はクライマックスを迎える。

「夏の月」に落胆する叙述が途中から裏返る点、またその裏返りの結果、風羅坊の脳裏に「騒擾」や「幻覚」が現れる点で、結末文は冒頭文と同じ機序を備えた陳述文だと言うことができる。しかもその冒頭文と結末文とが呼応して、作品の結構自体が裏返りの関係で統合されている。造化随順を唱道するはずの巡礼行為が壮大な悲劇の幻覚で終わっている。「海浜の美形」を訪ねるはずの巡礼が地霊の阿鼻叫喚を呼び覚まして終わっている。凡百の美景叙述からの離脱を熱望する風羅坊が結末に至ってついに、異次元世界の途方もない（したがって手垢の付かない）世界像に遭遇し驚嘆する。

月並み過ぎる言い方になるが、誰もが健全な五体や神経を持ち合わせているわけではない。小綱吉である風羅坊は綱吉自身がそうだったように自分に調子を合わせてくれる杜国と一番うまく通じ合う。そういう相手にとって風羅坊は刺激的な友人であり、寛大な同僚だったが、機嫌を損じた場合の祟りは恐ろしい。彼は鬱病や神経衰弱を発症しやすく、幻覚・妄想を伴う。小綱吉を離脱する手段として用いられる山岳修行は、自意識を裸にし、ただの自分に返らせる訓練としては有効だが、実のところ綱吉自身がそうであるように大方の小綱吉は山岳修行を好まない。

結び

当初は杜国追悼文として編集された『笈の小文』に、冒頭文・結末文が追加されて、『笈の小文』の構成・主題が大きく変革されるときに、風羅坊の心性が突如、弾け出るかたちで、作品は一変する。冒頭文・結末文が一対になり、騒人風羅坊の独善的な心性が飛び出し、「風羅坊かく語りき」とでも呼ぶべき、正真の騒人言説が立ち上がるからである。

新規に追加された冒頭文・結末文に照らすと、一番大きく変化したのは風羅坊だろう。冒頭文の風羅坊は、明らかに騒人の心性を備えた小粒の独創者として、自己本位の心性をやや大仰に表現すべく仮構されている。万菊丸はこの俳諧好きの独創者に追従し、その場を活気づける追唱者である。この風羅坊の騒擾は、自負と謙退とを往復しながら江戸・吉野・須磨を貫いてうねり、明石の海辺に到着する。

妄言とは言え、この旅は、「旅人よ」（謡曲『梅が枝』）と呼びかける霊魂の声に導かれる旅であった。またこの旅は仮初めにしろ「造化随順」を誓って始められた旅の筈であった。その旅がここ明石の海辺では、正真の霊魂、正真の悲劇に逢着して驚愕する。風羅坊の眼前で歯を剥きだす真性幻覚を生かして、風羅坊の言動・行実の変転ぶりを仮構する所に作者芭蕉の作為がある。そしてその変転ぶりから言えば、冒頭文・結末文を現在の位置に配置することは不可欠の要請だと言える。この配置によって『笈の小文』は、杜国の追悼叙述から風羅坊の言動の乱調を実現するフィクションに変化する。

作者芭蕉がここで描こうとする幻覚者の表象は、物語《ノベル》に近い密度とリアリティを備えた新次元の言語レベルに近付いている。このためこの表象は、視線移動や遠近粗細の直視に耐え、観察・分析可能な仮想現実として出現する。恐らくこの「一ノ谷幻想」を含む修行者風羅坊の狼狽と覚醒とを文字どおり真性幻覚を使って描くことが、文学者芭蕉の遺志となった最後の仕事ではなかっただろうか。

第七章　熊の胆

飛騨高山藩主金森頼時に不幸がやってきたのは元禄四年（1691）四月の事である。天正十六年（1588）より飛騨国一円を治めていた金森家の当主頼時は治世百年を越える名家の主君であった。その知らせは当初は飛騨の春風のように藩主出世の通知として金森頼時の手許に届いた。元禄四年、徳川綱吉から届いた通知には藩主金森頼時を側用人に引き立てる事が書かれていた。金森頼時は大いに緊張して側用人に就任し、粉骨砕身、将軍綱吉の意のあるところを読みとろうとした。がその努力も空しく、綱吉将軍はわずかに任期一年で突如、頼時を解任し、移封を申し渡した。解任の理由には、将軍綱吉の意に沿わない、振る舞いが下賤である、柳沢吉保に取り入らなかったなど種々噂される。元禄五年（1692）、将軍綱吉はその金森頼時を出羽国へ移封した後、飛騨一国を天領に編入して幕府の財源とした。この財源化によって、将軍家の狙いが飛騨の林業・鉱山業の収奪だったことが判明した。もともと酒井忠清・稲葉正則（大政参与）・堀田正俊と、三代続く幕政の支柱をその後継者まで含めて退役または遠国に転封した綱吉将軍からすれば、頼時の転封など些事に過ぎなかった。

しかし関東郡代の伊奈忠篤は、普段なら「お使い番」*が勤める高山領受け

---

*お使い番＝巡視を任務とする。幕府の定役。員数は25人程度。転封の城受け取りは使い番の業務。

取りを五代様から命ぜられて首を捻った。何かある。分かるのはそこまでである。この件なら元禄五年七月二十八日、高山藩主金森頼時が出羽国上山に移封されて転出の後、八月二十二日に松平綱紀が高山城の在番として発出している(『徳川実記』)。おまけに普段は「お使い番」一人で遂行する領地引き渡しに、此度は「使い番」浅野伊左右衛門が「目付」として指名された。浅野伊左右衛門は、この度は郡代*伊奈忠篤の「目付」として同行するという。関東の野山の検索に馴れた伊奈忠篤にはその脚力を生かした高山領の精細な検索が期待されているのか。

果たして元禄五年十月十五日、「お使い番」浅野伊左右衛門は領国の引き渡しを終えて帰任するが、半十郎殿の仕事はまだ延々と続いていく。すでに関東代官を勤めているにも関わらず、さらなるご下命である。病弱ながら実直を本領とする忠篤殿には、これはことさらの苦役だった。父伊奈忠常の功績を引き継ぐ関東郡代の彼は、『奥の細道』に登場する雲岸寺の「佛頂」、「黒羽の舘代」(浄坊寺高勝)、「郡守戸部某」(蘆野資俊)ら、芭蕉庵の深川人脈を束ねる要の位置にいる。また路奉行としての伊奈家は、神田上水を完成させた忠克*、江戸湾に流入する利根川の付け替え工事で父を助けた忠常へと世

＊郡代＝幕府直轄地の民政を取り仕切る地方官。職掌は勧農、人別改、貢租収納などの地方実務、警察、裁判、行刑の司法業務。勘定奉行の支配に属した。

＊忠克＝紀州の漁師熊井理左右衛門一党はまず酒井雅楽頭の濱屋敷に居を定めて出漁し、寛永六年(1635)忠克から深川の「猟師町」を配分されている。

襲されている。延宝八年（1680）一月に三十二歳で死亡する忠常は、小貝川の堤防工事や千住大橋の掛け替え工事を手がけている。この家族の功績のとおり、路奉行とはいわば「土木屋」の別名であり、伊奈忠篤はその後継者である。

ただし神田上水の川ざらいの記事が『江戸町触集成』（全六巻）に登場するのは寛文六年（1666）であり、この年に神田上水の管轄が路奉行から江戸町奉行に移されたことが分かる。ちなみに伊奈忠常の父、伊奈忠克の没年が寛文五年（1665）八月十四日であるため、伊奈忠克の死を契機に（伊奈忠常への代替わりを契機に）神田上水の管轄権は江戸町奉行に移管されたと見て良いであろう。町奉行所に移管された後の神田上水総浚いの通知の発信元は、「町年寄三人（樽屋・奈良屋・喜多村）」とあり、江戸町内の総代が裁量する仕事に変わっている。とかく苦情の多いこの仕事を、江戸町奉行は、上水の維持管理費も含めて町年寄りに「丸投げ」したのである。

当初は町名主《まちなぬし》を代表とし、各町内ごとに人夫を出して浚えする「直浚え《じかさら》」だった浚渫工事に「請負人」*が登場するのは延宝五年（1677）の町触、さらにそれが公認の形で町触れに登場するのは延宝七年（1679）の町触である。

*請負人＝この時はまだ請負は禁止されている。

「勿論、渡し*つかまつり候町々は水上に出で候義無用につかまつるべく候事。」とある。この延宝五年頃から上水総浚いの業務を請け負っていた小沢太郎兵衛は、町名主代理（町代）として松尾「桃青」を重宝したものと見える。松尾桃青はこの神田上水の初代の依託人*であった。世が世であれば、松尾桃青はこの請負家業を渡世の道とすることが出来るはずだった。天和二年（1682）に新規に登場する瓜生六左衛門は享保七年（1722）*にもまだこの請負家業を勤めている。ところが天和二年七月末*に水道の浚渫を終えて安堵した松尾桃青の手許に九月二十八日付の、瓜生六左衛門による再川ざらえの通知が届いたのである。

新人六左衛門が主催する再川ざらえの準備の通知は遅くとも八月末には松尾桃青の手許に届いただろう。何かがある。天和二年（1682）八月末に再川ざらえを通知されたとき、松尾桃青は首をひねった。当然関係者に尋ねることはあった。小沢太郎兵衛から「町年寄り」までの経路は支障なく確認することができる。「町年寄三人（樽屋・奈良屋・喜多村）」が旧知の小沢太郎兵衛を私意で排除する筈はないからである。しかし「町年寄り」達の応答は「お奉行所のご意向により」という言い訳で終わる。使い番より御勘定頭に抜擢

*渡し＝仕事を依託すること。

*依託人＝浚渫工事を依託さた人。『芭蕉二つの顔』田中善信、講談社選書、108頁。

*享保七年（1722）にもまだ＝『芭蕉二つの顔』田中善信、講談社選書、112頁。

*七月末＝この年まで工事日は六月末だったが、天和二年の工事日は七月末。

した甲斐庄正親を、さらに江戸町奉行*に昇進させたのは将軍綱吉である。延宝八年、幕府財源の欠乏を憂慮する将軍綱吉は、町人への課税を強化するために勘定頭を江戸町奉行に抜擢した*。甲斐庄正親は、将軍綱吉の愛顧を頼んで、延宝八年（1680）から江戸町奉行に就任し、加増を重ねて天和二年（1682）には四千石*の旗本となる。以来任期十年*を勤めて在職のまま死亡する。その甲斐庄からすれば「これは此度奉行所にて実施した浚渫費用入札の結果じゃ。」と言うことができた。幕府の職制上、勘定頭の配下にいるのは幕府各地の代官である。上水道事業の元「旦那」である路奉行、忠篤にも簡単に動かせる相手ではなかった。

翌天和三年（1683）三月の振り袖大火において八百屋「お七」に反逆罪（火あぶり）を宣告したのはこの甲斐庄正親である。人・罪、共に憎んで極限の懲らしめを判決した男である。

将軍綱吉は賜物・官位・職禄を使って家臣達を広く収攬することには秀でていた。彼はあからさまにそれを実行して、自己の権力を誇示し強化した。大勢の者が省かれ、大勢の者が取り込まれた結果、巷には進物・贈答と転封・改易・お役御免・闕所・財産競売による見せしめがじわりと広がり始めた

＊江戸町奉行＝この場合は南町奉行所。大手町2丁目5、呉服橋南河岸。

＊抜擢した＝江戸町奉行は勘定頭の上位にある。翌延宝九年（1681）北町奉行を拝命する北条氏平の前職は、綱吉側近の書院番、次に持ち弓頭。退任は元禄六年（1693）十二月。

＊四千石＝旧領二千石。加増二千石。甲斐庄正親（『ウィキペディア』）

＊任期十年＝元禄三年（1690）十二月に在職のまま死亡。

（『徳川実記』天和二年）。

年貢怠納の嫌疑で監察を受けたことさえある関東郡代伊奈忠篤の飛騨行きは決して適任者の採用には見えなかったが、彼が難題を割り振られたことは確かだった。

高山藩の林材制度に従えば、一部の「百姓稼ぎ山」を除く大方の山林が「出雲守御台所木」と呼ばれる藩有林だった。「出雲守御台所木」は出雲守様の「御台所用材」の意で、金森家は代々従五位の下、出雲守を名乗っていた。藩主は山方の人夫並びに杣頭《そまかしら》を通してその配下の杣稼ぎらに金銭・みそ・醤油を前払いして材木を切り出し、これを総て藩主が買い取る制度を取っていた。この森林管理の徹底のためには、代官はすべからく杣山区画図と森林台帳とを実際に確認して掌握する必要があった。

杣山区画図には、各杣山の区画の他に、近隣の杣山からの距離と合流点とが記載されている。これを確認するには現地に立たなければならない。忠篤殿は着任と同時に幕府の監察*を受けつつ飛騨三郡（大野郡・吉城郡・益田郡）を隈無く検分して、森林苛政の点検と修正に取りかかる。また高山城下では検地、年貢台帳の確認、屋敷地の処分、再配分、旧地主への土地払い下

＊幕府の監察＝勘定奉行の監察。具体的には新検地・協力者を優遇する位名田の廃止、山地木材の整木、運上の廃止など。

げ、課税のための耕地の新規割付など、細部を押さえて財政を刷新する必要があった。さらにまた材木価格を引き上げ、国庫を豊かにするために、江戸材木商らの参入を柱とする「商人請負木《うけおいぼく》」*を拡張する必要もあった。

「商人請負木」制度は、所定の樹木・値段・請負料を算出し、商人が前掛け金（先払い金）を上納して山方の杣頭に伐採を依託する方式で、伐採終了と同時に原木の数量・寸法を確認してそれを請負商人に引き渡す。この「請負木」を受け取った材木仲買は、市場に材木を運び込んで売買する。忠篤殿着任以後、江戸の白子屋・奈良屋らが着実に請け負い量*を増やしていく。

新領地の税収の安定だけでも数年を要する難行だが、飛騨の国では特別の配慮が欠かせなかった。課税地の大半が広大な森林資源だったせいで、数十町歩を越える森林に分け入って境界を見定め、検木し、公課の是非を丹念に検証する必要があった。伊奈忠篤殿がこの検証に同行したのは、猜疑心の深い将軍や幕僚らが後ろに控えているからである。五代将軍には飛騨の豊富な木材資源、鉱物資源（銀・鉛）を用いて幕府財政の安定を図る目的があった。採掘した銀・銅を鋳造して貨幣を発行すればよいとでも考えたか。その短絡的な思考で言えば、国庫の回復は目と鼻の先にあると安易に考えることができた。

＊商人請負木＝飛騨藩の森林を商人が値付けして買い取る販売方式。

＊請け負い量＝入札で森林を買い取り、自力で伐採して江戸に送付する材木の量。

貞享元年（1684）に改革解放派の支柱だった大老堀田正俊が江戸城中で刺殺されて以後、将軍綱吉の側近達は、次々に世態、風俗、演劇、出版を華美と見なして禁止する。中でも顕著な施策は改革開放型の、つまりは先代家綱様型の経済政策を抑止する施策である。貞享二年（1685）の市法取引の禁止以後、元禄八年（1695）の金銀改鋳まで、その姿勢は一貫する。これらはいずれも株仲間の復興による増収策であり、なお足りない税収を通貨の増鋳で補う意志の現れである。こうして国庫の増収を急ぐあまりに改革開放型の経済政策が放棄され、前代の庶民収奪型*の財政政策が復活するのである。

しかし金銀改鋳という国庫を用いた錬金術に着目した徳川家康は、すでに約九〇年前にあらかたの金山・銀山を天領化して貨幣発行権を独占していた。通貨の独占は幕府の経済支配の根幹に位置する。金森頼時からは、先年すでに廃坑にされた旨、報告されていた山中の銀山・銅山についても、残らず検証せよと伊奈忠篤殿は指示されていた。

同じく木曽川を中に隔てて向かい合う木曽の森林資源を所有する尾張藩も同じ立場に立っている。飛騨地方の天領化と森林資源の育成、木曽川を使った資源の出荷は尾張藩との折衝を要する。なぜなら、材木を搬出する木曽川は尾

＊庶民収奪型＝土地の所有を基本とする経済社会では、土地からの生産物が富の源泉となる。土地から生ずる富は土地所有者の手許に一元的に保蔵される。このため実際の土地耕作者は富の蓄積から排除される。

張藩の領内にあったからである。当然、河川管理も水路開削も尾張藩の領民らが取り仕切っていた。尾張藩が取り仕切る材木市場に、今後は側用人らと結託した江戸資本の材木商が割り込んでゆく。元禄六年、尾張光友が隠居した年、尾張藩との折衝作業は、最重要課題と見なされていた。伊奈忠篤殿は高山城の下屋敷を高山陣屋とし、そこに滞在して執務にあたった。しかしこの激務が崇り、飛騨の寒さを間近に控えた元禄十年（697）十月、二十九歳で病没する。主君の苦役にひたすら耐えるように隣家の伊奈家は今日も森閑としている。

元禄六年十月、江戸の厳しい残暑の後を、秋が足早に通り過ぎた。芭蕉庵に同居する甥の二郎兵衛は息災で、家事を取り仕切る猪兵衛を助けている。通いで桃印の看病に当たっていた寿貞は、どうやら疲労困憊に見える。今日は、潮が引いて隅田川の河床が黒く見える。小名木川を水鳥が頻繁に通過する。師走になって急に寒気が尖り始めた。グァッカッカとだみ声でなくヒシ喰イが通り過ぎる。潮が引くと水鳥のえさ場となる河口の干潟は、いつ見ても忙しそうに見えるが、その忙しさが今年はまたことさらに忙しそうに見えて、可笑しさが湧く。

ゑびす講酢売に袴着せにけり　　　　　芭蕉（続猿蓑）

神無月。芭蕉はまだ病床に起き伏しする毎日を過ごしている。「生類哀み」のご時勢、通常ならゑびす講で鯛を売る筈の近隣を、今日は酢売りが正装の袴を着て売り歩いている。動作が厳かなほどご丁寧なので余計に可笑しさがある。だからこそ「着せにけり」である。そこに苦々しい話を運んできたのは、伊賀上野城の城代格、藤堂玄虎殿で、話は終始にがにがしい主君高久公の仕置きについてだった。領民の迷惑も顧みず、なぜこれほどまでに幕府に忠義立てするのかというご不満である。こちらからは、堀田正俊殿の死骸を掘り返し、不浄だという理由で夜着を毎日取り替える綱吉将軍の風変わりな所行についてお話した。一度睨まれたものは生涯締め付けに会うことなど、江戸にいなければ見えないことも多いからである。

生類憐れみ令に抵触する、首を絞められた「振売り」の雁、実直過ぎて不快を募らせる「ものゝふ」、忌服令に則って礼服で街頭に出る「酢売り」らが年末の気配を漂わせて動く。窓の外を忙しげに通過する彼らの動作からは、人それぞれの「思惑」が透けて見える。河床で小さくピルピルと鳴くシロチドリは、頻繁にえさ場を移動する。

思えば、元禄元年四月二十三日、須磨明石巡礼を終えたばかりの芭蕉が京都の宿舎から伊賀上野の旧友窪田惣七に宛てて書き送った書簡が幸いした。それは須磨明石巡礼の幻想体験を綴る通信文で、類似した体験そのものは、すでに処女紀行文『野ざらし紀行』「伊勢参宮」に始まっている。『野ざらし紀行』「伊勢参宮」にはフラッシュバックの心理現象を、意識の推移に従って書いた箇所がある。

誰にしても、表現したいことがあるから作家になろうとするに相違ない。十七世紀の井原西鶴、松尾芭蕉もその例外ではない。当時の俳諧は「文学」ではなかったが、それでも表現を盛る器ではあった。そしてそこに何を盛りつけるかは、いまだ試行錯誤が許容される器だった。ただし、問題は当時の芭蕉が表現したかったことが他の誰とも異なっていたことである。その異なっていたこと柄の名を仮に名付けて「仮想現実」と呼ぶのは、いわゆるバーチャルリアリティーにちなみがあるからではない。本来Virtualは「実質的な」の意味であり、科学用語のそれは、現実世界の実質的で本質的な部分を相手にリアルに提示する技術という意味だからである。

個性的な叙述目標

言うまでもなく『笈の小文』は、この「仮想現実」が作品の始・終を点綴する珍しい作品である。その中でも迫真の「幻覚」を見せ場とする「須磨明石紀行」は、異様な眺望が引き起こす「驚愕」そのものを無心に、目が感じたままに描き出している。「女院の御裳に御足もつれ、船やかたにまろび入らせ給ふ御有さま云々」と狼狽する女官らの挙動を積み重ねることで、風羅坊は幻覚に魅入られるように古戦場の臨場者に向かって変化する。そうなることで幻覚世界を現実化し、「驚愕」の眼差しで幻覚世界に茫然自失する風羅坊が描かれることになる。

『笈の小文』第④章「須磨明石紀行」には特別な事情があった。随行者杜国の死と共に、旅行記録は散逸したが、芭蕉自身が京都の旅宿から、紀行の原型に当たる「惣七宛芭蕉書簡」(元禄元年四月筆)を書き送っていた。作者の芭蕉はその「惣七宛芭蕉書翰」を参照することが出来る。

死者杜国に依頼していた旅行記録なしに①江戸出発、②東海紀行、③伊賀・伊勢紀行、④吉野紀行と、その時々の時勢・時相の空気感を再生することができるかどうか。それは見通せないことだった。

直観像

ところで一見、肩を並べるかに見える『笈の小文』と『おくのほそ道』の叙述には違いがある。違いは事実や言動を積み重ねた所に出現する「時相」の密度の違いとして現れる。まず次頁上段『おくの細道』が描いた主人公「予」の「一念一動」を分かりやすく原文通りに一人称で訳出すると、次のようになる。

■『奥の細道』敦賀

十四日の夕暮つるがの津に宿をもとむ。其夜月殊晴たり。「あすの夜もかくあるべきにや」といへば、「越路の習ひ、猶明夜の陰晴はかりがたし」と、あるじに酒すゝめられて、けいの明神に夜参す。仲哀天皇の御廟也。社頭神さびて、松の木の間に月のもり入たる、おまへの白砂霜を敷るがごとし。「往昔、遊行二世の上人、大願発起の事ありて、みづから葦を刈、土石を荷、泥渟をかハかせて、参詣往来の煩なし。古例今にたえず、神前に真砂を荷ひ給ふ。これを遊行の砂持と申侍る」と亭主のかたりける。

月清し遊行のもてる砂の上

■『笈の小文』須磨明石

淡路しま手に取様に見えて、すま・あかしの海右左にわかる。（中略）尾上つゞき丹波路へかよふ道有。鉢伏のぞき、逆落など、おそろしき名のミ残りて、鐘かけ松より見下（す）に、一ノ谷内裏屋敷目の下にミゆ。其代の乱、其時のさはぎ、さながら心にうかミ、俤につどうて、二位の尼君皇子を抱奉り、女院の御裳に御足もつれ、船屋かたにまろび入せ給ふ御有様、内侍・局・女嬬・曹子のたぐひ、さま〴〵御調度もてあつかひ、琵琶・琴なんど、しとね・ふとんにくるミて、船中へ投入、供御ハこぼれてうろくづの餌となり、櫛笥ハミだれて、海士のすて草となりつゝ、千歳のかなしミ、此浦にとゞまり、素波の音にさへ愁ふかく侍るぞや。（大礒本）

八月十四日の夜、月、ことにきれいに晴れたによって、挨拶に立ち寄ったこの屋の主人に、「明日の夜も晴れてござろうか。」とさり気なく尋ねると、その答えが「並み」ではない。「越路の習い、明夜の陰晴、計りがたし」。近年とみに怪しげな記憶ながら、さすがに予も「明夜の陰晴計りがたし」には聞き覚えがある。はてさてと「あるじ」の顔色をうかがう内に、なるほど！応答から酒のつぎ方まで、万事手抜かりがなく涼しげに見える。さて、その亭主が酒の頃合を見計らって、さり気なく予に「気比明神」への夜参を勧める。(常ナラバ酔イニマカセテ、枕引キ寄セ、眠リニツクトコロナガラ、ココガソレ「アルジ」ノ上手、ツイ、ソノ気ニナッテ立チ上ガッタ。)

この「明神」、名称は「明神」ながら実は仲哀天皇の御廟である。さすがに社頭神さび、松の木の間に月光がこぼれ入る。神前の白砂に反射する光彩は、ほのかに霜を敷くがごとく厳かに見える。なるほど！「あるじ」はこの「光景」を馳走せんとの心積もりか。されば夜参にも時刻ありと、驚いて亭主を見ると、さすがもてなしの上手。旅籠のあるじらしく、まだ、奥がござる。

亭主はおもむろに白砂の上に降り、すり足で神前に立つと、身ぶりを交え音声《おんじょう》を整えて、かく語る。「その昔、遊行二世の上人、大願発起のことありて、自らこの神前の芦を刈り、ぬかるみを乾かし給いてより、参詣、往来の煩い無し。この古例、今に途絶えず、代々の遊行聖は神前に砂を運び、これを「遊行の砂持ち」と称してござる」。

その時の「あるじ」の身ぶりと音声《おんじょう》とは確かに尋常ではない。酒のせいでござろうか、厳かな月光のゆえでござろうか。はたまた「あるじ」の声調の見事さのためでござろうか。清浄なる白砂の庭に、予はまことに遊行二世の「まぼろし」を見た心地になった！

……おぉ、清められた月の光、

降りそそぐは、遊行聖が運び給う砂の上ぞ！

元禄二年八月十四日夕刻、敦賀に到着した松尾芭蕉は、出雲屋弥一郎方に投宿する。持病によりすでに先発していた河合曾良が出雲屋に路銀、金一両を預けて予約しておいた宿である。芭蕉と対面し、意気投合した出雲屋弥一郎は、巡礼の疲れを残す巡礼者芭蕉に軽く酒を勧めて、気比明神への夜参を慫慂した。これは事実である。

すでに昼間の喧騒は消えて、深閑と静まる気比明神の社頭に立つと、松籟の音と共に静寂さえ降り立つ気配である。この時、弥一郎がおもむろに石畳みの参道から白砂の庭に降り立ち、歩みながら身ぶりを交えて「その昔、遊行二世の上人、大願発起のことありて、自らこの神前の芦を刈り……」と朗唱の口調で音声を高めたかどうか。その音声が静かに闇を満たして実有*さえ動く気配を導くのは、この時、芭蕉が目の前に遊行聖の幻影を見ているからである。

月清し遊行のもてる砂の上

この時、予が詠唱する「遊行のもてる」は比喩ではない。したがって遊行聖と見紛う弥一郎がそこに立っているわけではない。遊行聖は現に眼前におり、砂持ち神事の手順どおりに砂を運んでいるのである。

対象の容姿や形態を別ものに見紛うことを「錯覚」と言い、対象不在にも拘らず容姿や形態が実在して見えることを「幻覚」と言う。『奥の細道』「気比明神」の叙述は「錯覚」に似て、視線が対象を追尾する。気比明神の遊行聖は「ミづから草を刈、土石を荷ひ、泥渟をかはかせ」「真砂を荷ひ給ひ」と

＊「実有」＝「実有」は宗教用語。この世のものはすべて因縁によって生じたものなのに、それ自体に本質的な実体性があると思い込むとき。反対語「仮有（けう）」。『三省堂 大辞林』

追尾されている。

連続する動作・音声と共につかの間、生きた聖人の動作がビジュアルに出現する。するとそれは幻覚になる。その「仮想現実世界」では、さながら「幻覚」を見るように、距離・動き・方角を変えて、語り手の観察が進行する。語り手の予が砂持ち神事の「時相」の臨場者に成り代わるからである。出雲屋弥一郎との出会い、明神への慫慂、神域案内、神事説明と積み重ねられた事実の働きを借りて、つかの間、幻覚を見せる*弥一郎の黄金の手際が「極上の風流」を出現させる一場である。

直感像叙述の違い

一方、下段の『笈の小文』では眼下を眺望する風羅坊の視界は、「其代のみだれ、其時のさはぎ、さながら心にうかび、俤につどひて」とあり、幻覚が憑依する次第が明示されている。心に浮かぶ幻覚が種子となり、その種子の廻りに記憶の断片が見る間に蝟集する様子を「俤につどひ」と言う。

二位の尼、皇子、女院以下数多の女官たちの阿鼻叫喚の中で、海上にこぼれ落ちる衣類・楽器・器物・糧秣。食い物を漁る魚の群れ、潮に濡れ、朽ち

＊幻覚を見せる＝これは白石悌三氏にすでに指摘がある（講談社文庫『おくのほそ道』。）

果てる鑑や櫛笥、水底に沈んで溶けていく供御までが幻視されている。そこに流れた騒乱・腐蝕・捕食の時間経過がスライド・ショーのように点綴されて、風羅坊の「驚愕」を照らし出す。ここでも狼狽し蹴躓き、逃げ惑う女官達の動きを、さながら対象を追うカメラワークのようにダイナミックに追いかける臨場者風羅坊がいる。元禄文学の醍醐味は、この「仮想現実」の開示を通じて、多様な時相経験を提供することにあるが、そのためには、「仮想現実」が臨場的、魅惑的、持続的でなければならない。その時、彼らはその時代の人となり、その日の目撃者となることで異彩を放つ。その光源に立ち位置を定めれば、平凡な旅程も尋常成らざる一日に変わる。

前者が旅籠での出逢い、神域の荘厳、亭主の所作を積み重ねて一瞬素早く、異次元世界を垣間見せるのに対して、後者は海辺の光景、登山の行程、頂上からの眺望、戦場旧跡の実況を積み重ねた末に、やおら騒乱さ中の戦場をまるごとダイナミックに出現させる。前者「遊行の砂持ち」が、実像が虚像に替わる一瞬の「仮想現実」を表象するのに対して、後者は一連のフラッシュバックによって、新しい次元や時相をまるごとリアルタイムで出現させている。後者の「古戦場幻覚」には、広がり、量感、臨場感があり、そのせいで剣戟や雄叫びに満ちた修羅場の争乱が動態として進行する。沸き上がるものが仮想現実世界そのものであるせいで、時相の広がり、迫力、臨場感、躍動感に圧倒的な差異が生まれてくる。後者の仮想現実*は、自立的なフィクションとしての俳文を可能にする。

新種の現象、新種の文体

どうやら作者芭蕉は明らかに『笈の小文』を書きつつ自分の立ち位置を移している。これはすでに元禄五年の『おくのほそ道』の叙述に始まる大きな立ち位置の変更である。これは芭蕉の内面に住まいする風羅坊の歓喜・驚愕を描くという文筆家芭蕉庵の宿願でもあるだろう。またこれは内面の歓喜・驚愕の眼差しをもって「仮想現実」を描くときに生ずる異次元世界の時相経験に向かって読者を解き放つことでもある。

芭蕉の紀行文は、従来、処女作『野ざらし紀行』『鹿島詣』『更科紀行』以下、いずれも直に帰庵して旅装を解くか、門人知人に迎え取られて寛ぐところで幕を閉じる。確かに彼は旅人たる自分が路傍の屍となる事を覚悟するが、その場合でも、彼が安らぎの場所にたどり着くことに変わりはなかった。そ

＊自立的な仮想現実＝自他との共有を可能とする仮想現実が成り立つには次の3要素が揃う必要がある。
・テレイグジスタンス(Teleexistence)、
・テレプレゼンス(Telepresence)、
・テレイマージョン(Teleimmersion)。

こは仮そめにしろ、自己の存在が価値や意味を持ち、己の言葉が寛容や友情を喚起する現実世界である。そこに回帰することで物語の進展自体、しっかりと腑に落ちるものになっている。

ところが元禄六年年末に書き継がれた『笈の小文』の風羅坊はその安らぎの場所にたどり着かない。彼は古戦場幻覚の中に取り残され、

明石夜泊

蛸壺やはかなき夢を夏の月

と詠唱する。「明石夜泊」の夜船の船上は、ゆっくりと揺れ、さざ波が船端を叩いている。寝床の傍らには明石名物の「蛸」を獲る蛸壷が積み重ねてある。「夏の月」が海上を照らし、主上の受難、皇后の悲鳴、女官の狼狽を再現した平家凋落の夢の名残が重くのしかかる。これは、時は過ぎ行き、人は思い出に取り残される、と歌われるほど甘美な哀傷ではない。この古戦場幻覚は「はかなき夢」には相違ないが、あぶくのような古戦場幻想とは言いかねる。リアルでダイナミックな仮想現実世界が生々しく出現し、風羅坊はさながらムンクの「叫び」の形相で、その現実に驚愕する。

この「仮想現実」が消えた時、「蛸壷」と「夏の月」とに呆然と向かい合う

生身の風羅坊が取り残される。荒縄、蛸壷、夏の月と、虚ろな視界の中から形をなす物が見えてくる。大きな波頭が続けざまに船端を叩く。その音を聞きながら、風羅坊の眼窩には己の夢の狂乱が揺曳する。悲惨な夢にさいなまれ、否応なく目覚めた己は、何者か。自分は確かに流浪する廻国修行者であるか。そして、この船上でのたうち、生け簀に投げ込まれて安堵するこの奇妙な生物は蛸であるか。

この一句「蛸壷やはかなき夢を夏の月」の生命は、再生された直感像にある。この直感像から汲み取られた読みが作品を支配する。この時、一句の臨場感は、風羅坊が言う「わすれぬ所〲跡や先やと書集」める行為の中でも、その極みに位置する。同行二人、乾坤無住の志で始まったこの巡礼行が、蛸壷の蛸の、仮り初めの夢、それを驚づかみにされた時の驚愕のかたちでつぶさに表象される。

ここは、自己の存在が価値や意味を持たず、己の言葉自体が不審や懐疑を喚起する古代の流刑地である。それは人間における荒野、落命と背中合せの辺境地である。旅人は命を風に晒して生きる他はない。丁度、今見る明石の蛸のように、未開地でのたうつことが「旅」であるか。

その場所で書きさしにされた一編の記録は、河合乙州の手でしずしずと開示され、門人の閲覧を願って丁重に開版される。いわば「秀句の聖」の遺品としての「海辺からの便り」となる。届けられた文言は謎に満ちているが、これは単なる想像の産物ではない。乙州本『笈の小文』の序文は厳かな調子で、風羅坊を「此道の達人」と見なし、門人こぞって「翁」と呼ぶ。この作品が「翁」の絶筆となった遺文であるゆえに、自分はこれが手許に埋もれることを畏れ、廣く門人らの前に開示することにしたと書いている。

第八章　冬の病魔

元禄六年の寒気の到来と共に、尾張のご家中にも大きな転機が訪れていた。柳生新陰流の六世を継承し、とかく五代将軍のご意向を軽く見る偉丈夫の徳川光友殿がいよいよご隠居を届け出たという。城外に出て別邸を建立する隠居の方式は、水戸光圀殿の先例を踏襲している。隠居の届け出は見せかけのことで、実際は五代様による隠居の強要にあたる。光友隠居、この噂の出所は察しが付く。光友殿による武器収集の噂、また奥御殿の色事の噂まで出た。今では後日の備えにその噂を収集し、その出所を炙り出すことが肝要だと説く家臣さえ現れている。藩庫が枯渇し、勘定方の遣り繰りが窮屈になると、藩内にさえ不平不満の声が湧く。藩庫に蓄蔵された金貨が赤字によって取り崩される。それを言い立てる邪臣・奸物が動いて、静かなるべき藩政でさえさざ波が立つ。

尾張藩主徳川光友殿は、寛永二年（1625）七月生まれ、幼名は五郎八。元服時に光義《みつよし》と名乗り、慶安三年（1650）、父義直の死去により家督を継承して、名を光友と改めた。翌年に父の菩提寺、建中寺を建立し、承応三年（1654）、宮宿《みやじゅく》に西浜御殿を建造した。また寛文元年（1661年）には母の菩提寺大森寺を建立し、最後に熱田神宮の修復と自己のための隠居所を造営した。建中寺、西浜御殿、大森寺、熱田神宮、大曽根別邸(隠居所)と打ち続く壮大な普請、建造事業を続けるのは、藩内の林業・運搬業・建築業の需要の喚起を思い計ってのことである。いかんせん尾張名古屋における木材消費は、限られたものだった。競合する江戸に比べれば木材市場も回漕業者も建築業者も貧弱なものだった。

宮宿にある西浜御殿は、木曽三川を渡って桑名・伊勢に通じる東海道の要衝にあたる。若狭湾の小浜・敦賀に陸揚げされた日本海岸の物産は、琵琶湖を経由し、朝妻・関ヶ原を陸送で越えて揖斐川を下ってきた。美濃の物産は長良川を下り、飛騨・木曽の物産は木曽川を下って伊勢湾に届けられた。本来・国境であるはずの木曽川は、尾張藩の領地に含まれていた。その物流の大動脈に屋敷を構えることで、米穀・材木・海産物・織物・煎茶その他の流通拠点を監視、掌握することができた。周辺諸都市にそれらを配送することで、名古屋は、水運上の中核都市になることができた。事実、物流の大動脈を拠点とする名古屋は、まずは物流の大集散地に変貌しようとしていた。もちろんこれは市場活動を支援し、尾張藩の各種の資源価格を適正化し、適切な利益を維持するための施策である。

寛文十二（1672）には、光友殿は名を光義から光友と改め、寺社奉行所と評定所とを設置した。行政実務の末端である寺社・寺領を適切に掌握する寺社奉行所、その奉行所を管轄する評定所設置は、寺社・村落の紛争処理を任務とする。武力による防備の充実や防火制度の改善を讃える声もあるが、光友殿にはそれ以上の業績がある。

中でも重要な業績は、林業の育成・流通組織の合理化に相違ない。ただしこれには先例がある。寛文六年（1666）二月、森林の管理と保全を命じた幕府の掟「諸国山川掟」に従って諸藩一斉に始まる林業改革である。具体的な発令者は、徳川家綱の幕僚、久世広之、稲葉正則、阿部忠秋、酒井忠清の四名である。掟の最後には、林業改革の進展状態を検証するため巡遣使を派遣するので、その旨、周知徹底せよ、と布告されていた。このとき尾張藩は、藩に代わって木曽用材の切り出しを支配していた山村家から材木支配権を分離し、上松材木役所に公設市場を開設した。もちろん幕府の了解を得て、木曽山全体を一括して尾張藩の支配下に置く措置である。元来、在地の豪族であり、幕府の代官を兼務していた山村家を木曽の用材支配から外すことで、幕府の御用材を名目にした江戸資本の乱伐を防ぐことができる。材木役所を設置することで用材の独占、価格の釣り上げ、乱高下を防ぐことができる。直轄管理することで植林・伐採・価格の適正化をスムースに循環させることができる。またその方策の一環として、留山《とめやま》、巣山《すやま》による材木伐採の禁止区域と明山《あけやま》における自由伐採区域とを区分し、交替させることができる。

これは一見、飛騨高山における伐採の独占管理に似ていなくもないが、そうではない。飛騨高山領のそれが領主の独占販売を通じて利益の丸取りを狙うのに対して、尾張藩が設定した留山・巣山は合計しても木曽山全体の七％以下に抑制されていた。圧倒的な広さの明山が用意されていたのである。この明山《あけやま》では尾張藩のご用材の切り出しの他に杣稼ぎの農民による伐採も許可されていた。ただし、ヒノキ・サワラ・ネズコ・アスヒ・コウヤマキ・ケヤキは伐採禁止の「停止木」とされていた。逆に「家作木」と呼ばれるその他の樹木は農民による自由伐採が許可されていた。尾張大納言光友の大規模な造営工事は、この明山に働く地主・山林差配、杣頭・林業従事者約一万五千人の懐を潤す改革解放政策でもあった。

しかし、徳川光友殿の大規模な社屋修築事業は、確かに水戸光圀殿の所行と重なり、質素倹約を推奨する五代将軍を不快にさせた。それならば隠居願いを差し出して貰うか。

飛騨川・馬瀬川・木曽川を辿って飛騨木材を大量に送出するつもりの五代将軍は、材木を伊勢湾に搬入する円満な手順を考える必要があった。山林地主と山地問屋、河川回漕問屋と回漕手配師、千人を越える筏師を束ねて掌握することができるか。その上で江戸迄の回船問屋と江戸深川の材木仲買とを束ねた流通ルートが作れるか。飛騨高山領のように江戸商人向けの材木払い下げを実行すれば、そのルート作りは江戸の材木商が開拓する手はずになるが、それでは利益が江戸に流れる。尾張の山林の課税は物納であり、当然尾張藩主が最大の材木問屋でもあった。その最大の材木問屋が材木の搬出量を調整し、江戸が火事だと聞けばただちに搬出量を増やしていた。尾張藩主は、堀川沿いに常設された十六万坪の巨大貯木場（口絵7）をたちまち満杯にする事が出来たのである。

これに呼応する河口の材木問屋らは直ちに支流・本流の貯木場の材木を買い集め、回船問屋と折衝して江戸回漕の準備に取りかかる。これを江戸材木河岸の奈良屋・白子屋らに仲介させると、急場を凌ぐ原木価格はすぐに二倍に跳ね上がる。課税だけを見れば大差なしだとしても、誰が利益を得るか、どこに資本が蓄積されるかを見ると大差ができる。

江戸深川の材木仲買は、日頃から御用材の名目を使って天領の山林地主に前金で伐採料を支払い、その材木を担保にして河口の材木問屋と材木の送付契約を結んでいる。材木仲買は江戸深川の材木河岸に回漕された材木を材木市場で競売し、換金して決済を終えた。この換金を待って初めて資金の回収が済み、商いが完了する。この完了に至るまで、江戸商人の商いが表立つことは控えられている（口絵10）。これが「商人請負木」制度の骨格である。深川材木河岸の商店主達は常時諸国の山林を巡り歩く生活を続けているが、その彼らにしても木曽川上流から下流迄、尾張藩の支配地を通過する流通販売ルートを作ることは出来ない相談になる。

だが、飛騨材を木曽川流域に流すとは、つまりこういう「商人請負木」制度による流通経路作り以外にはない。木曽谷を流れ下って伊勢湾に至る川は木曽川一本だからである。しかも書斎派の綱吉将軍は、徳川光友の隠居が木曽山系、木曽川、美濃の山林に依存する尾張藩の材木支配に割り込んでゆく好機になると簡単に考える。そのために実直な伊奈忠篤を遣わしたのだと言えば、忠篤殿のお立場がよく分かるというものである。

そしてとうとうこの元禄六年（1693）四月二十五日、徳川光友様が城外の大曽根に大曽根別邸を建造して隠居する。この年十月三日、将軍家よりお輿入れの千代姫さま付き家老、中山茂兵衛が同姫付き御年寄り「関野」を刺殺して自ら井戸に飛び込み、自殺した。熱田神宮の御修復に当たって、江戸から二度まで検分使を派遣した幕府の意図を「前代未聞」と記録した朝日重章＊は、この刺殺事件も抜からず日付と共に記録している。千代姫付き老女の口封じのための刺殺ながら、その動機や顛末は記されていない。

小康

軒並み不如意が舞い込んでくるような物騒な世情ながら、芭蕉の容態が小康に向かうと、自然、『笈の小文』の主題や結構について、思案する時間が増える。この、物語熟成の時間こそ芭蕉庵の本願の時である。すでに定稿ができた『奥の細道』は、河合曾良の手から越後屋の手代「利牛」の手に渡って清書されている。乾坤無住・同行二人、青空の下にある友愛や自由、海原に向かうときの爽快と信頼。風流人の別天地における苦楽の物語を書き終えた芭蕉は、すでに世界はまだ捨てたものではないと感じるほど単純ではなかった。

＊朝日重章＝尾張藩士。日記『鸚鵡籠中記（1691-1718）』の著者。

風雅もよしや是までにして
口をとぢむとすれば
風情胸中をさそひて
物のちらめくや
風雅の魔神なるべし。
なを放下して栖をさり
腰にただ百銭をたくはへて
柱杖《しゅじょう》＊一鉢＊に命を結ぶ。
なし得たり風情
終《つい》に菰をかぶらんとは。（栖去之弁　元禄五・六年作）

誰もが薦被り（乞食）になるために句作する訳ではない。「腰にただ百銭をたくはへて柱杖一鉢に命を結ぶ」乞食は、句作りの精進の果てに現れてくる。「句狂・俳狂」とでも呼ぶべき精進は、「風情胸中をさそひて物のちらめく」危うい風狂の人に「物」の「ちらめき」をもって呼びかける。

この物の「ちらめき」は「物の見えたる光」（服部土芳著、三冊子）と言い換

＊柱杖＝誤字。手偏に主。しゅ。
＊一鉢＝乞食僧がもつ小振りの鉢。

えられることもある。文をもって表現するに値する出来事は、ちらめきを纏って出現する。尾てい骨から冷たい衝撃がズズと背骨を駆け抜ける衝撃の時、意識の海が弦楽と共に振動して、その衝撃が肉体を満たすとき、そのちらめきは「風雅の魔神」と呼ぶにふさわしい。

そのちらめきを唱道・実践する文筆は、ちらめきという衝撃をまとって、自分に知らぬ間に割り当てられた身分を、身分以外の何ものかに変える。商人として精進することは自分に商人らしい心構えを蒸着することだが、その蒸着は結果的に商人の中の商人を作り出すところで終わる。だが、人の心構えに価値ある風情を蒸着する句作は、自分を商人以上の何か、武士以上の何かに押し上げてゆく。これは人間を磨く修行とも言える。

一方「自己虫」は「風雅人」の対極にある。「自己虫」は利害に縛られ、自他の間に利害の垣根を作る。無害な者を取り込み、有害な者を排除する。犬そのものは元より、俗に「犬」と呼ばれる「密偵・使い番・目付」も「自己虫」の好きなものに含まれる。「自己虫」における悪しき者は、予め垣根の外に排除されているので、善悪の悪はおおむね部外者・制外者の身の上に起こる。それゆえ大方の善悪は予め定まっており、それを判定する言葉は、分析や思索の結果ではない。判定の言葉は取って付けたように羅列され、本心である好悪を隠蔽するための衣装になる。

これでどうして、「風情胸中をさそひて」「物のちらめく」一瞬を掬い取る人間になれるだろうか。文も文事も学識も、ますます風雅から遠ざかるではないか。それにしても、当面するこの江戸の庶民の「自己虫化」を抑止する方法はあるまいか。

江戸暮らしが続く今では、世間は確実に渡りにくくなっている。もともと自分は世捨て人の身の上である。俳諧の一座に集う人々を、風流佳人のままでこの世に送り出すことを望むだけである。だが果たして本当にこの世界はまだ捨てたものではないのか。俳諧、そば切り、奈良茶漬けは、都会の土地には根付かない、こう言いきることはたやすいが、この江戸でその現場を見ると、俳諧の一座がすでに虫食まれてはいないかと心配になる。大切な風雅がただ飲食のための手段となり、卑俗にすり寄る句作りが横行していないか。これを考えれば病床にいてさえ腹立ちが納まらない。

自分が勘違いしやすいことは、江戸に帰還した元禄四年十月末から漠とした逼塞感が確実に募り始めていることだ。人目を気にする横目使いや見栄で始めた似非学問はまだましだ。それよりは日頃の接待、手抜かりなしの付け届けが有効だと聞くと心が騒ぐ。手許不如意の庶民には、しわい努力しか打つ手がない。やがては小賢い努力が無駄に終わって、投げやりや無関心がのしかかってくる。皆が内向きになり、目先の小利に汲々とする。

そうなる前に朗らかさを取り戻す努力を「行楽」と言うではないか。その「行楽の旅」を望む人々が急速に増えているが、天敵を恐れる庶民は玉虫色に変色して、商用か行楽か、すぐには識別できない。旅の空、宿場、湯屋、総菜屋、気の置けない冗談、気の合う馬丁や駕籠かき、みな朗らかに暮らしている。巡礼の途中で、詩情を愛する風流佳人らに出会い、その温情に触れ、詩嚢にわずかでもそれを記し置く楽しみは、何事にも代え難い。この楽しみがある限り、自分の旅は明日も続くと、足を弾ませることができる。山川草木にひたと差し向かい、心を開け放つ楽しみがこの町では見失われ始めている。

ここ江戸の町では旗本・御家人・大名の改易、取り潰し、お役御免が恐ろしいほど頻発する。かつて自由移民を呼び込んで簡便に仕事をくれた市場取引が縮小して、今ではごく一部の庶民の仕事に変わっている。他人には目立って酷薄な新将軍は流浪人、出稼ぎ、浮浪者が裏長屋に住み着くことさえ嫌悪する。追い立てられる無住者の嘆きは、新将軍の痛痒ではないらしい。

元禄五年十二月作「小傾城」歌仙、元禄六年七月作「初茸や」歌仙は芭蕉と中村史邦との、殊に深切なちなみを記念して切り取られた歌仙断片だったが、その史邦もまた江戸には新参の浪人だった。医師としてまた俳諧師として江戸での定住を急ぎ、保証人を捜す必要があった。延宝四年(1675)、江戸本船町の町名主、小沢太郎兵衛の書き役だった機縁を頼って、太郎兵衛に会ってみる必要が有ろうか。

元禄七年の正月が近付いた。

元禄六年の冬は素早くやってきて、隅田川の川面が色を変えた。河原一面、見渡す限りの葭原を枯れ草が覆っている。枯れ草は意外な迫力で厳冬の気配を発散する。静かな緊張の気配が近隣の屋敷地には漂っている。最初は静かすぎる静寂に見えた物音が葭原の枯れ草に覆われることでただならぬ気配を視覚化したように見える。

つい数日前から、向かいの大工工房の岸壁に一艘の活け船が係留して静かに動かない。時に、船主が岸壁の工房に向かって「あゆみ*」を渡る。浅黒

*あゆみ＝あゆみ板とも。漁船から岸壁にかける「渡り」の板。

く顴骨が突き出ている。日が差す昼間は、凶暴な風雨にさらされた顔色を頬被りで隠し、船端に寝そべっている。夜になると帆柱を前に倒し、帆布で小屋掛けして暖を取る。同乗する若者は先に僚船で在所に返し、自分はここで越年するつもりか。

その昼下がり、突如、河口から冬支度をした漁師の船隊が現れ、極めて緩慢にこちらに向かって上ってくる。犬が吠えている。女子が親方に手を振っている。早めに正月を済ませて親方の元に帰参したものと見える。ほぼ十艘の船に、三十人ほどの男達が乗り組んでいる。この親方と組めば収穫間違いなしと算段しての船団である。帆布の付け根に「八咫烏《やたがらす》」*の旗印が見える。熊野那智大社の神人が混じるのは、船番所に関手形を持参するためだろう。熊野から数百里、小田原辺りが今年の彼らの越冬漁港か。小うるさい江戸の漁港での越冬は回避するものと見える。

彼らの先頭に立つ親方は、ここに漁場を開いた紀州者の熊井理左衛門の長男である。隣家の半十郎家とは随分懇意にしている。半十郎様の縁故を頼って深川に転居した自分にも懇意にしてくれる。伊奈忠克様は、当時、江戸の町外であり、道中奉行の管轄下にあった深川の浚渫を怠らず、日雇い仕事に

＊八咫烏＝高皇産霊尊（タカミムスビ）によって神武天皇のもとに遣わされ、熊野国から大和国への道案内をしたとされる烏。一般的に三本足のカラスとして知られる。熊野神人・熊野水軍の旗印として用いられた。

当たる深川の住民をことの外、重用してくれた。熊井の漁師一頭は、今でもそれを忘れないで魚介を届ける。

熊井一党が熊野からやってきて、深川にある酒井忠清の濱屋敷に住居を定めたのは、同じく深川にある将軍家の御座船のお先手を勤めるためである。彼らの船は「おしょりぶね《押し折り船》」と呼ばれる（口絵11）。やや重装備ながら漁船を兼ねている。普段は漁師として近海に出漁するが、熊野水軍の旗印のせいで専業漁師との係争は起こらない。この熊井一党八人が深川潮除け堤防外の干潟に土を入れて町屋にしたいと申し出たとき、それを伊奈忠克に取り次いだのは大老の酒井忠清*であった。寛永七年（1630）に酒井邸から町屋に移転し、猟師町の町名主となった彼ら八名は、毎月三回、江戸城本丸の御膳所に御菜として大蛤・大浅蜊・大蜆を献上した。深川河口は貝採取の最適地でもあった。

ボテ振り（振り売り）の許認可を司る道奉行を後援者とするこの一党は、自前の市場を必要とせず、自前の仲買・中売り・販売ルートも必要としなかった。仲買・中売りから支度金を受け取って、その借金に縛られ、仲買の専属漁師に成り下がることも無かった。熊野の「旅人漁師」が江戸湾に来るとき

＊取り次いだのは酒井忠清＝『日本橋魚市場の歴史』岡本信男他、水産社。131頁〜132頁。

も、必ずこの深川「猟師町」に寄港するのは、市場取引を中抜けして直に魚介を売り出すためである。今でも彼らはどの市場にも従属しない「旅人漁師」として熊野・江戸を往復する漁労生活を続けている。酒井忠清・伊奈忠克の縁故に繋がる彼らにも、最近の御政道の風当たりが強まり、釣り船禁止のお触れさえ出るが、彼らが何より嫌うのは「権威主義の自己虫」と「服従」である。

この船団の統領、年の頃は五十半ばか。名前は二代目理左衛門という。小刻みに揺れる船に身を任せて背骨を少し前屈みにしたまま渺々と続く空と海との堺を見ている。その親方の所作を眺めて暮らす自分にも、船からの土産物が届く。熊胆*だった。熊胆は、クマ由来の生薬のこと。熊の胆（くまのい）を乾燥させて作る。正式の材料は、クマの胆嚢であり、当然、極めて苦い。だが健胃効果や利胆作用など消化器系全般の薬として、国内でも猟師等の手で生産され、山伏の手で普及している。そのせいで奇応丸、反魂丹、救命丸、六神丸の名で市販されてもいる。私を病人と見立てての配慮だろう。

山国の伊賀では、母がこれを山伏から安く調達して飲ませてくれた。この度の熊胆は親方からのお裾分けであるらしい。多分これから厳しい冬の漁猟

＊熊胆＝高野山の高野聖を中心に、山伏の配札みやげとして「よもぎひねり」「三効草」「熊胆」が使われることで普及していた。

が続くのだろう。元禄二年（1689）一月の「生類憐みの令」、同二月の「食膳用魚類販売の禁令」にも関わらず、江戸湾の漁猟はいっそう実入りの多い生業に変わっている。

中村史邦は元禄七年正月になっても、相変わらず草庵に通ってくる。自分の脈を取るついでに、猪兵衛、次郎兵衛、寿貞、まさ、おふうの診察も欠かさない。診察日は不定期だが、寿貞はまさ、おふうを連れて診察を受ける。正月最初の史邦の挨拶は型どおり「お加減はいかがですか」である。寿貞の気遣いで、雑煮が用意されている。

「だるさ、発熱、腸の痛みは?」と畳みかけるように訊く。

史邦の本名は武右衛門という。腕は確かな医者ながら、武右衛門の名のとおり、お愛想や世間話の才はない。

「だるさ、発熱、食欲減退、頭痛その他の痛みは必ず教えて下さい。」と、命令口調で労咳の発症を探る質問が続く。

史邦が同座する歌仙断片が元禄六年七月以降に「連句教則」に挿入されたものであることが判明すると、この教則文の授与と連動して『笈の小文』「須磨明石紀行」の改作、追加が計られたことも見えてくる。この紀行の第四章の追加によって、『笈の小文』の構成や主題が大きく変化する。

この変化が現れる元禄六年冬以降、『笈の小文』には、平敦盛ゆかりの「青葉の笛」の幻聴を機縁に、謡曲『敦盛』の現場に直に参入する風羅坊が描かれる。風羅坊が見た幻覚である。有り触れた夏の月が照らし出す夜明けの海辺には、漁師らの普段の暮らしがあるが、それらはやがて古戦場の争乱の中に飲込まれていく。鉄拐山《てつかいさん》山頂から見た古戦場幻覚は悲惨極まりない「明石夜泊」の残夢として風羅坊らの脳漿を占領する。風羅坊は、夏の月に照らされた蛸壷の傍らに取り残され、胸の動悸を押さえる。そのとき今、現在の時相は確実に溶解し、奔流する想念の洪水に変わる。

その洪水に飲み込まれる直前に目覚めて、安堵の胸をなで下ろす風羅坊は、古戦場に被覆する悪霊が甦るときを知る。一夜の闇が見えない物を現前し、視界がどう猛に占拠されることを知る。三千世界の言葉通り、世界は、人知の名状を越える怒濤のようにその脳漿を開示して通過するではないか。

それにしても、この夢幻の中でさえ、女人の悲惨は極まりなく深く見える。もとより女人の悲惨は、彼女一人の悲惨には止まらない。女人を頼る父母、姉妹、その子女まで、巻き込んで不幸にする。その女人の一人として、己の母者、姉者が故郷で病臥する自分にしてくれた看護の数々を思えば、これほど悲惨な理不尽はない。母の臍の緒、枯れ果てた白髪、遺愛の鏡、病床の熊胆。この熊胆は山伏薬とて行商されるが、行者から直に買えば値段はずっと安くなる。病床の母が自分を偲んで離れの庭に植えたという漢薬の萱草は、今年も霜枯れているだろう。しかしその悲嘆にも関わらず確かなことは、その幻想を「見える化」する作業の際に、芭蕉庵主に備わる独自のセンスが自己の全詞藻に号令して、迫真の幻覚を作り出すことである。

こうして風羅・万菊が繰広げる健やかな吉野巡礼は、正真の騒人修行者を造形し、「自己虫」の皮を着て生きる者の生存の実相を掘り下げる叙述として再生産される。ここには妄想がある。極論がある。綺語がある。幻覚がある。その再生産物の全てが中村史邦への『笈の小文』の授贈に起因すると言うのでは誇張が生まれる。史邦への授贈はあたかも玉突きのキューのように最初の一突きで、「須磨明石紀行」追加の局面を開いたものだろう。

寿貞の病臥

元禄五年七月、飛騨代官を拝命して飛騨高山に赴いた隣家の主人伊奈忠篤殿は、高山城を受領すると同時に廃城にするよう指示されていた。指示に従って同地の下屋敷を陣営とし、その陣屋でお使い番らの指示を仰ぎつつ、改易後の領政復旧に力を注いだ。前藩主金森頼時の上申通り、飛騨山中の鉱山はすでに掘り尽くされていた。この鉱山を使って幕府の財政を一挙に好転させようとする綱吉将軍らの浅はかな目論見は、海の藻屑に成り終わったが、浅知恵の側近衆は非難をよそに、まだ山林資源があると言い張っている。誰がこの将軍に黄金の夢を吹き込んだかは知りようがない。が、疑り深い側近一同が飛騨藩主頼時の上申を一斉に猜疑していたことは確かである。その猜疑のせいで隅々までの探索を余儀なくされた伊奈忠篤殿は、ご自身が現地に出張して精細な上申書を書くはめになった。伊奈忠篤殿のその精細な探索の御陰で、細部にこだわる綱吉将軍からはさしたる横車もなく、幸い領政は軌道に乗って動き始めた。しかし、忠篤殿ご自身は任の途中に力尽きて二十九歳（元禄十年（1697）十月）で病没する。この年、跡継ぎを持たぬ伊奈忠篤殿の跡式を継いだご舎弟伊奈忠順《ただのぶ》殿にも大きな困難が待ち受けているが、それは後日のことゆえ、省筆に従う。

ちょうどこの頃、綱吉から放置された老中達はまだ挫けたままではなかった。元禄六・七年には『御蔵入高《おくらいりだか》並《ならびに》御物成《おものなり》元払《もとばらい》積書《つもりがき》』*を作成して、十年前の歳出額と今年の歳出額とを比較している。それによると、今年は十万四千五百両の赤字、十年前には二十八万六千三百両の黒字とある。十年前は、天和三年（1683）、初期徳川綱吉がまだ先代家綱将軍の財政運営を引き継いで統治していた時期に当たる。ちなみに今年十万両の赤字の主因は「作事（造営費）」四万三九〇〇両から二二万五〇〇〇両の増加、「納戸入用（将軍家の衣料・調度・下賜品の費用）」四万三九〇〇両から一五万五六〇〇両の増加で、この二品目の増加だけで二八万両を越している。「作事」項目の主な出所は、将軍家菩提寺の寛永寺・増上寺の普請・修繕費、母親（桂昌院）の祈願寺（護国寺）の造営費、儒学振興のための湯島聖堂の造営費などが上げられる。綱吉将軍の政治生活にとって不可欠のこの二品目が、老中達からは節約可能な品目に見えているのである。

母者を思う気持ちでは、芭蕉庵桃青も決して将軍綱吉に劣るものではなかっ

＊『御蔵入高《おくらいりだか》並御物《おもの》成《なり》元払積書』＝『勘定奉行の江戸時代』（藤田覚著、筑摩書房、54～55頁）。

た。元禄六年十二月末、時雨降る日、昨夜は、『笈の小文』を書きかけて寝たせいか、今朝方、母者が夢に現れて何か言った。

父母のいまそかりせばと、
慈愛のむかしも悲しく
おもふ事のみあまたありて
ふるさとや臍の緒に泣としのくれ（笈之小文）

床の間には天神の掛け軸がある。その前には文台が片寄せてある。文台の脇には「笠の記」が積み重ねてある。壁には出来上がったばかりの笠が掛けてある。これらは、自分が立命の昔に帰るとき、弟子衆への謝意、離別のしるしとして分与される。「世にふるもさらに宗祇のやどり哉」。弟子衆はまだ知らないようだが、野末に力尽きて昏倒するときの気分は、実はさほど苦しくはない。心の底から沸き上がるのは、馥郁とした安堵感なのだ。

この頃、または翌年の年末だったたか、姉の婚家から年末支払いのための借金の申し込みがあったので、兄者に宛てて以下のような腹立ち紛れの返事を書いたことがあった。

一は、あねの御恩難レ有、
二、大慈大悲の（母者の）御心わすれがたく、
色〱心を砕候へ共、身不相応之事、難《がたく》レ調《ととのへ》候。
其身四十年余、寝てくらしたる段、
各々様能《おのおのさまよく》御存知に而御坐候へば、
兎も角も片付様《かたづくよう》之相談ならでは調《ととのひ》不レ申。
さて〱慮外計《ばかり》申上、御免可レ忝《かたじけなかる》候。

八日　　　　　　　　　　　　　　　　桃青

半左衛門様

数えてみれば「其身四十年余」の生涯、病床には馴染み深い身の上である。病臥する運命を受け入れがたく、カタツムリのように故郷を這い出してから二十年。故郷で失職して六年、二十九歳で江戸に出て俳諧修行して六年。三十四歳で神田上水の差配として身を立てんとして四年。ふたたび失職して「隠士」となり、四十一歳の貞享元年（1684）、堀田正俊殿が江戸城中で刺殺された年に江戸に見切りを付けた。以来「旅士」として余念無く街道を歩き始め

て十年である。今年は五十歳を迎えた。
歩き続けたせいで人並みの体力は身に付いたが、「病魔」もまた同居した。その間、薬理の知恵はあまた授かった。おかげで予防や予後の要領も身に付いた。病弱者の知恵は歩くことだと立命してから十年、疲労困憊しても、粉骨砕身、歩いてきた。これが「其身四十年余、寝てくらしたる段」の実態である。中でも故郷で暮らした二十九年、これは父もなく、地位もなく、後ろ盾も無く、ひ弱で、切ない日々だった。発熱・けが・風邪引きに加えて、自分は難病に生まれついた。母者・姉者には筆舌を越えた看護の手間を掛けた。日夜を問わぬ腹痛の日々があった。私の「疝魔」は、正体不明ながら幼少から腹痛・発熱の形で繰り返される病魔だった。だから私は「一、あねの御恩難レ有、二、大慈大悲の（*母者の）御心わすれがたく」と書く必要があった。それほど母者・姉者は有り難かった。

今朝は船大工たちの仕事場を囲う筵囲《むしろかこい》から煙が漏れ出ている。火の気を嫌う大工たちの工房からも金鎚や鋸の音は聞こえてこない。仕事仕舞いでかき集めていた大鋸屑《おがくず》を燃やし始めたものと見える。

寿貞尼は桃印の死後も自分の容態を見舞いがてらに看病にくる。この寿貞尼、年の頃は四十余りか。世話好きな性分であるらしい。次々に仕事を見つけて動いている。無駄話はしない。桃印の子、まさ、おふうを連れてくることもある。庵室は急に活気づく。どこか慎ましい雰囲気もある。その寿貞尼の立居振る舞いが目立って辛そうになったのは、元禄六年十月も末のことである。手透きの時ができると、もとの桃印の病室でそっと横になるようになった。桃印の結核が感染したか。それなら最悪の事態がやってくる事になる。この間、弟子衆を遠ざけていたのは無駄ではなかった。自分の母者、姉者と同じ病態にも見える。病態が進むまえに、史邦に頼んで熊野土産の熊胆を処方するか。

父親理兵衛の家に同居している寿貞尼には、気を付ける必要がある。来客に茶を運ぶのさえ不自由している。感染しやすい幼児のまさ、おふうと寿貞とが理兵衛のところに同居する事態は避けたい。もともと芭蕉庵には桃印の看病用に病間が設計されている。寿貞はできれば早くにこの芭蕉庵に引き取る必要がある。そのためには、自分の床払いを急がなければならない。

おそらく今の自分に本復はあるまい。寿貞の従兄弟の猪兵衛は寿貞の看病に廻って貰い、代わりに次郎兵衛がまかないに廻ってくれる。猪兵衛の指示を受けて馴れぬ手つきで掃除・洗濯・炊事を捌いている。その猪兵衛にも病態に見える日々がちらほら見える。まさ・おふうは、今後も寿貞の父の理兵衛に頼まなくてはなるまい。年かさの猪兵衛は生き残るだろう。自分は自分の病魔にはなるべく触れないように暮らしている。

門人達との情宜を維持するためにやむを得ず触れるときの文言は次のように注意している。「当年めきと草臥《くたびれ》増り候」（元禄六年十月九日、森川許六宛）「昼も打捨、寝くらしたる計に御座候」（元禄六年十一月八日、曲水宛）「拙者力落《ちからおとし》、御推量可被成《なさるべく》候」（元禄六年十一月八日、荊口宛）「長文草臥候間、重而可申進《しんじもうすべく》候」（元禄七年正月二十九日、去来宛）「何とぞ年内到着、貴亭に開一晴眼二、顎をほどき申度奉存《もうしたくぞんじたてまつり》候」（元禄七年二月二十三日、曲水宛）。

菅沼曲水には本音を伝えておかなければならない。折り良しと見た病魔が静かに触手を伸ばして自分の臓腑を絡め取ろうとしている。イソギンチャクに絡め取られて皮膚が擦り剥けた小魚のようなものだ。病み衰える前に歩き出す必要がある。「何とぞ年内到着」と書く通り、元禄七年中の曲水宅訪問さへ危うい気がする。

第九章　鳥は雲に帰る

幕府代官、伊奈半十郎殿の屋敷林にはチーチーと目白が鳴く。チューリン、チヨ、チヨチョンと鳴く目白もいる。北隣に注意が向いてしまうのは、伊奈殿のお屋敷がひっそりしているせいである。近々屋敷替えがあり、五代様の側近衆が屋敷を賜るという噂もある。ひところ懇ろにしてくれた町名主の小沢太郎兵衛殿が水道工事の請負を外れたのも五代様の施政が始まってすぐのことであった。それから十三年、今年の冬は、水戸様も尾張様も伊奈様も無念のほぞを噛みしめる年末となった。江戸城詰めの大番衆の呟きのように「昔はむかし、今はいま、危うき事」と黙認する他はない。これに耐えなければ、鳥となって雲を目指す他はないことになる。

その中にあって、江戸の裏長屋まで欣快を叫ばせる大事件を起こしたのは、またもや水戸の光圀殿であった。元禄六年（1693）に光圀公が着手した水戸藩領内での「八幡改め」*が幕府の注視するところとなり、元禄七年（1694）三月、五代将軍の指示により、光圀殿の江戸出府が計られた。慎重な召還、評定を経て、同年十一月、小石川の水戸屋敷で老中、諸大名、旗本を招いた演能中に、光圀殿は江戸詰の水戸家重臣藤井紋太夫をいきなり刺殺した。

＊八幡改め＝八幡社の台帳を作り、不用の八幡社を廃止する施策。

水戸光圀

目撃者の『玄桐筆記』（井上玄桐）によると、楽屋に紋太夫を呼び寄せた光圀公は、少時応答の後、確かにいきなり刺殺したという。当然幕府は審問を始めたが、紋太夫の独断、高慢がその刺殺の原因と知らされた。その後、八幡改めの目的は何か、社領を取り上げると聞くが何事か、八幡社の寺領がこれまで表立たなかった理由は何か、などさまざの審問があったと聞く。が、これは後日のことに属する。さすがに反逆する家臣刺殺の一件だけでは光圀殿を咎めかねたと見えて、光圀殿は元禄八年（1695）一月、無事に水戸の西山山荘に帰還した。それにしても当時光圀殿は六十八歳、大した胆力じゃと、呆れかえる顚末で、刺殺の原因は紋太夫が柳沢吉保と組んで光圀の失脚を謀ったせいだという。

ところで、そろそろ自分にもお目付の探索が始まるらしい（俳文「亀子が良才」＊）。その噂が其角の弟子岩翁の子息（亀翁）から伝わってきた。佞臣得意の、お為ごかしの注意喚起だろう。「岩翁」は幕府御用の桶商人、その子「亀翁」は、まだ青年だった（伝未詳）。亀翁はなるほど才子に相違ないが、自分の口が威嚇の道具に使われることを承知してはいない。それに私が死ぬまで連句を休む気がないことはきっちり伝えておく必要がある。

亀子が良才、是、葦原神童子か。
且、予が付句禁止之事、中分、尤あさ《浅》きにあらず。
されども生涯五十＊にちかく、天命、私にはかり《計》て、
いまより十年（中略）六塵をのづ《自》からちか《近》く付ざれば、
をのづからけが《汚》れすくなし。
無常迅速の観中にゐて、何をかさた《沙汰》せむ。
しらず。
只、一念、動ずる風雅の情のみをし《知》れ共
いまだ宗因ごときの興作なし。（中略）
只、善悪両意をわすれて、病魔仙狐＊の隙をうかご《窺》ふのみ。

＊俳文「亀子が良才」＝岡田利兵衛著『芭蕉の筆跡』に写真版が掲載されている。下書きで、誤写も多い。誤写が疑われる箇所については、田中善信著『芭蕉新論』（新典社刊）の翻字の読み方に従った。

＊生涯五十にちかく、天命、私にはか《計》りて、いまより十年＝元禄六年。

＊病魔仙狐＝病魔の疝気。捉えがたい症状を狐に喩えたか。

かくて死するまで止事あらじ。（俳文「亀子が良才」）

ここで語られていることは、亀子*の良才についてではない。芭蕉の「付け句禁止」の風聞でもない。それがさる貴顕から流れ出た情報であるから、真剣な討議が始まるのである。芭蕉の身の危険を察知した若輩の「亀子」が子細を語って芭蕉の進退に言及したものと見える。若者の直言がそのまま佞言に変わるやっかいなご時勢である。

しかしこの文章は、亀子の諫めに対する直言の返答ではない。亀子によって伝えられた「予が付句禁止之事」を焦点とし、それを一蹴してみせるわけでも無い。亀子の直言を受けて、一度それを「申分、尤あさきにあらず。」と半ば賞翫するところから書き始めるのは、作文上の儀礼に当たる。つまりこれは儀礼を欠かせない文章なのである。

「なるほど、小生の「付け句禁止」のご内意に対する貴殿のご懸念も、貴殿のご配慮も尤もなことと承り申す。」と肯首して、この話題を切り上げたくもある。それほど彼の懸念は当たっている。しかしそれで終わりと言うわけにはゆかない。佞者お得意の、お為ごかしによる注意喚起だからである。さる貴人のご内意に向かって、これが私のため？　いいえ、貴方のためでしょう、

*亀子＝其角門の岩翁の子「亀翁」。「亀翁」については、路通編『俳諧勧進帳』（元禄四年刊）に五十一句入集した「亀翁」を比定する見方もある（岡田利兵衛『芭蕉の筆跡』）。ここは田中善信著『芭蕉新論』（新典社刊）の比定に従った。元禄四年の芭蕉は関西におり、「付け句禁止」とは隔たっている。

と言い返すのでは愚の骨頂になる。貴方の口を借りて語られる佞者の本心、それを拡散する忖度の心根、亀子の直言が曲論に変わるこのご時世は、直言では語りがたい。直言で語る亀子との面談では、この真相の探索は脇に置く必要がある。ただし、これが決して私のためにならないこと、自分の俳諧が天命に恥じぬ行いであることは明確に語らなければならない。取りあえず走り書きで纏めると次のようなことになる。

一、句作を続けることは私の天命です。
二、この十年（中略）世俗の六塵を近づけず、悪徳には無縁に暮らしました。
三、無常迅速の観中に生きる小生、人に取り沙汰される心覚えはまったくありません。
四、自分が知ることは風雅の機微だけで、病魔に祟られる身上ながら、小生が俳諧を止める事は死ぬまでありません。

この「付け句の禁止」は、芭蕉庵の俳諧活動の禁止を意味する。その禁止に対する芭蕉の抗弁がどこやら「言上」の口調に聞こえるのは、致し方無しとしても、これが決して我身のためにならぬ以上に、これは決してさる貴人のためにも御貴殿のためにもならぬ。考えても見よ。良才の亀子。

これを亀子に言わせたのは、ひょっとして其角（俳諧の師匠）か岩翁（亀子の父）か。それともその背後にいて民情を細かく監視する町奉行所の何某か。嘆きが深くなると、思案が乱れる。今は意志の強靭さが欠かせないとき、気力の衰えが有らぬ中傷を呼び込むことになる。「付け句」、談笑、酬和、共鳴、旅の空。「生涯五十にちかく、天命、私には《計》かりて、いまより十年」とあるので、元禄六年（1693）の執筆と推定される。

自分の事を言うのは面はゆいが、自分はたとえ病臥する立場にある時も、心は「釣月耕雲」の彼方にあった。自分の創意・工夫で突き止めたところを「風雅」と呼ぶのは、それが沸き立つ祥雲のような自由の衣を着て、自分を魅了したからに相違ない。「風雅」に辿り着くこと、「風雅」を言葉で言い表すことは無上の価値となっていた。途中に紆余曲折はあったにしても、気付いてみれば、自分は去就自由な西行や宗祇のコースを選んでいる。風雅、自由。日本橋筋の魚河岸・米河岸、両国橋詰めの材木河岸、ここに治世の恩沢が溢れるとき、江戸は間違いなく風流才子の別天地に見える。世相を見る目を持つ者なら誰だって江戸に出たいと憧れを持った。これを今時の若者に推奨するのは無理だろうか。甥の桃隣は大物ではないが、情報・金・時間のどこかが欠けるからこそ、やる気が生じて江戸にやって来たのだと言う。そこに挑戦が生じ、困難が始まると承知する覇気はまだ残っている。彼らのためには、旅ならではの見聞をしっかりと言葉で書き残す必要があるだろう。

もしわづかに風雅ある人に出合たる、悦びかぎりなし。日比は古めかしくかたくなゝりと、悪み捨たる程の人も、辺土の道づれにかたりあひ、はにふむぐらのうちにて見出したるなど、瓦石のうちに玉を拾ひ、泥中に金《こかね》を得たる心地して、物にも書付、人にもかたらんとおもふぞ、又是《これ》旅のひとつなりかし。

今夜もまた母者が夢に出た。手には熊胆《ゆうたん》を持っている。これを使えと言いたいらしい。熊野漁師の親方がくれた熊胆である。自分の母者もこの熊胆の世話になっていた。夫と死別し、五人の子供を育て上げ、二人の子連れで自宅療養に帰ってきた姉者は、母の看護で本復した。二人の子供は病死した。父病死、主君病死、自分病床、その自分を病床から救い上げてくれたのも母者の看病である。母者はコツコツと銭を貯め、薬効ある植物を探して近郷に足を運んだ。探し当てたのが熊胆《ゆうたん》だった。熊野の山伏から分けて貰ったという。

母者から預かった桃印を亡くした今、自分は、閉関して病窮し、友なきを友として暮らしている。これ以上に行く先はない。立命の時に帰り、旅行の風に身をさらすことが最善の身の上になった。母者・姉者、寿貞・まさ・おふう……、相済まないことだが、思案はつきない。

「冬の病魔」から小康を許されたとは言え、腹痛・下血・発熱はまだ治まらない。冬の寒気を過ぎ、春暖の春を迎える今も、西国巡行の目算は立たない。だが、病魔が騒ぎだす前を逃せば、箱根峠を越えて三河・尾張に足を踏み入れる可能性は少なくなる。光友公が隠居なさった今、名古屋の荷兮・野水・越人らの気勢は下火になるだろう。人間五十年、知り得ることなどたかが知れているが、岐阜の如行、大垣の荊口、近江の曲水と乙州、京の去来、伊賀の土芳、意専。彼らは「はにふむぐらのうちにて見出したる」風流佳人である。彼らには俳諧の新領域と新手法とを伝える必要がある。

寒夜ノ辞　　　　　　　　　　　　　　芭蕉翁

深川三《みつ》またの辺りに草庵を侘て
遠くは士峯の雪をのぞみ、
ちかくは万里の船をうかぶ。
あさぼらけ漕行（く）船の
あとのしら浪に、
芦の枯葉の夢とふく風も、
やや暮（れ）過るほど、
月に坐しては空き樽をかこち、
枕によりては薄きふすまを憂う。
櫓の声波を打て腸氷る夜や涙
（天和一・二年冬作、夢三年）

この句集の名を「夢三年」というが、まことに江戸の夢は三年しか続かなかった。あのひどい落胆の時の「櫓の声」。瞬きの間に通り過ぎる櫓声の「響き」には、手を切るような感触がある。神経に直に響く「響き」である。昨日まで自分を取り巻いていた善男善女が立ち去り、居室が寂寥に包まれた後に辿り着いた氷結の瞬間。夢・うつつの境をぬって聞こえる櫓声は無念を噛みしめる響きだった。自分に辿り着いた冷たい波動が脊髄を直撃してゾクゾクと、悪寒を呼び起こした。

この「櫓声」は意識の緩衝を受けず、裸の神経に直に伝導して感覚を覚醒させる。このためこれを「直感像」と呼ぶ。この「直感像」は、日常的には不意打ちや出し抜けに、また衝突時や爆発時に感覚を吹き抜けて意識を裸にする。その名状以前の瞬間を捉える妙技がある。それは子供・老人得意の領域とも言える。掴んだものを取り落とす、素早く反射した手がなぜかそれを掴む。その明滅の間を、マジッと見る。すると、振り下ろす太刀筋さえ止まって見えるという。その時、俳諧の表象が輝き出る。その明滅・凝視の要領を分かりやすく伝えれば、作者は無尽蔵の俳味を掴む。

自作の『奥の細道』は、まずは曽良に届けるのがよい。その上、清書を斡旋した野坡にも謝礼の一冊がほしい。また故郷の兄上には正真の清書本一冊を贈りたい。ここ芭蕉庵で書き差しになった草稿は、杉風に託すのがよい。曽良・杉風、二人にはさんざん世話をかけた。

文台の上、目の前の『笈の小文』にはいまだ書き差しながら、清新な直感像が綴られている。未完の『笈の小文』は携帯して旅立つ必要がある。本来なら船中夜泊の悪夢の終わりを、蛸壷、夏の月がしらじらと照らし出すところから、もう一度書き込みたいところだが、それは出来そうもない。旅、行脚、巡礼。薄明かりの中で目白鳥が鳴いた。夜明けにはまだ間がある。

二位のあま君、皇子を抱奉り、
女院の御裳《みもすそ》に御足もた（つ）れ、
船やかたにまろび入らせ給ふ御有さま、
内侍・局・女嬬《にょじゅ》・曹子《ぞうし》のたぐひ、
さま〴〵の御調度もてあつかひ…、

これはまだ夢の続きであるか。今朝もまた一つ、母者の二の腕の脹らみが私の記憶からさまよい出て中空に消えた。この夢は荒野を目指すらしい＊。別れ際にゆらりと揺れて、自分に小さく「さよなら」と告げた。どうやら永遠の別れであるらしい。

＊夢は荒野を目指すらしい＝これは芭蕉の末期の感懐「旅に病んで夢は枯野をかけ廻る」によった。

母者・兄者・姉者、寿貞、猪兵衛、次郎兵衛、まさ、おふう、杉風・曽良・其角・濁子《じょくし》・史邦・杜国・荷兮《かけい》・野水・越人・去来・曲水・土芳・惣七。今ならば、私の中に住み着いたそなた等こそ「私だ」ということができる。その皆々が私の励ましに変わり、私の夢に成り代わって私の歩みを助けてくれた。今は、その皆々が私から立ち去ろうとしている。ことここに至っても、風雅に臣従してきた私にできることはあまりに少ない*。女人の不幸を綴って終わりとなる物語だけは書きたくないと決めているが、これをもって終筆とせずばなるまいか。白みかけた空にいま一度、目白鳥《めじろ》がちゅうりりんと鳴くと、鳥の渡りが始まる。風を読み翼を広げ、鳥は雲へと渡ってゆく。

---

*私にできることはあまりに少ない＝この感懐は元禄七年六月八日付、猪兵衛宛芭蕉書簡によった。

第十章　まとめ—魔界を逃れて

「自己虫」である人間綱吉にとって致命的だったことは、周囲に対する「反発心」に支配されたことだろう。政治家が常に宿敵を発見し、嫌疑の心を増殖させるような、この反発心の内製化を見落とすと、人間綱吉が見えなくなる。世間ではこれを単純に「自己虫」と呼ぶが、この自己虫には「実にしぶとい自己虫」と前置きを冠して使う必要がある。

将軍綱吉にとって致命的だったことは、彼が前将軍徳川家綱とその賢臣達のまっとうな政策を嫌悪して、ことごとく打ち壊していったことである。時流に逆らい、報償・昇進・忠誠心を競わせる綱吉の政治は金がかかり、彼の金蔵は逼迫と背中合わせになった。政権の座について十年、形骸化することでただの閑職に変わった彼の老中は、十年以前の財政支出は二三万六千両の黒字だったが、今年（元禄六〜七年）の支出は十万両ほどの赤字になっていると報告している*。その真意は、支出を削減し、十年以前の、前将軍らの政治姿勢に立ち戻ってはどうかとの提案にある。

勿論綱吉は、持ち前の「反発心」を発揮して、静かにこの提案を無視した上で、新規財源を確保するために増収策を探索した。まずは関東郡代以下、地方の代官の徴税業務の怠慢に疑いを持ち、強力な監査を継続した。確かに職

*老中の報告＝『勘定奉行の江戸時代』藤田覚著、筑摩書房刊、54頁。

25　徳川綱吉

務怠慢とは言わないまでも、収税力は落ちていた。次には先代が実現した、庶民参加型の「市法」を旧法に変えて、旧法の商習慣を復活した。市場を差配する一部の特権商人を優遇し、その特権商人から簡便に集中的に運上金を徴収するためである。それでも収入不足を解消できなかった彼は、株仲間を増やしてあらゆる商業に徴税の網を張り、市場を使った価格支配さえ目論んだ。元禄六年秋は米価の値上がりによって綱吉の増収策に追い風が吹く時に当たる。

かつて綱吉の将軍職就任と同時に始まった米価の低減は、綱吉の財源不足に拍車をかけていた。徴税・増収を急ぐ綱吉には、市場自身が綱吉を忌避しているかと見えた。徳川幕府は市場最大の米問屋でもあった。米価が下がれば幕府は傾き、庶民は潤う。米価が上がれば将軍は喜び、庶民は嘆く。綱吉が知るこの単純な「儒学型」の交換式でこと足りたのは、百年以前のことだった。この交換式の外に、米価が下がれば幕府は喜び、庶民は潤う、米価が上がれば幕府は傾き、庶民は嘆く。そういう交換式が成り立つことを綱吉は知らなかった。市場は高等数学を必要とする世界に変わっていたのである。

　米価上昇の追い風にも関わらず、資金繰りに行き詰まった将軍綱吉は、今度は慶長小判の金含有量を減らした元禄小判を改鋳し、利ざやを稼ごうとした。慶長金貨十枚を使って金三〇%を減量すると、元禄金貨十四枚が鋳造される。この元禄金貨を金融市場に出して慶長金貨と等価交換させれば、綱吉は四〇%の利益を生み出すことになる。しかしこれは市場の信任なしにはできない政策である。信任がなければ、元禄小判だけが運上金の形で幕府に舞い戻ってくる。富裕者の金蔵に溜まる一方の慶長小判を市場に吐き出させるためには、強権を使って市場支配を実行する外に方法はなかった。要するにここまで狂奔して二十年過ぎてもなお、将軍綱吉の財政収支はほとんど改善しなかったのである。

　この肖像画の綱吉は、経験がない、知識がない、実績がないにもかかわらず、しぶとい上目使いで読者を眺めている。こういう将軍の肖像画もまた希有の肖像画だと言って良い。増収策に狂奔して任を去る綱吉を見て、老中達がもっと驚いたことは、退任する綱吉の増収策が宝永七年（1708）まで功を奏せず、支出だけが増加して、今は一六〇ー一七〇万両の赤字にも関わらず、幕府の御金蔵には三〇万両しか剰余金がないという勘定奉行荻原重秀の報告*にあった。長年綱吉から排除され続けた老中達は、国庫の収支を管理する智恵・経験・技術さえ無くしていたのである。

将軍綱吉が即位した延宝八年（1680）八月、日本橋・魚河岸に隣接した小沢太郎兵衛の長屋を活動拠点としていた芭蕉庵桃青は、世間の風向きに生じた微妙な変化に気付いていた。この年夏まで江戸「町年寄り」から委嘱されていた神田上水の浚渫工事が、自分の知らないところで動き始めたからである。天和二年（1682）七月末の浚渫工事の布告日は七月二十八日*、実施日は二十九日で、布告内容は、七月二十九日は水道が切れるので注意すべし、という簡略なものである。布告が簡略なのは、浚渫工事が例年通りの手順で実施されたせいである。ところがこの年九月二十八日、瓜生六左衛門を元請けとする浚渫通知がもう一度出される。これは準備の手間を考えるといかにも性急な話だが、天和二年（1682）九月二十八日付*の御触書には「神田上水道水上総払いこれ有り候間、相対致し候町々は、六左衛門方へきつと申し渡さるべく候」とある。事前に最寄りの町々と六左衛門とが「相対契約」*を結んでおく必要さえあった。また瓜生六左衛門から大鋸《おおが》町の「茂兵衛」に請負

*荻原重秀の報告＝『勘定奉行の江戸時代』藤田覚著、筑摩書房刊、67頁。

*七月二十八日＝芭蕉庵の浚渫請負が記載された御触書きの期日は延宝八年六月十一日。これは将軍綱吉が即位する同年八月の直前になる。例年この頃に水道工事がある。

*九月二十八日付＝この御触書では、まず奉行・町年寄りによる談合で、底浚えの賃金が決められている。

*相対契約＝相対は各町名主と請負業者との請負契約。

業者が変更された享保十四年（1729）九月二十九日の町触れには「神田上水白堀浚い請負六左衛門、請負御取り上げ成され*、跡請負は大鋸町茂兵衛へ仰せ付けられ、賃金も六左衛門請負賃金に、五厘引きにて相勤め候筈に候」とある。これは行政指導である。

　奉行・町年寄りと請負業者との賃決め、続いて各町名主と請負人との相対、作業当日の手配その他、事前の談合が欠かせない手順が並んでいる。仮に町奉行所に請負変更の意志がある場合にも、この手順を踏む必要はある。町年寄りを含めた水道工事が奉行所から町年寄りに丸投げされた期間にも、水道の構造や要浚渫箇所を指図する知能や技術は必要で、その職務上の適任者は町年寄りの三人ではなく、開発者の伊奈忠篤ではなかったか。だから芭蕉庵は伊奈忠篤の隣地に引っ越す必要があった。ところが、将軍綱吉から真っ先に徴税の怠慢を疑われた関東郡代、伊奈忠篤は、「目付」上がりの前勘定頭・町奉行、甲斐庄正親の監察下で働いている。これでは伊奈忠篤に身動きがとれる筈もない。

　肝心なことは、この国の国税の計算の根拠である米穀の生産が頭打ちで、増収が見込めない点にあった。地方代官の徴税力不足が問題なのではなく、個

＊お取り上げ＝奉行所が請負契約をいったん取り上げること。これ以後、浚渫請負は代々町名主が勤めている。

別村々の「持ち高」を記入した検地帳が現実離れしていた。百姓が茶・綿花・煙草・桑畑を作り始めたのである。米穀を消費し商品作物を作る百姓等は、米穀の価格の低減を歓迎した。その目で見れば米穀はすでに生産過剰の段階にあった。当然の値下がりでもあった。農家が収入を増やすには、商品作物・流通業者・市場仲買と、物流の系統をたどって緊密に市場に連結される必要さえあった。この市場経済のネットワーク化を支援し、商業・商人を重視する産業政策と物流促進のためのインフラ整備が無ければ、この国の国庫に富を運ぶことが疎かになるのである。

もう一度言うが、この肖像画の綱吉は、経験がない、知識がない、実績がないにもかかわらず、しぶとい上目使いで読者を見透かしている。こういう将軍の目つきが「魔界」の目つきだと芭蕉庵桃青は言いたいらしい。元禄六年（1693）の江戸市中を「貪欲の魔界」と呼び、その貪欲のままに「利」を争い、ついに「溝洫《こうきょく》におぼれ」るドブ泥の生活が無闇に感染・拡大するという。その感染源は当然、魔王とその邏卒《らそつ》*に相違ない。この魔界の言う正直は、魔王のための正直であり、この魔界の忠義は、魔王のための忠義になる。この世界の苦楽は、魔王のための苦楽になり、この世界の道理は、魔王のた

---

*邏卒＝魔王の手下。

めの道理になる。ではその秩序の中心にいる魔王は誰か。有り体に言えば、江戸の魔王は将軍に他ならない。魔王同様貪欲にまみれいる「歪んだ将軍に正しさはない」。だから江戸は貪欲の魔界なのである。

将軍綱吉の眼差しを受領する事は、その感情を共有することを意味する。下から横目使いで人を見透かす感情が体内に広がるとき、人はこれまでとは違う現実を見ることになる。この眼差しに一瞥されただけで、老中・若年寄・大目付・三奉行以下、幕僚達の気持ちはびび割れていく。この目つきで眺める現実は、もともとひび割れている。事実、綱吉の将軍在任中には千人を超える官僚達が瑕疵を理由に処罰された。この魔王の心内には「怯えさせよ！」「悶えさせよ！」という魔界の嗜虐が住み着くことになる。びびって縮み上がった「大番衆」は「昨日は昨日、今日は今日」と嘆き交わしたが、その心内語を直訳すれば「今のご時世、他人のことが構っていられるか！」ということになる。綱吉のこの眼差しに一瞥されただけで、侍はもとより、奈良屋・樽屋・喜多村のような町「年寄り」「名主」までがひび割れて風に靡くのである。

これは決して自由闊達な学問の場ではない。これは決して詩文の行き交う明朗な民情でもない。しかし自分は一人、独居しても、詩作の道理を尽くす

（閉関之説・亀子の良才）。『笈の小文』はその思索の上に成り立っている。胸中に住み着いた風羅坊は、すでに出番に備えて、「自己虫」の役作りに入っている。

「自己虫」の皮を着て生きる者の生存の実相を掘り下げる叙述、それが『笈の小文』の目標である。ここには妄想がある。極論がある。狂言綺語がある。片言双句の気取りがある。引用・傍証の誤字・誤用も多い。理非曲直の間を縫って論理が迷走する。因果・脈絡・序列が乱れ、増長・謙退が捻れながら出没する。風羅坊の巧言令色には、謙退する口振りと増長する自己愛との葛藤がある。その「自己虫」らしい捻れ、言い換えれば「騒擾」を透かし見ることが出来る「口述」を出現させることが、『笈の小文』の創意である。

その『笈の小文』をあたかも芭蕉庵桃青の「直言」として取り扱ったことから問題が生じた。

芭蕉庵の作中に風羅坊が登場する、元禄二年八月十四日夕刻に立ち返ってみよう。芭蕉庵桃青を接待した敦賀の出雲屋弥一郎が馳走と考えたものは、「遊行の砂持ち」である。気比明神の神事でもあるこの「遊行の砂持ち」を、弥一郎は、見るに最適の時間と場所とを心得て、このひと時でなければ見えない一瞬の幻影として馳走してみせた。そうすることで初めて、心を桟とし、主人と客人との情意が通い合う「風流」を実現することができる。ここに立ち会う「予」は、白砂の庭に遊行聖の幻影を見ることで、あるじの「風流」を受け止め、感激をもって応答している。

現実世界の実質的で本質的な部分を相手に提示する技術であるバーチャルリアリティーを文学風に言い換えれば「幻覚リアリズム」（莫言）とも言いえる。『奥の細道』では、その「幻覚リアリズム」が紀行のクライマックスに配置され、ちょうど線香花火のように瞬時、幻影の形で出現する。ここに一瞬の幻影を配置することの意味は、恐らくこの幻影をこの世界の実質的で本質的な部分と考え、それを言葉の力で出現させることにある。敦賀の出雲屋弥一郎らが、この『奥の細道』を読めば、おそらく膝を打って喜んだことだろう。彼らの善・美の結晶であった「馳走」がものの見事に掬い取られて、そこには幻影が異彩を放っている。この風羅坊は、風流人等の善・美の化身として生きている。

一方、その後に書かれる『笈の小文』「須磨明石紀行」では、この仮想現実がより重い意味を帯びて登場する。迫真の「幻覚」を見せ場とする「須磨明石紀行」は、異様な幻覚が引き起こす風羅坊の「驚愕」を生成するままに描き出す。ここに登場する幻覚は、風羅坊らの身体に浸潤し、彼らを仮想現実の世界に解き放つ。このため風羅坊は「女院の御裳に御足もつれ、船やかたにまろび入らせ給ふ御有さま」以下、狼狽する女官らの幻影を追尾し、遠近、大小、方向を変えながら目撃する人となる。「騒擾」の人、風羅坊は幻覚に魅入られるように古戦場の臨場者と化し、「驚愕」の眼差しで女人らの絶叫を聞くことになる。風羅坊が茫然自失することが、我々読者に、正真のフィクションに対面する時を与える。

浅い眠りを覚まされ、はかない夢を破られた蛸壺の蛸が形を表すにつれて、人は何を思うか。この三千世界の複雑さと、その世界を生きること自体の怪奇さだろうか。にわかには信じにくいが、米国・韓国の大統領、日本・イギリスの首相でさえ「一寸先の闇」を生きることが多い。常にポケットいっぱいのジョークを撒き散らしてくれたさる大統領を支えたのは、彼の夫人と霊媒師だった。いつも能面のような顔つきでテレビ・新聞に登場したさる大統領を支えたのも鉄の爪を研ぐ予言者だった。

その「一寸先の闇」が消え、目の前に現れた蛸を見るとき、人は一体何を思うか。ギョッとする人、興ざめする人、苦笑する人、人肉さえ食い、命を繋いできた蛸の残忍さ・奇怪さに目を見張る人。その内心は千差万別に相違ないが、その千差万別に、「心々の世の中」が凝集して現れることを疑問視する余地はない。そしてそのうちの何割かが自分を蛸に重ね合わせて、「何だ、今の世の中、何が起きるか知ったことか！」と思う。またそのうちの何割かが風羅坊と自分とを重ね合わせて「おお、流浪、地の果、人跡絶えたり。」と磯浜の寂寥の中で佇立する。そしてそのうちの少なくとも一人が、この光景は「翁」の遺文であるゆえに自分はこれが手許に埋もれることを畏れ、広く門人らの前に開示すると言うのである（「笈之小文序」）。この元禄六年から、浮き世を吹く風は、将軍の将軍による将軍のための社会として圧縮成形され、心々の人心をさらす。米・魚・材木市場周辺の自由市民は、荒涼と風に吹かれる日々を迎えることになる。

（補注1）

■伊賀句稿

○薬師寺月並初會

①初桜折しもけふハ能日なり

○探丸氏別墅の花を

②さま〲の事思ひ出すさくら哉

③丈六の陽炎高し砂《ママ》の上

かげらふや俤つゞ《ママ》れいしの上

○瓢竹庵ニテ

④花を宿に初終りや廿日ほど

○旅立ツ日

⑤此ほどを花に礼云別哉

○此二句ハ瓢竹庵休息の時也。

是ヨリ吉野の花ニ出ラレシ也。万菊も

⑥長閑さに何も思ハぬ昼寐哉

ト云句アリ

○よし野ニ立し朝、笠の書付

⑦よし野にて花を見せうぞ檜木笠

○同行二人乾坤無□(住)、風羅坊・萬菊丸トアリ。

萬菊も

⑧よし野にて我も見せうぞ檜木笠

(今栄蔵著『芭蕉伝記の諸問題』三八三頁、翻刻「芭蕉翁全傳」)

■伊勢句稿（番号は紀行本文の順列と同じ句を示す）

阿波大仏

①丈六にかげらふ高し石の跡

いせ

③何の木の花とハしらず匂哉

神垣のうちに梅一木もみえず。いかなる故にやと人に尋侍れバ、唯ゆへはなくて、むかしゟ一木もなし。おこらごの舘の後に一もと有といふヲ

⑨梅稀に一もとゆかし子良の舘

一有が妻

○暖簾のおくものふかし北の梅

網代民部息雪堂会。ちゝが風雅をそふ。

⑦梅の木に猶やどりぎや梅花

龍尚舎にあふ

⑥ものゝ名をまづとふ荻のわかば哉

二乗軒と云草庵會

⑧やぶ椿かどは葎のわかばかな

菩堤(提)山即吏

⑤山寺のかなしさ告よ野老堀(掘)

久保倉右近會、雨降

○かミこ着てぬるとも折ン雨の花

十五日、外宮の舘にありて

⑩神垣やおもひもかけずねはん像（句読点、濁点傍線傍書筆者。以下同じ。）

（補注2）

まず元禄六・七年マーカーを使ってその文字遣いの偏りを全体的に明示する。『笈の小文』の章立て通り、①「江戸・尾張」、②「伊賀・伊勢」、③「吉野巡礼」、④「須磨・明石」の順に表示する。

その上で言えば、第一稿本（大礒本）の「す」は「春」を基本仮名、「須」「寸」を補助仮名とする。参考に上げた第二稿本（雲英本）でもこの関係は変わらないが、第三稿本（乙州本）ではこの関係が崩れて、「寸」が基本仮名、「春・須」が補助仮名に変わっている。ちなみに「寸」を多用する乙州本の用字法は、天理本『おくのほそ道』（元禄六年筆）の「寸41・須24・春8」に似た用字法である。

■『笈の小文』諸本の「す」

大礒	①	②	③	④	計
春	7	4	5	14	30
寸	3			2	5
須	4	4		3	11
雲英	①	②	③	④	計
春	9	2	2	11	24
寸			1	7	8
須	9	2	3	5	19
乙州	①	②	③	④	計
春	1	2	3		6
寸	16	7	3	18	44
須	2	1		2	5

次には、基本仮名「保」、補助仮名「本」を比較すると、第三稿本では「保・本」が併用状態に近くなる。しかし第④章に焦点を絞ると、第一稿本・第二稿本・第

■『笈の小文』諸本の「み」

大礒	①	②	③	④	計
ミ	4	7	9	11	31
美		1			
雲英	①	②	③	④	計
ミ	1	1	4	7	14
美		1	1	2	4
見				1	1
乙州	①	②	③	④	計
ミ		2	5	6	13
美	1	3	4	1	9
見				5	5

■『笈の小文』諸本の「ほ」

大礒	①	②	③	④	計
保	1	2		2	5
本		1	2		3
雲英	①	②	③	④	計
保	1	3	1	4	9
本				1	1
乙州	①	②	③	④	計
保		1		5	6
本	1	1	1	2	5

三稿本ともに「ほ・保」が多用される。そのせいで第一稿・第二稿・第三稿の全体を通すと、「ほ・保」が基本仮名に近くなる。

　さらに、「み」に移ると、第一稿本の「み」は「ミ」を基本仮名、「美」を補助仮名とする。第二稿本でもこの基本仮名は維持されている。ところが、第④章に注目すると、第④章で集中利用された「み」は「ミ11」「ミ7」「ミ6」となる。ここでも「ミ・見」は第④章に大きく集中利用されている（乙州本④章の「見5」は省筆）。

『笈の小文』において、元禄六・七年マーカー（5文字13字体）を使って興味深い偏りを抽出することができるのは、下敷とされた芭蕉草稿の文字遣いがそうなっているからだろう。原型に当たる句稿部分は基本的に下敷きの文字通りに筆写されるが、新作部分は元禄六・七年の文字遣いで染筆されるからである。ここに取り上げた【す・ほ・み】の三例は、いずれも第④章、すなわち「須磨明石紀行」の文字遣いの特異さが目立つものであって、それはこの「須磨明石紀行」が元禄六・七年に染筆された兆候と見なされる。

（補注3）

もう一カ所、このマーカーが集中する箇所が指摘されている。『笈の小文』第①章の「す・春」7例、同本第①章「み・ミ」4例がそれである。ここに集中する「す・春7例」「み・ミ4例」は『笈の小文』第①章全体（江戸～尾張）の叙述の中でも特に冒頭文だけに集中する。ちなみにマーカーとなる基本仮名「け」は（介・気）が併用されるために用例が少数になり、判断の信頼性に欠ける点を思い計って前掲の表示からは除外したが、その「け・気」も第①章に集中している。

①け	気	おける	西行の和哥における
②け	気	おける	雪舟の絵における
③け	気	おける	利休が茶にをける
④け	気	おける	しかも風雅における物
⑤け	気	けしき	空定なきけしき
⑥け	気	けり	覚えられけれハ
⑦け	気	けり	詠し給ひけるを
⑧け	気	けり	たまハりけるよしを
⑨け	気	けり	杜国かしのひて有ける
⑩け	気	かげ	扇にて酒汲かけや
⑪け	気	けしき	曙黄昏のけしきに

①~⑥の「気」が『笈の小文』冒頭文に集中する「け・気」である。全体の約二分の一がここに集中する。中でも①~④は「造化芸能論」に、また⑤⑥は「旅の首途」に、⑦⑧⑨は鳴海に分布する。いずれも第①章である。な

お⑩⑪は第③章「吉野巡礼」に分布する。第②章・第④章には該当する「け・気」はない。

ちなみに元禄六・七年マーカーが成立する副作用として、芭蕉文書にはもう一つ顕著な用字徴表が出現する。その徴表には、①し「之、語中・語尾」、②す「春、基本字体」、③た「堂、語頭」以下十一種の用字徴表である。①し「之、語中・語尾」は仮名文字「し・之」は語中・語尾専用の文字、②す「春、基本字体」は「す・春」が基本仮名として、③た「堂、語頭」は「た・堂」が語頭専用の文字である事を示す。これら十一種類の用字法が揃えば揃うほど元禄六・七年の文字徴表に近くなる。当然これは、これら十一文字の使用頻度が高い箇所ほど元禄六・七年の文字徴表に近くなることでもある。

〈大礒本の「す春」〉

1す	春	名詞うす物	誠にう**す**物の
2す	春	動詞すすむ	**す**ゝむて人に語む事
3す	春	動詞す	其貫道**す**る物は一也
4す	春	動詞るいす	鳥獣に類**す**

5ず	春	助動詞ず	糧を集ルニ力を入**す**
6ず	春	助動詞ず	筆ニ及へくもあら**す**
7ず	春	助動詞ず	たくひにあら**す**と云事
8す	春	動詞なおす	ミかきなを**す**
9す	春	動詞す	暫休息**す**るほと
10す	春	動詞こす	箱根こ**す**人も有らし
11す	春	名詞すき者	**す**き者訪ひ来りて
12す	春	動詞す	思ひを立んと**す**るに
13す	春	動詞す	笠の内に落書**す**
14す	春	動詞こす	多武峯より龍門へ越**す**
15す	春	動詞こす	勝尾寺へ越**す**道に有
16す	春	名詞あすならふ	淋しやあ**す**ならふ
17す	**春**	動詞す	何業**す**るとも見えす
18ず	**春**	助動詞ず	何業するとも見え**す**
19す	**春**	名詞きす子	き**す**子と云魚を
20す	**春**	動詞おどす	を以おと**す**ハ

21ず　春　助動詞ず　海人の業とも見え**す**
22す　春　動詞なす　かゝる事をな**す**にやと
23す　春　動詞す　導**す**る子の
24す　春　動詞すかす　さま〳〵に**す**かして
25す　春　動詞くらわす　物喰**す**へきなと云て
26す　春　動詞すべる　**す**へり落ぬへき事
27す　春　名詞すま　**す**まあかしの海左右に
28す　春　名詞すて草　海士の**す**て草と

〈大礒本の「ミ」〉

1み　ミ　動詞みる　**ミ**る所花に非と
2み　ミ　動詞みす　志を**ミ**す
3み　ミ　動詞おしむ　なこりをおし**ミ**
4み　ミ　動詞みなす　譫語するたぐひに**ミ**なし
5み　ミ　動詞みる　星崎の闇を**ミ**よとや
6み　ミ　動詞みつく　鷹一ツ**ミ**付てうれし

7み	ミ	動詞みがく	ミかきなをす
8み	ミ	名詞かがみ	か丶ミも清し雪の花
9み	ミ	動詞みる	梅に蔵ミる軒はかな
10み	ミ	名詞かたみ	名斗ハ千歳のかたミ
11み	ミ	助詞のみ	御くしのミ現前と
12み	ミ	動詞みす	よし野にて桜ミせうそ
13み	ミ	動詞みす	我もミせうそ桧木笠
14み	ミ	助詞のみ	ものうき事のミ
15み	ミ	動詞みつ	胸にミちて
16み	ミ	助詞のみ	二ツのミ
17み	ミ	動詞にくむ	にくミ捨たる人も
18み	ミ	動詞みる	鹿の子を産をミて
19み	ミ	動詞みる	月ミても物たらハすや
20み	ミ	名詞みしかよ	はかなきミしか夜の月
21み	ミ	動詞しらみそむ	海の方よりしらミ初たる
22み	ミ	動詞あからみあう	あからミあひて

23み　ミ　動詞つかむ　飛来りてつかミ去ル
24み　ミ　動詞にくむ　是を悪ミて
25み　ミ　名詞てっかいがみね　てつかいかミねに
26み　ミ　助詞のみ　おそろしき名のミ
27み　ミ　動詞みゆ　目の下にミゆ
28み　ミ　動詞うかむ　さなから心にうかミ
29み　ミ　動詞くるむ　くるミて船中へ投入
30み　ミ　動詞みだる　櫛笥ハミたれて
31み　ミ　名詞かなしみ　千歳のかなしミ

（補注4）

「須磨明石句稿」には、元禄六・七年執筆の文字徴表はない。（元禄六・七年に「須磨明石句稿」中に挿入された発句「須磨寺や」には該当する文字が一文字使われている。）ここにその徴表がないとすると、その原因に思案を巡らす必要がある。この文章の原型に照らすと、芭蕉庵桃青は惣七宛書簡を二分した上、その中間に「須磨明石句稿」を挿入して文型を整えている。その挿入の時に、惨劇に向かって雪崩れ落ちる題材を選択したのは、芭蕉庵桃青以外でありえない。また、『笈の小文』の最終章に、惨劇に向かって雪崩れ落ちる言葉の流れを配置したのも芭蕉庵桃青の意志である。

ただしこの「須磨明石紀行」の非加筆部分（須磨明石句稿）と加筆部分とが別々の料紙に書かれ、後日の加筆修正に備えて合綴されずに積み重ねる形で保蔵されていたとすれば、先のようなパート別の文字遣いの偏りが起こりうる。結果的に、「須磨明石紀行」はいまだ推敲の余地を残す本文として残されていたことになる。

〈補注5〉

■『笈の小文』〈海岸巡行部分〉

卯月中頃の空も朧に残りて、はかなきミじか夜の月もいとゞ艶なる海の方よりしらミ初たるに、上野と覚しき所ハ、麦の穂浪あからミあひて、漁人の軒ちかき芥子の花の、たえぐ\に見渡したる。

海士の皃先見らる、や芥子の花

東須ノ・西須ノ・濱須ノと三所に分れて、あながちに何業するとも見えず。（中略）なをむかしの恋しきま、に、てつかひがミねに上らんとする。導する子の苦しがりて、とかく云まぎらかすを、さまぐ\にすかして、ふもとの茶店にて物喰すべきなど云て、わりなき躰ニ見えたり。（中略）つ、じ根笹に取つき、息をきらし汗を浸して、漸雲門に入にぞ、心もとなき導師の力也けらし。

【惣七宛芭蕉書簡前半】

（貞享五年四月二十五日付））

【A】　十九日あまが崎出船。兵庫に夜泊。相国入道の心をつくされたる経の島・わだのみ崎・わだの笠松・内裏やしき・本間が遠箭を射て名をほこりたる跡などき、て、行平の松風・村雨の旧跡・さつまの守の六弥太と勝負したまふ旧跡かなしげに過行、西須磨に入て、幾夜ね覚ぬとかや関屋の跡も心とまり、一の谷逆落し・鐘懸松・義経の武功おどろかれて、てつかひが峯に昇れば、

■『笈の小文』〈山頂幻覚部分〉

淡路しま手に取様に見えて、すま・あかしの海右左にわかる。（中略）尾上つゞき丹波路へかよふ道有。鉢伏のぞき、逆落など、おそろしき名のミ残りて、鐘かけ松より見下すに、一谷内裏屋敷目の下にミゆ。其代の乱、其時のさはぎ、さながら心にうかミ、俤につどうて、二位の尼君皇子を抱奉り、女院の御裳に御足もつれ、船屋かたにまろび入せ給ふ御有様、内侍・局・女嬬・曹子のたぐひ、さまぐ御調度もてあつかひ、琵琶・琴なんど、しとね・ふとんにくるミて、船中へ投入、供御ハこぼれてうろくづの餌となり、櫛笥ハミだれて、海士のすて草となりつゝ、千歳のかなしミ、此浦にとゞまり、素波の音さへ愁ふかく侍るぞや。（大礒本『笈の小文』）

【惣七宛芭蕉書簡後半】

【B】　須磨・あかし左右にわかれ、あはぢ嶋、丹波山、かの海士が古里田井の畑村など、めの下に見おろし、①天皇の皇居はすまの上のと云り、其代のありさま心に移り、女院おひかゝへて舟にうつし、天皇を二位どのゝ御袖によこ抱にいだき奉りて、宝剣、内侍所あはたゞしくはこび入、或は下々の女官は、くし箱・油つぼをかゝへて、指ぐし・根巻を落しながら、緋の袴にけつまづき、臥転びたるらん面影、②さすがに見るこゝち、あはれなる中に、敦盛の石塔にて泪をとゞめ兼候。（以下略）

（補注6）

《■風羅坊の所思》

百骸九竅《ひゃくがいきゅうきょう》*の中に物あり。仮に名付て*風羅坊と云。誠にうす物の風に破れ易からぬ事を云にやあらん。彼レ狂句を好む事久し。終に生涯の謀をゝもひ*或寸《時》ハすゝむて人に語《勝》む事*をほこり、是非胸中に戦ふて、是が為に身安からず。暫《しばらく》身をたてん事*を願へども、是が為にさへられ*、暫学んで愚を暁《さとら》む事を思へども、是が為に破られ、終に無芸無能にして、只此一筋につながる。

西行の和哥にをける、宗祇の連哥にをける、雪舟の絵における、利休が茶にをける、其貫道する*物ハ一也。しかも風雅における物*、道《造》化*に随ひて四時を友とす。ミる所花に非と云事なし。思ふ所月に非と云事なし。像《かたち》花にあらざる時ハ夷狄《いてき》*にひとし。心花に非時ハ鳥獣に類す。夷狄を出、鳥獣にはなれて、道化にしたがひ、道化に帰れと也。

神な月*の空《初》定なきけしき、身ハ風葉の行末なき心地*して、

旅人*と我名呼れん初しぐれ

又山茶花*を宿、にして

＊百骸九竅＝百の骨と九の穴。人体。
＊仮に名付て＝見えないので仮に名付けて実体化すると。
＊謀をゝもひ＝別本、はかりごととなす。
＊人に語《勝》む事＝別本、人にかたむ事を。
＊身をたてん事＝生計を立てる事。
＊さへられ＝障へられ。
＊貫道＝根本を貫く。
＊しかも風雅における物＝中でも風雅では。
＊道《造》化＝別本、造化。天地を貫く創造力。
＊夷狄＝野蛮人。
＊神な月＝十月。
＊行末なき心地＝行方も定まらぬ心地。
＊旅人＝「御とまりあれやたび人」（謡曲梅が枝）の呼び声に応えて。

岩城の住、長太郎*と云者、此脇を付て、其角亭*におゐて闇透歌仙《関送りせん》*ともてなす。

時ハ冬芳野をこめむ旅のつと

此句ハ露沾《カ》公*より下し給らせ侍けるを、餞別の初として、旧友親疎門人等あるハ詩哥文章をして訪ひ、あるハ草鞋《わらじ》の料を包て志をミす。かの三月の糧*を集ルニ力を入す。紙布《かみこ》・綿《わた》（子）*など云物、帽子《もうす》*、襪子《したうづ》*やうの物、心、に送りつひて霜雪の寒苦をいとふに心なし。あるハ小船をうかべ、別墅《べっしょ》*にまうけし、草庵に酒肴たづさへ来りて行衛を祝し、なごりをおしミ《ママ》などする社《ママ》、故有人の首途するにも似たりと、いと物めかしく覚えられければ、

抑道の日記と云物ハ、紀氏・阿仏の尼の、文をふるひ情を尽して、其糟粕《そうはく》*を改る事不能。まして浅智短才の筆ニ及べくもあらす。其日ハ雨降、昼より晴て、そこに松有、かしこに何と云川ながれたりなど云事、誰しも云べく覚え侍れども、黄歌蘇新*のたぐひにあらすと《ママ》云事なかれ。されども其所、の風景心に残る《ママ》、山舘野亭の苦しき愁も、且ハはなしの種となり、風

＊又山茶花＝『冬の日』の行脚のように。
＊長太郎＝井手長太郎、岩城内藤家家臣。
＊其角亭＝深川木場にあった宝井其角の家。
＊闇透歌仙《関送りにせん》＝別本、関送りせんと。送別の宴。関送りは回国修行者を最寄りの関まで送る事。
＊露沾《カ》公＝岩城内藤藩主の子息。義英。
＊三月の糧＝「千里ニ適ク者ハ三月糧ヲ聚(アツ)ム」(荘子、逍遙遊)
＊綿《わた》（子）＝綿入れの着物。
＊帽子《もうす》＝頭巾。
＊襪子《したうづ》＝靴下、足袋。
＊別墅＝別荘。
＊糟粕《そうはく》＝先人の糟をなめる。

雲の便とも思ひなして、忘れぬ所、あとやさきと書集侍るぞ、猶、酔ル者の[忄+孟]語*にひとしく、いね《ヌカ》る人の譫語《うわごと》するたぐひにミなして、人に《又》*亡聴《モウテウ》せよ。

《■須磨明石紀行》

卯月中頃の空も朧に残りて、はかなきミじか夜の月もいとゞ艶なる海の方よりしらミ初たるに、上野と覚しき所ハ、麦の穂浪あからミあひて、漁人の軒ちかき芥子の花の、たえぐに見渡したる*。

　海士の皃先見らるゝや芥子の花

東須厂・西須厂・濱須厂と三所に分れて、あながちに何業するとも見えず。（中略）なをむかしの恋しきまゝに、てつかひがミねに上らんとする。導する子の苦しがりて、とかく云まぎらかすを、さまぐにすかして、ふもとの茶店にて物喰すべきなど云て、わりなき躰ニ見えたり。（中略）つゝじ根笹に取つき、息をきらし汗を浸して、漸雲門に入にぞ、心もとなき導師の力也けらし。

---

③須厂の鬢の矢先に鳴か郭公
④杜宇聞《ママ》行*かたや嶋ひとつ

*黄歌蘇新＝黄奇蘇新。黄山谷ハ奇、蘇東坡ハ新、ト批評された。
*[忄+孟]語＝孟語。妄言。
*人に《又》＝別本、人又。
*見渡したる＝別本、見渡さる。
*聞行＝別本、消行。

明石夜泊

蛸壺やはかなき夢を夏の月

かゝる所の穐なりけるとかや、此浦の実ハ秋を宗とするなるべし。かなしささびしさいはん方なく、秋也せばいさゝか心のはしをも、云出べき物をと思ふて《そ》*、我心道《匠》*の拙きをしらぬに似たり。

淡路しま手に取様に見えて、**す**ま・あかしの海右左にわかる。(中略) 尾上つゞき丹波路へかよふ道有。鉢伏のぞき、逆落など、おそろしき名の**ミ**残りて、鐘かけ松より見下すに、一谷内裏屋敷、目の下に**ミ**ゆ。其代の乱、其時のさはぎ、さながら心にうか**ミ**、俤につどうて、二位の尼君皇子を抱奉り、女院の御裳に御足もつれ、船屋かたにまろび入せ給ふ御有様、内侍・局・女嬬・曹子のたぐひ、さま〴〵御調度もてあつかひ、琵琶・琴なんど、しとね・ふとんにくる**ミ**て、船中へ投入、供御ハこぼれてうろくづの餌となり、櫛笥ハ**ミ**だれて、海士の**す**て草となりつゝ、千歳のかなし**ミ**、此浦にとゞまり、素《しら》波の音さへ愁ふかく侍るぞや。

(大礒本『笈の小文』**ゴチ**は元禄六・七年　執筆のマーカー)

---

*思ふて＝別本、思フぞ。

*心道＝別本、心匠。

笈之小文序

風羅坊芭蕉桃青と聞えしは、今此道の達人なり。其門葉日々に茂り月〲に盛なり。門葉推て翁と耳（のみ）いへば、皆芭蕉翁なることを知れり。是江戸深川の庵室に閑居せしむる時、手づから芭蕉を植置レたりし故成べし。此翁上かた行脚せられし時、道すからの小記を集て、これをなづけて笈のこぶみといふ。積て漸浩瀚となる*。昼夜に是を翫て、花に戯ては歌仙の色をまし、月にうつしては四十四百韻の色をます。爾来門葉多しといへども、唯乙州にのみ授見せしむ。乙州其群弟と共にせざることをなげき、今般梓にちりばめて世伝を広ふせんと欲して、物すといへども、俄に病に遇て息（やみ）ぬ。暫愈日（いゆるひ）を俟*といふなる。

江州大津松本之隠士観桂堂砂石子*

宝永四丁亥年春乙州之因慇求不得止染筆畢

笈之小文

風羅坊芭蕉

＊漸浩瀚となる＝浩瀚は分量の多い書物。取り集めることでようやく一冊の書物となること。

＊暫愈日を俟＝にわかに病を得たので暫くそれが癒える日を待つことにした。

＊観桂堂砂石子＝大津、松本の隠士。伝未詳。

百骸九竅*の中に物有。かりに名付て*風羅坊といふ。誠にうすもの丶かぜに破れやすからん事をいふにやあらむ。かれ狂句を好こと久し。終に生涯のはかりごと丶なす*。ある時は倦で放擲せん事をおもひ、ある時はす丶むで人にかたむ事を*ほこり、是非胸中にた丶かふて、是が為に身安からず。しばらく身を立む事*をねがへども、これが為にさへられ*暫《ク》学て愚を暁《ン》事をおもへども、是が為に破られ、つゐ《ママ》に無能無芸にして、只此一筋に繋る。西行の和歌における、宗祇の連歌における、雪舟の絵における、利休が茶における、其貫道*する物は一なり。しかも風雅におけるもの*、造化*にしたがひて四時を友とす。見る所花にあらずといふ事なし。おもふ所月にあらずといふ事なし。像花にあらざる時は夷狄*にひとし。心花にあらざる時は鳥獣に類《ス》。夷狄を出、鳥獣を離れて、造化にしたがひ、造化にかへれとなり。

神無月*の初、空定めなきけしき、身は風葉の行末なき心地*して、

　旅人*と我名よばれん初しぐれ

　又山茶花*を宿〴〵にして

岩城の住、長太郎*と云もの、此脇を付て其角亭*におゐて関送《リ》*せんともてなす。

---

*百骸九竅＝百の骨と九の穴。人体。
*かりに名付て＝見えないので仮に名付けて実体化すると。
*はかりごと丶なす＝生計のたつきとする。
*人にかたむ事を＝人に勝む事を。
*身を立む事＝生計を立てる事。
*さへられ＝障へられ。
*貫道＝根本を貫く。
*しかも風雅における物＝中でも風雅では。
*造化＝天地を貫く創造力。
*夷狄＝野蛮人。
*神無月＝十月。
*行末なき心地＝行方も定まらぬ心地。
*旅人＝「御とまりあれやたび人」(謡曲梅が枝)の呼び声に応えて。
*又山茶花＝『冬の日』の行脚のように再び。

時は冬よし野をこめん旅のつと

此句は露沾公*より下し給はらせ侍りけるを、はなむけの初として、旧友親疎門人等あるは詩歌文章をもて訪ひ、或は草鞋の料を包て志を見す。かの三月の糧*を集に力を入ず。紙布*綿小*などいふもの、帽子《もうす》*したうづ*やうのもの、心〱に送りつどひて、霜雪の寒苦をいとふに心なし。あるは小舟をうかべ、別墅*にまうけし、草庵に酒肴携来りて行衛を祝し、名残をおし《ママ》みなどするこそ、ゆへある人の首途するにも似たりと、いと物めかしく覚えられけれ。

抑道の日記といふものは、紀氏・長明・阿仏の尼の、文をふるひ情を尽してより、余は皆俤似かよひて、其糟粕*を改る事あたはず。まして浅智短才の筆に及べくもあらず。其日は雨降、昼より晴て、そこに松有、かしこに何と云川流れたりなどいふ事、たれ〱もいふべく覚侍れども、黄哥《奇》蘇新*のたぐひにあらずば云事なかれ。されども其処〱の風景心に残り、山舘野亭のくるしき愁も、且はなしの種となり、風雲の便りともおもひなして、わすれぬ所〲跡や先やと書集侍るぞ、猶酔ル者の孟語*にひとしく、いねる人の譫言するたぐひに見なして、人又*亡聴*せよ。

鳴海*にとまりて

---

*長太郎＝井手長太郎、岩城内藤家家臣。
*其角亭＝深川木場にあった宝井其角の家。
*関送り＝修行者を最寄りの関まで送る事。送別の宴。
*露沾公＝岩城内藤藩主の子息。義英。
*三月の糧＝「千里ニ適ク者ハ三月糧ヲ聚（アツ）ム」（荘子、逍遙遊）
*紙布＝紙子。紙製の衣。
*綿《わた》小＝綿入れの着物。
*帽子《もうす》＝頭巾。
*したうづ＝靴下足袋。
*別墅＝別荘。
*糟粕《そうはく》＝先人の食べ古しをなめる。
*黄哥蘇新＝黄奇蘇新。黄山谷ハ奇、蘇東坡ハ新、ト批評された。
*孟語＝孟語。妄言。
*人又＝人も又。
*亡聴＝聞き流す。

星崎*の闇を見よとや啼千鳥

飛鳥井雅章公*の此宿にとまらせ給ひて、都も遠くなるみがたはるけき海を中にへだてゝと、詠じ給ひけるを、自かゝせたまひてたまはりけるよしをかたるに、

京まではまだ半空や雪の雲

三川の国保美*といふ処に、杜国*がしのびて有けるをとぶらはむと、まづ越人*に消息して、鳴海より跡ざまに二十五里尋かへりて、其夜吉田*に泊る。

寒けれど二人寐る夜ぞ頼もしき

あま津縄手*、田の中に細道ありて、海より吹上る風いと寒き所也。

冬の日や馬上に氷る影法師

保美村より伊良古崎*へ壱里斗も有べし。三河の国の地つゞきにて、伊勢とは海へだてたる所なれども、いかなる故にか万葉集には、伊勢の名所の内に撰入られたり。此洲崎にて碁石を拾ふ。世にいらこ白といふとかや。骨山*と云は、鷹を打処なり。南の海のはてにて、鷹のはじめて渡る所といへり。いらご鷹など歌にもよめりけりとおもへば、猶あはれなる折ふし、

鷹一つ見付てうれしいらこ崎

---

*鳴海＝尾張の鳴海。知足の日記、十一月四日宿泊。

*星崎＝名古屋市南区星崎町。

*飛鳥井雅章＝従一位言大納言、延宝七年没。

*三川の国保美＝渥美半島の先端部付け根にある村。

*杜国＝坪井氏。名古屋の米商。元禄三年三月没。

*越人＝越智重蔵。延宝初年に名古屋に移る。染め物商。

*吉田＝今の豊橋市。

*あま津縄手＝豊橋市天津。

*伊良古崎＝渥美半島の先端部。

*骨山＝伊良湖神社の背後にある山。

熱田*御修覆*

磨《ママ》なをす鏡も清し雪の花*

蓬左の人々*にむかひとられて、しばらく休息する程、

箱根こす人も有らし今朝の雪

有《或》人の会

ためつけて*雪見にまかる*かみこ哉

いざ行む雪見にころぶ所まで

ある人興行

香を探る梅に蔵見る*軒端哉

此間美濃大垣岐阜のすきもの*とぶらひ来りて、歌仙あるは一折など度々に及。師走十日余、名ごやを出て旧里に入んとす。

旅寐してみしやうき世の煤はらひ

桑名よりくはで来ぬればと云日永の里より、馬かりて杖つき坂上るほど、荷鞍うちかへりて馬より落ぬ。

歩行ならば杖つき坂を落馬哉

と物うさのあまり云出侍れ共、終に季ことばいらず。

＊熱田＝熱田神宮。

＊御修覆＝荒廃した熱田神宮の修復。七月二十一日遷宮執行。

＊雪の花＝はらはら花のように降る雪。

＊蓬左の人々＝蓬莱山の左。熱田神宮を蓬莱山と見て、その左にある名古屋をいう。

＊ためつけて＝紙子のしわを伸ばすこと。

＊まかる＝出かける。

＊梅に蔵見る＝梅ヶ香を辿る内にいきなり蔵に出くわすさま。

＊すきもの＝風流の好き者。

旧里や臍の緒に泣としの暮

宵のとし*空の名残おしまむと、酒のみ夜ふかして、元日寐わすれたれば、

二日にもぬかりはせじな花の春

初春

春立てまだ九日の野山哉

枯芝やゝ*かげろふの一二寸

伊賀国阿波の庄といふ所に、俊乗上人*の旧跡有。護峰山新大仏寺とかや云。名ばかりは千歳の形見となりて、伽藍は破れて礎を残し、坊舎は絶て田畑と名の替り、丈六の尊像*は苔の緑に埋て、御ぐし*のみ現前と*おがまれさせ給ふに、聖人の御影*はいまだ全*おはしまし侍るぞ、其代の名残うたがふ所なく、泪こぼるゝ計也。石の蓮台*獅子の座*などは、蓬葎の上に堆ク、双林の枯たる跡*も、まのあたりにこそ覚えられけれ。

丈六にかげろふ高し石の上

さま〴〵の事おもひ出す桜哉

伊勢山田

何の木の花とはしらず匂哉

---

*宵のとし＝除夜。
*やゝ＝すでに。
*俊乗上人＝俊乗坊重源。鎌倉時代に東大寺を再建した。
*丈六の尊像＝十六尺のご本尊。一尺は三十三cm。
*御ぐし＝御首。
*現前と＝目の前にしっかりと。
*聖人の御影＝紙に書かれた聖人の肖像。
*全＝無傷で。
*蓮台＝蓮華台の略。蓮花を象っている。
*獅子の座＝獅子像を乗せる台座。
*双林の枯たる跡＝釈迦入寂の時に枯れた沙羅双樹のように。

裸にはまだ衣更着*の嵐哉

　菩提山*

此山のかなしさ告よ野老堀《ママ》*

　龍尚舎*

物の名を先とふ蘆のわか葉哉

　網代民部雪堂*に会

梅の木に猶やどり木や梅の花

　草庵会

いも植て門は葎のわか葉哉

神垣のうちに梅一木もなし。いかに故有事にやと神司などに尋侍れば、只何とはなし、をのづから梅一もともなくて、子良の舘*の後に一もと侍るよしをかたりつたふ。

　御子良子*の一もとゆかし梅の花

　神垣やおもひもかけずねはんぞう

弥生半過る程、そゞろにうき立心の花の、我を道引*枝折となりて、よしのゝ花におもひ立んとするに、かのいらこ崎にてちぎり置し人の、い勢にて

---

*衣更着＝きさらぎ。二月。

*菩提山＝菩提山神宮寺。荒廃していた。

*野老堀＝野老掘り。山芋掘り。

*龍尚舎＝伊勢神宮外宮の年寄り職、龍伝左衛門の家。

*網代民部雪堂＝伊勢神官網代民部弘氏。その子、弘員。号雪堂。

*子良の舘＝神に仕える少女のすむ舘。

*御子良子＝こらの舘に愛称の「お」を付けた。

*道引＝導く。

出むかひ、ともに旅寐のあはれをも見、且は我為に童子となりて*道の便りにもならんと、自万菊丸と名をいふ。まことにわらべらしき名のさまいと興有。いでや門出のたはぶれ事せんと、笠のうちに落書ス。

　　乾坤無住*同行二人*

　よし野にて桜見せふ《う》ぞ檜の木笠

　よし野にて我も見せふぞ檜の木笠　万菊丸

　旅の具多きは道さはりなりと、物皆払捨たれども、夜の料にと、かみこ壱つ、合羽やうの物、硯筆かみ薬等、昼笥*なんど、物に包て後に背負たれば、いとゞすねよはく力なき身の、跡ざまにひかふるやうにて、道猶すゝまず。たゞ物うき事のみ多し。

　草臥て宿かる比や藤の花

　　初瀬*

春の夜や籠リ人ゆかし堂の隅

足駄*はく僧も見えたり花の雨　万菊

　　葛城山*

猶みたし花に明行神の顔

---

*童子となりて＝高僧は修行中の小坊主を小間使いとして同行した。

*乾坤無住＝天地の間に束縛無く。

*同行二人＝二人巡礼。寄り添ってくれる人とともに。

*昼笥＝昼餉の箱。

*初瀬＝長谷。長谷寺。奈良県桜井市初瀬にある。山号、豊山神楽院。

*足駄＝木製の下駄。

*葛城山＝天神社。祭神国常立命。

三輪*　多武峯*

臍峠*　多武峯より龍門へ越道也

雲雀より空にやすらふ峠哉

瀧門《ママ》*

龍門の花や上戸の土産にせん

酒のみに語らんかゝる滝の花

西河*

ほろ〳〵と山吹ちるか滝の音

蜻螐が滝*

布留の滝は、布留の宮*より二十五丁山の奥也。

津国幾田の川上に有　大和

布引の滝　箕面の滝　勝尾寺へ越る道に有

桜

桜がりきどくや日々に五里六里

日は花に暮てさびしやあすならふ《ぅ》

扇にて酒くむかげやちる桜*

---

*三輪＝三輪山、三輪神社。

*多武峰＝談山神社。

*臍峠＝細峠とも。

*瀧門＝竜門山、竜門寺。多武峰、臍峠と吉野山との中間にある。

*西河＝吉野郡川上村にある。

*蜻螐が滝＝蜻蛉が滝。

*布留の宮＝天理市の石上神社。

*ちる桜＝謡曲を踏まえた「桜の精」。染谷智幸、『笈の小文』と謡曲『西行桜』。

苔清水

春雨のこしたにつたふ清水哉

よしの、花に三日とゞまりて、曙・黄昏のけしきにむかひ、有明の月の哀なるさまなど、心にせまり胸にみちて、あるは摂章《政》公*のながめにうばゝれ、西行の枝折*にまよひ、かの貞室*が是は〳〵と打なぐりたるに、われいはん言葉もなくて、いたづらに口をとぢたるいと口をし。おもひ立たる風流、いかめしく侍れども、爰に至りて無興の事なり。

高野*

ちゝはゝのしきりにこひし雉の声

ちる花にたぶさはづかし*奥の院　万菊

和歌*

行春にわかの浦にて追付たり

きみ井寺

跪はやぶれて西行にひとしく、天龍の渡しをおもひ、馬をかる時は、いきまきし聖*の事心にうかぶ。山野海浜の美景に造化の功を見、あるは無依の道者*の跡をしたひ、風情の人の実*をうかゞふ。猶栖《すみか》をさりて器物のねがひ

＊摂章公＝摂政公。藤原良経。鎌倉時代の歌人「昔たれかゝる桜の種をうゑて吉野を春の山となしけむ」（新勅）。

＊西行の枝折＝「吉野山こぞの枝折の道かへてまだ見ぬ方の花を訪ねむ」（西行、新古今）。

＊貞室＝「これは〳〵とばかり花の吉野山」（曠野）

＊高野＝高野山金剛峰寺。菩提寺の死者は高野山に移葬される。

＊はづかし＝俗体の我が身が恥ずかしい。

＊和歌＝和歌浦。

＊いきまきし聖＝徒然草106段。高野山、証空上人が息巻いた故事。

＊無依の道者＝執着を脱した修行者。

なし。空手なればの愁もなし。寛歩*駕にかへ*、晩食肉よりも甘し。とまるべき道にかぎりなく、立べき朝に時なし。只一日のねがひ二つのみ。こよひ能《よき》宿からん。草鞋のわが足によろしきを求んと計《ばかり》は、いさゝかのおもひなり。時々気を転じ、日々に情をあらたむ。もしわつかに風雅ある人に出合たる、悦びかぎりなし。日比《ひごろ》は古めかしくかたくなゝりと、悪み捨たる程の人も、辺土の道づれにかたりあひ、はにふむぐらの*うちにて見出したるなど、瓦石のうちに玉を拾ひ、泥中に金を得たる心地して、物にも書付、人にもかたらんとおもふぞ、又是旅のひとつなりかし。

衣更《ころもがえ》

一つぬひで後に負ぬ衣かへ

吉野出て布子*売たし衣がへ　万菊

（※一本「売をし」とあり）

灌仏の日*は奈良にて爰かしこ詣侍るに、鹿の子を産を見て、此日におゐてをかしければ、

灌仏の日に生れあふ鹿の子哉

招提寺*鑑真和尚*来朝の時、船中七十余度の難をしのぎたまひ、御目のう

---

*風情の人の実＝詩人の心の真実。

*寛歩＝安歩。「晩食以て肉に当て、安歩以て車に当つ」（皇甫謐『高士伝』）の誤用。

*駕にかへ＝「車に当つ」の誤用。駕籠に乗るごとくゆるゆる歩く。

*はにふむぐら＝埴生・葎。粗末な家。

*布子＝綿入れ。

*灌仏の日＝釈迦の誕生日。

*招提寺＝唐招提寺。奈良時代の建立。

*鑑真＝唐招提寺の開基。

ち汐風吹入て、終に御眼盲させ給ふ尊像を拝して、

　若葉して御めの雫ぬぐはばや

旧友に奈良にてわかる。

　鹿の角先一節《まずひとふし》の*わかれかな

大坂にてある人のもとにて、

　杜若《かきつばた》*語るも旅のひとつ哉

　須磨

　月はあれど留守のやう也須磨の夏

　月見ても物たらはずや須磨の夏

卯月中比の空も朧に残りて、はかなきみじか夜の月もいとゞ艶なるに、山はわか葉にくろみかゝりて、ほとゝぎす鳴出づべきしのゝめ*も、海の方よりしらみそめたるに、上野*とおぼしき所は、麦の穂浪あからみあひて、漁人*の軒ちかき芥子の花の、たえ〴〵に見渡さる。

　海士の顔*先見らるゝやけしの花

東須磨・西須磨・浜須磨と三所にわかれて、あながちに*何わざ*するともみえず。藻塩たれつゝなど歌にもきこへ侍るも、いまはかゝるわざするなど

---

*先一節の＝鹿の角が一節一節分かれるように。

*杜若＝アヤメ科の花。謡曲『杜若』。

*しのゝめ＝東雲。ここでは海の曙のおぼろな光景。

*上野＝山手の平地。須磨寺付近の地名。

*漁人＝あま。

*海士の顔＝日焼けして赤黒い海士の顔。

*あながちに＝取り立てて。

*何わざ＝何かを生業とする。

も見えず。きすごといふうをを網して、真砂の上にほしちらしけるを、からすの飛来りてつかみ去ル。是をにくみて弓をもてをどすぞ、海士のわざとも見えず。若古戦場の名残をとゞめて、かゝる事をなすにやと、いとゞ罪ふかく、猶むかしの恋しきまゝに、てつかひが峰*にのぼらんとする。導きする子のくるしがりて、とかくいひまぎらはす*を、さま〴〵にすかし*て、麓の茶店にて物くらはすべきなど云て、わりなき躰*に見えたり。かれは十六と云けん里の童子よりは四つばかりもをと〱なるべきを、数百丈の先達として羊腸険岨の岩根をはひのぼれば、すべり落ぬべき事あまたゝびなりけるを、つゝじ根ざゝにとりつき、息をきらし汗をひたして、漸《ようよう》雲門*に入こそ、心もとなき導師*のちからなりけらし。

須磨のあまの矢先に鳴か郭公

ほとゝぎす消行方や嶋一つ

須磨寺やふかぬ笛*きく木下やみ

明石夜泊

蛸壺やはかなき夢を夏の月

かゝる所の穐なりけりとかや、此浦の実は秋をむねとするなるべし。かな

＊てつかひが峰＝鉄拐が峰。中国の修験者「鉄拐」に由来する。鉄拐は鉄の杖を使っていた。

＊いひまぎらはす＝混ぜごとで言い逃れる。

＊すかし＝気持ちを引き立て。

＊わりなき躰＝困り切った様子。

＊雲門＝高峰の雲の門。

＊心もとなき導師＝非力な登山修行の先達。

＊ふかぬ笛＝敦盛の青葉の笛の幻聴。

しささびしさいはむかたなく、秋なりせばいさゝか心のはしをも、いひ出べき物をと思ふぞ、我心匠の拙なきをしらぬに似たり。淡路島手にとるやうに見えて、すま・あかしの海右左にわかる。呉楚東南の詠もかゝる所にや。物しれる人の見侍らば、さま〴〵の境にもおもひなぞらふるべし。又後の方に山を隔てゝ、田井の畑といふ所、松風・村雨*のふるさとゝいへり。尾上*つゞき丹波路へかよふ道あり。鉢伏のぞき*、逆落《さかおとし》*など、おそろしき名のみ残て、鐘掛松*より見下に、一の谷内裏やしきめ《目》の下に見ゆ。其代のみだれ、其時のさはぎ、さながら心にうかび、俤につどひ*て、二位のあま君*皇子《みこ》*を抱奉り、女院*の御裳に御足もた（つ）れ、船やかたにまろび入らせ給ふ御有さま、内侍*・局*・女嬬*・曹子*のたぐひ、さま〴〵の御調度*もてあつかひ*、琵琶琴なんどしとね*・ふとんにくるみて、船中に投入、供御《くご》*はこぼれてうろくづ*の餌となり、櫛笥《くしげ》*はみだれて、あまの捨草*となりつゝ、千歳のかなしび、此浦にとゞまり、素波《しらなみ》の音にさへ愁おほく侍るぞや。

＊松風・村雨＝謡曲『松風』の主人公二人。
＊尾上＝尾根。
＊鉢伏のぞき＝懸崖ののぞき場。
＊逆落＝逆落しという懸崖。
＊鐘懸松＝陣鐘を懸けた松。
＊つどひ＝蝟集する。
＊二位のあま君＝平時子。
＊皇子＝安徳天皇。
＊女院＝建礼門院徳子。
＊内侍＝内侍司。女官。
＊局＝上郎。
＊女嬬＝女中。
＊曹子＝下女。
＊御調度＝手回り品。
＊もてあつかひ＝片付。
＊しとね＝夜具・敷物。
＊供御＝天子の食事。
＊うろくづ＝魚。
＊櫛笥＝櫛箱。
＊捨草＝不用の物。
＊素波＝白波。単調な波頭。

〈参考文献目録〉

『徳川実記』国立国会図書館デジタルコレクション
『御触書寛保集成』高柳眞三他編、岩波書店、1989／3
『楽只年録第一』宮川葉子校訂、八木書店刊、2011／7
『土芥冦讎記』金井圓校注、新人物往来社刊、昭和60／1
『日本経済の歴史2（近世）』中林真幸他編、岩波書店刊 2017／8
『貧困と自己責任の近世日本史』木下光生著、人文書院刊、2018／1
『勘定奉行の江戸時代』藤田覚著、筑摩書店刊、2018／2
『近世米市場の形成と展開』高槻泰郎著、名古屋大学出版会刊、2012／2
『江戸町触集成第2巻』近世史料研究会編、塙書房刊、1994／6
『「鎖国」という外交』ロナルド・トビ著、小学館刊、2008／8
『西鶴のビジネス指南』濱森太郎他著、三重大学出版会、2011／3
『雑魚場市場史』酒井亮介著、成山堂書店刊、平成20年／9
『魚河岸百年』魚河岸百年編集委員会編、食料新聞社刊、1968／12
『日本橋魚市場の歴史』岡本信男他著、水産社刊、昭和60年／6
『下里知足の文事の研究第一部日記篇』森川昭著、和泉書院刊、2013／1

『下里知足の文事の研究第二部論文・年表』森川昭著、和泉書院刊、２０１５／１
『芭蕉集　全』古典俳文学体系5、井本農一他編、集英社刊、昭和45年／7
『芭蕉文集』日本古典文学大系、杉浦正一郎他編、岩波書店、昭和42年／１０
『芭蕉句集』日本古典文学大系、大谷篤蔵他編、岩波書店、昭和41年／１２
『芭蕉伝記の諸問題』今栄蔵著、新典社刊、平成4年／9
『芭蕉年譜大成』今栄蔵著、角川書店刊、平成6年／6
『芭蕉新論』田中善信著、新典社刊、平成21年／5
『芭蕉　転生の軌跡』田中善信著、若草書房刊、１９９６／7
『芭蕉　二つの顔』田中善信著、講談社刊、１９９８／１２
『『おくのほそ道』と綱吉サロン』岡本聡著、おうふう刊、２０１４／9
『野ざらし紀行の成立』濱森太郎著、三重大学出版会刊、２００９／２
・享保改革の米価政策（その一）大石慎三郎著／學習院大學經濟論集２（1），１９６５―０９.
・近世木曾材の伐木・運材の史料について（上）／竹内誠著／金鯱叢書　史学美術史論文集　第34輯
・『徳川綱吉』塚本学著　吉川弘文館刊、２０１６／２

・『最悪の将軍』朝井まかて著　集英社刊、2016／9
・『笈の小文の研究　評釈と資料』大安隆・小林孔他著　和泉書院　2019／2
・『笈の小文』に於ける二つの問題 増田晴天楼　連歌俳諧研究 1953／12
・東海道の文学─『永代蔵』と『笈の小文』に触れて─
　岸得蔵　文学・語学　1967／12
・芭蕉の争点─『笈の小文』をめぐって─
　弥吉菅一　解釈　1969／10
・『笈の小文』成立上の諸問題　綱島三千代『日本文学研究資料叢書
「芭蕉」』1969／11
・『笈の小文』への疑問（上）宮本三郎　文学　1970／04
・『笈の小文』への疑問（下）宮本三郎　文学　1970／05
・『笈の小文』雑記（其の一）穆山人　女子大国文 1970／07
・『笈の小文』雑記（其の二）穆山人　女子大国文 1971／01
・『笈の小文』雑記（其の三）穆山人　女子大国文 1972／05
・『笈の小文』雑記（其の四）穆山人　女子大国文 1973／07
・『笈の小文』の成立について─乙州編集説追考─

米谷巌　高知女子大国文　1972／06
・『笈の小文』の一問題を論じて芭蕉の伝統観に及ぶ
山下一海　国文学ノート　1972／03
・『笈の小文』の冒頭文について―作品における役割―
笠間愛子　文学研究　1973／07
・『笈の小文』の謡曲構成について―「笈の小文」論序説―
高橋庄次　国語と国文学　1973／08
・『笈の小文』の序破急三段構成について
高橋庄次　国語と国文学　1973／11
・芭蕉の名所歌枕観と蕉門の連衆―『笈の小文』の旅を中心に―
堀信夫　国語と国文学　1974／10
・『笈の小文』の一考察　安藤桂子　樟蔭国文学　1976／09
・『笈の小文』の一問題を論じて芭蕉の芸術観に及ぶ
山下一海　国文学ノート　1976／03
・『笈の小文』幻想稿　上野洋三『俳諧攷』　1976／09
・『笈の小文』における杜国の役割

和田忍　雲短期大学研究論集　１９７６／１２
・『笈の小文』の発句と『新古今集』　広田二郎　専修国文　１９７６／１１
・『笈の小文』句文と六家集　広田二郎　言語と文芸　１９７７／１２
・刊本『笈の小文』の視座―「紀行」と「記」と「道の記」と―
井上敏幸　語文研究　１９７８／０８
・『笈の小文』と西行　広田二郎　専修国文　１９７８／０９
・『笈の小文』の問題点一、二―『伊賀餞別』と大仏再興周辺―
井上敏幸　語文研究　１９７９／０６
・『笈の小文』考―帰京問題と旅の意識―
塚本美帰子　香椎潟　１９７９／１１
・『笈の小文』の風雅論―四人の先達像について―
米谷巌　国語教育研究　１９８０／１１
・『笈の小文』句文と歌語　広田二郎　専修国文　１９８０／０１
・『笈の小文』句文と『源氏物語』
広田二郎　連歌俳諧研究　１９８０／０１
・刊本『笈の小文』の諸問題―上―「須磨紀行」をめぐって

井上敏幸　文芸と思想　1981／01
・鹿の角先一節のわかれかな（『笈の小文』）の句に対する一考察
綱島三千代　俳文芸　1981／12
・芭蕉の猿雖宛書簡、一、二―『笈の小文』との関連―
笠間愛子　文学研究　1981／12
・刊本『笈の小文』の諸問題（中）―『須磨紀行』をめぐって　続―
井上敏幸　香椎潟　1982／03
・『笈の小文』と『おくのほそ道』との関連―冒頭文について―
金子美由紀　中世近世文学研究　1982／01
・風雅論の定位―刊本『笈の小文』冒頭文と「幻住庵記」―
井上敏幸　語文研究　1982／06
・『笈の小文』吉野の条の推敲過程
綱島三千代　俳文芸の研究　1983／03
・『笈の小文』の成立（一）　赤羽学　俳文芸　1983／06
・『笈の小文』の成立（二）　赤羽学　俳文芸　1983／12
・沖森氏蔵写本『笈の小文』は異本系統

大磯義雄　連歌俳諧研究　1983／01
・『笈の小文』小考―表現技法を中心に―
金子美由紀　中世近世文学研究　1983／01
・『笈の小文』における風雅論
山西みどり　中世近世文学研究　1984／01
・『笈の小文』の句三、四をめぐって　浜千代清　俳文学研究　1984／03
・刊本『笈の小文』の諸問題（下）―真蹟写［近江・美濃路紀行］をめぐって（一）―
井上敏幸　香椎潟　1984／09
・『笈の小文』と謡曲『西行桜』―吉野の条における桜三句と苔清水の句をめぐって―
染谷智幸　茨城キリスト教短期大学研究紀要　1984／12
・『笈の小文』論序説―「四時を友とす」の構想と限界―
楠元六男　立教大学日本文学　1984／12
・『笈の小文』と『庚午紀行』　松井　忍　近世文芸稿　1985／08
・大和路の芭蕉―『笈の小文』の解明―　赤羽学　俳文芸　1985／12
・『笈の小文』の一問題―奈良経回をめぐって―
山本唯一　文芸論叢（大谷大学）1985／09

・『笈の小文』奈良経回攷　山本唯一　俳文学研究　1986／03
・『笈の小文』の俳諧姿勢　畠田みずほ　大谷女子大国文　1988／03
・松尾芭蕉研究―『笈の小文』と『幻住庵記』における思想
　西脇淑江　東洋大学短期大学論集（日本文学編）　1988／03
・「夢」の来し方―『笈の小文』所収「蛸壺や」の句の位相
　光田和信　武庫川国文　1988／03
・『笈の小文』についての一考察　野谷良子　明治大学大学院紀要（文学篇）
　1989／02
・『笈の小文』須磨の条の推敲過程
―幻の「須磨紀行」　綱島三千代　俳文芸　1989／06
・『笈の小文』と東三河（上）　小池保利　解釈学　1989／06
・『笈の小文』と東三河（下）　小池保利　解釈学　1989／11
・芭蕉の企図した『笈の小文』
　荒滝雅俊　近世文芸研究と評論　1991／06
・刊本『笈の小文』須磨の条における「蛸壺や」の句解について
　露口香代子　樟蔭国文学　1991／03

・「丈六の」の句形をめぐって―付、異本『笈の小文』の問題
今　栄蔵　俳文芸　1991／12
・『笈の小文』は誰が書いたのか　西村真砂子　国文学　1991／11
・『笈の小文』
堀　信夫　芭蕉と元禄の俳諧（講座元禄の文学）　1992／04
・『笈の小文』の宗教性　藤森賢一　高野山大学国語国文 1992／12
・『諸本対照　芭蕉全集』編纂へ向けての始動―『笈の小文』の異本・乙州本の原典の推考　赤羽学　岡山大学文学部紀要 1992／07
・『諸本対照　芭蕉全集』編纂へ向けての始動（2）―『笈の小文』の諸本の異同の検証　赤羽学　岡山大学文学部紀要 1992／12
・『諸本対照芭蕉全集』編纂へ向けての始動（3）―『笈の小文』の異本の重要性
赤羽学　岡山大学文学部紀要 1993／06
・刊本『笈の小文』の諸本 荒滝雅俊 解釈学　1994／06
・『笈の小文』における西行の面影 橋本美香 岡大国文論稿 1994／03
・『笈の小文』の上梓について　荒滝雅俊 解釈学　1995／07
・〈翻〉『泊船集解説』所収 『笈の小文』『更科紀行』（2） 三木慰子 大阪青山

短大国文 1995／02
・芭蕉と『荘子』とのかかわり―『笈の小文』の「造化」と『荘子』の「天」を中心として　許坤 大学院研究年報（文学研究科篇）1996／02
・『笈の小文』と『平家物語』―「須磨のあまの矢先に鳴か郭公」考　石上敏　岡大国文論稿　1996／03
・「はて」か「はた」か―乙州本『笈の小文』の本文に対する疑問　赤羽学　解釈　1996／03
・『笈の小文』小見　中川光利　俳文学研究　2002／03
・特集　風　芭蕉の俳諧と風　―『笈の小文』にそって　日暮聖　日本の美学　2003／12
・『笈の小文』の表現の瑕疵について　浜森太郎　国文学攷　2013／03
・芭蕉と「栖去之弁」　市川通雄　文学研究（日本文学研究会）1983／12
・「栖去之弁」私注―「物のちらめくや風雅の魔心なるべし」の意味　井上敏幸　雅俗　2000／01

・芭蕉の『閉関之説』について
高橋庄次　国語国文研究　1961／03
・閉関之説と荘子　広田二郎 連歌俳諧研究 1960／10
・閉関説と徒然草　田中松太朗 立命館文学 1957／01
・「あら物ぐるおしの翁や」―兼好と芭蕉―
笠間愛子 文学研究（日本文学研究会）1980／07
・芭蕉と「閉関之説」市川通雄 文学研究（日本文学研究会）1984／11
・魔界からの脱出？『閉関之説』尾形仂　国文学 1983／01
・桃印と次郎兵衛と「閉関之説」
稲垣安伸　日本文学研究（高知日本文学研究会）2005／05

〈引用図版目録〉

1　両国橋の夕暮れ　両國橋夕陽見（北斎 富岳三十六景）

2　町年寄りの居住地『日本橋魚市場の歴史』167頁。本町1丁目の町筋に、奈良屋・樽屋・喜多村が並ぶ。

3　小沢太郎兵衛の住む本船町 芭蕉が住んだ太郎兵衛長屋（小田原町）（郷土室だより158号、区立京橋図書館）

4　当時の活け船『日本橋魚市場の歴史』167頁。

5　芭蕉が浚渫に従事した神田の大井堰（東京都水道歴史館ミニ展示2015 http://www.suidorekishi.jp/minitenji2015.html

6　名古屋堀川の廣井官倉　名古屋の米河岸（廣井官倉に貢米を納る図　名古屋名所図絵）

7　堀川の貯木場

8　杣山絵図（木曾谷澤々町間記、鶴舞中央図書館）木曾谷の澤ごとに区分された町間杣図。金鯱叢書 史学美術史論文集 第34輯：竹内誠による。

9　徳川光友が建てた建中寺（名古屋名所図絵）父のために建てた菩提寺。

10　深川材木町の賑わい（大江戸歴史散歩を楽しむ会a02777742_1715177б.jpg）

11　押し送り船（当時の近海高速艇）『日本橋魚市場の歴史』167頁。
12　徳川綱吉の肖像（江戸ガイド　https://edo-g.com/blog/2017/02/tokugawa_shogun.html/3)
13　深川絵図　元番所・伊奈半十郎・尾張屋敷が並ぶ。
14　徳川家綱（奈良 長谷寺所蔵江戸ガイド　https://edog.com/blog/2017/02/tokugawa_shogun.html/3））
15　酒井忠勝（大江戸歴史散歩を楽しむ会　https://wako226.exblog.jp/17876178/）
16　第一次産業の生産量（岩波講座『日本経済の歴史2』「序章」　9頁（高島正憲他））
17　将軍徳川綱吉（江戸ガイド　https://edo-g.com/blog/2017/02/tokugawa_shogun.html/3)
18　酒井忠清（『歴史の回想』20　https://ameblo.jp/kawamuraissinkarate/entry12363790429.html)
19　藤堂高久（『津藩』深谷克己著　吉川弘文館二〇〇二年刊131頁）（Travel.jp https://4travel.jp/travelogue/11253241）
20　坪井杜国（俳人杜国顕彰会http://www8.plala.or.jp/rikan/tokoku/tokoku.htm)

21 一人当たりの米の収穫量（第一次産品の生産量＝岩波講座『日本経済の歴史2』「序章」9頁（高島正憲他）

22 将軍綱吉の就任後の一石の米価（本庄栄治郎『徳川幕府の米価調節』弘文堂書房 大正13 国立国会図書館デジタルコレクション）

23 徳川光友（東海史話 fouche1792.exblog.jp）

24 徳川光圀（公益法人徳川ミュージアム収蔵品データベース・水府明徳会 彰考館徳川博物館蔵）

25 徳川綱吉（江戸ガイド https://edo-g.com/blog/2017/02/tokugawa_shogun.html/3

跋文

松尾芭蕉作『笈の小文』の成り立ちや仕組みについて解き明かすことは極めて刺激的な作業だった。この作品を書き上げてゆく松尾芭蕉の手つきに従って読み解く作業に専念することが一文字単位の文献考証を実現する方策を兼ねていたこともこの刺激の一端ではあった。

その作業の結果現れてくるものを「書物の履歴書」と名付けたのは、いわゆる文献研究があらゆる手段を駆使して「書物の履歴書」を書き上げるまでは終わらないと考えたからである。逆に言えば、一文字単位の分析を経た「書物の履歴書」を書き上げたときに、初めて「見るべきもの見つ」(平家・知盛)という実感を持つ文献研究に到着することが出来ると考えた結果でもある。

だが実際を言えば、先に『松尾芭蕉作『笈の小文』』を上梓したとき、書き残した原稿が約二百ページ分できた。『笈の小文』を書き上げてゆく松尾芭蕉の手つきを読み解いてゆくに連れて、筆者は、「何故だ」考えることが多くなり、この『笈の小文』の周辺にある元禄五・六年の資料を再読し始めたからである。文字分析の結果がこれまでの研究の常識から外れた上に、筆者が予想さえしなかった知見を開示していたにも関わらず「何故そうなるか」は分からなかった。

『笈の小文』は松尾芭蕉の遺作だった。人生の末期を目前にした松尾芭蕉は、『笈の小文』に冒頭部と末尾部とを付け加えた。結果的に『笈の小文』は、田舎で埋もれる青年の錯覚に始まり、やがて巡礼者として須磨・明石を流浪する老人の幻覚に終わる旅行記として出現した。同時期に書かれたシェクスピアの『リア王』の晩年を俳諧にしたようなこの作品は、不思議としか言いようがない。

筆者にしても複雑な著作を残す作家が居ることを知らないわけではない。元禄文学を背負って立った芭蕉や西鶴の言葉の奥深さには、今も唖然とさせられることが多い。それにしてもこれは不思議な修正という他はないのだ。原型の『笈の小文』に冒頭部・結末部が追加されたという文字データーベースの結論に従うなら、如上の読み方が成り立つことになるからである。

ところで、『笈の小文』を書き上げてゆく松尾芭蕉の手つきを読み解いてゆくことは勿論重要だが、元来、この種の問いは、作者による筋立てのあれこれを分析することで終わる物ではない。松尾芭蕉が、いつ、どこで、なぜ書いたかを含む大きな問いの一部分だからである。その肝心の部分が抜け落ち、いかに書いたかだけが浮上する結論は一方に偏している。

芭蕉にしても西鶴にしても、肖像画の視線は羨ましいほど真っ直ぐに世界を見ている。徳川家綱・徳川光圀・徳川光友の肖像画の場合も、真っ直ぐに世界を見る視線に変わりはない。あたかも「見るべき事は見つ」と言いそうな目つきである。彼らはテクストとだけ向かい合って対話する訳ではない。知友、後援者、隣人、町衆、大家、名主、町年寄り、物売り、賃仕事、土方、人夫、番太郎、遊芸人もまた、「見るべき事」に当たる。同心、与力、株仲間、漁師、荷役、湯船、係争、町触れ、高札、岸辺の風景もまた、「見るべき事」に当たる。何が「見るべき事」であるかは、見る人が決めるのである。

元禄五・六年の松尾芭蕉が、いつ、どこで、なぜ、錯覚に始まり幻覚に終わる紀行文を構想したかを問おうとすると、勢い、芭蕉が見た知友、後援者、隣人、町衆、大家、名主、町年寄り、物売り、賃仕事、土方、人夫、番太郎、遊芸人まで考慮する必要が出来る。そこで本書では若干、芭蕉が見聞した出来事や光景を地図・口絵・肖像画の形で掲載した。またそれらに対する芭蕉の眼差しを点検するために、左記四編の俳文を取り上げて分析した。

・栖去之弁

・芭蕉を移す詞

・閉関之説
・亀子が良才

伊賀上野の、何の背景も持たない病弱の青年が江戸に出て、小沢太郎兵衛の知遇を得、町代を勤めながら、神田上水の浚渫請負人になる処までは、出世物語の書き出しに似ている。居住地は日本橋魚河岸、目白堰堤、深川材木河岸に近い。いずれも徳川家綱とその賢臣達が押し進めた市場開放、インフラ整備の対象地である。チャンスは多く、幸運に満ちている。

その幸運に充ちた土地で上水道浚渫工事の請負職を追われた青年が悲嘆に暮れて「爆縮」*を経験する。その青年の周囲では、賢臣達の恩顧に預かった大名、幕臣、市場関係者が息を潜めて寝起きする日々が生まれていた。新将軍綱吉による監視社会が起動していたからである。そういう江戸市中の変化を松尾芭蕉は「魔界」と呼んで忌避している。

しかし考えてみれば、綱吉自身は別格としても、小綱吉ならあちこちに居る。豊かさが自由を生み、自由が「自己虫」を育て、「自己虫」が放恣な振る舞いで自己実現を図る。その最大値が貪欲な将軍綱吉である。自己自由を計るために徒党を組み、阿諛・追従を撒き散らす。まいないが拡散し、人は壊れる。そこに出現する

*爆縮 = Implosion、衝撃波などによる等方的な圧縮。超高密度のプラズマを生成し、そこで燃料を爆発させると慣性の法則に従って等方的な圧縮が生ずる。ここでは言語表現における発話とそれを取り巻く周囲の「同調圧力」の比喩として用いた。

「貪欲の魔界」は、出自、階級、生業が固定化し、富者が貧者を、強者が弱者を峻別する。

青雲の志を背負って紆余曲折の末に終括の時を迎えた松尾芭蕉は、「なし得たり風情終《つい》に菰をかぶらんとは。」（栖去之弁 元禄五・六年作）」と言う。これを見ると、人間芭蕉の爆縮の終点がここであることは察しが付く。種々の経験を経たにしろ、芭蕉は真っ直ぐに爆縮し「風雅」を掴みながら薦被りになるのである。

松尾芭蕉の作中人物における世間との距離、人付き合い、言動と文筆活動、それらは実に用心深く選択され、制御されている。しかもそれは直線的な論理ではなく、「爆縮」の言葉や筆法で書かれている。それを承知で言葉の切片と切片とをつなぎ合わせることで初めて、爆縮の瞬間に立ち会うことができる。

本書をなすに当たり多くの方々のご助言を得た。本書の出版を引き受けてくれた三重大学出版会の方々、編集の手伝いをしてくださった浜千春さんのご援助には感謝する。本書の末尾にお名前を記して謝辞とする。

二〇一八年五月五日

信州駒ヶ岳の山荘にて　濱　森太郎　記

索　引

あ

か

さ

た

な

は

ま

や

ら

（著者略歴）

濱　森太郎

1947年　愛媛県生まれ。
1971年　広島大学大学院文学研究科博士課程修了
1993年　三重大学人文学部教授
現在　三重大学人文学部名誉教授　文学博士
三重大学出版会社長

<著書>
巡礼記『奥の細道』三重大学出版会、平成14年3月刊
『野ざらし紀行の成立』三重大学出版会、平成22年3月刊
その他

芭蕉庵の終括

発行日　2019年3月4日
著　者　濱　森太郎
発行所　三重大学出版会
〒514－8507　三重県津市栗真町屋町1577
三重大学総合研究棟Ⅱ－304号
TEL/FAX 059－232－1356
会長　内 田 淳 正
印刷所　伊藤印刷株式会社
〒514－0027　三重県津市大門32－13
TEL 059－226－2545

ISBN978-4-903866-47-5　C3095　￥2200E